たむたむ

イラスト
門井亜矢

背後から「キャッキャ」と笑い
声が聞こえた。振り向くと幼女の
精霊を抱っこした、綺麗な女性が
立っていた。

ものすごい美人が目の前にいた。綺麗な青い髪。真っ白で透き通るような肌。淡い紫の瞳は僅かに垂れていて、おっとりした雰囲気の美女だ。

たむたむ

イラスト
門井亜矢

CONTENTS

精霊達の楽園と
理想の異世界生活
たむたむ
イラスト
門井亜矢

一章　風の精霊と開拓ツール

森園裕太(もりぞのゆうた)　25歳　社会人　スーパーから出ると目の前に荒野が広がっています……助けてください。

なんでだ？　いつからスーパーの自動ドアは荒野直通になった？

後ろを向いてもあるはずの自動ドアがない。鞄(かばん)からスマホとタブレットを取りだし、電波を確認すると両方共圏外になっている。

……待ちに待ったゴールデンウィーク。上手に有給休暇を取得し、11連休をゲットした。優雅に引き籠(ひきこも)って積んである漫画やラノベ、ゲームを消化するために、大量の食品を買いにスーパーに向かった。

大量のインスタント食品、レトルト食品、冷凍食品、缶詰、紅茶の2リットルペットボトル、ケース買いしたプレミアムなビール、酎ハイ、お気に入りのウイスキーと日本酒、ワインも赤と白を揃えた。各種おつまみ、お菓子もたっぷりと買い込んだ。テンションマックスだったな。

大量の荷物をカートに積み込み、駐車場に向かおうとしたはずだ……なぜか荒野に到着したけど。中身の冷凍食品ってどれくらいもつんだろう？　悲しいことに厳しい日差しがサンサンとカートに降りそそいでいる。

訳が分からないがジッとしていてもしょうがない。人を探そう。地面は赤茶けた土で、遠目には切り立った塔のような岩山が見える。まるでアメリカのモニュメントバレーのような風景だ。

……詰んだ。なんだか視線が高いなとは思っていたけど、どうやら俺は岩山の上にいるようです。ぐるっと回ってみましたが下りる場所はありません。インドア派です。ロッククライミングとかやったことがありません。

ここってアメリカなのか？　周りには道もないから車は通りそうにない。飛行機が上空を通れば、上から見つけてくれるかもしれない。ＳＯＳの文字でも作るか？

周りを見渡すが赤茶けた大地と岩しかない……大地と同じ色の岩でＳＯＳを作っても目立たないよな。カートの食料を使うしかないか？　個別に並べたら目立ちそうだけど、個別にして地面に置けば冷凍食品は急速に溶けてしまう。

とりあえず冷凍食品はひとまとめにして、他の食品や飲み物でＳＯＳを作ってみるか。ウイスキーや日本酒やワインに直射日光……泣きそうだ。

でも、ガラスだから光の反射が期待できる。さすがにこの状況で全部のお酒を飲み干す訳にもいかない。各種３本も買ったのに……すぐに助けがくれば、大丈夫だと信じよう。お願いします、お酒が悪くなる前に見つけてください。覚悟を決めて食品を並べるためにカートに向かう。


……日差しで脳がやられたのか？　カートの上に幼女がいるように見える。存在するはずがないその幼女は、ビニール袋の中を興味深そうにフンフンとのぞき込んでいる。

２歳くらいか？　葉っぱのような服を着ていて、とても可愛らしい。さっきまではいなかったはずだが……知らない間に荒野にいて、知らない間に幼女をゲット。……まずいな社会的に抹殺される気がする。

俺にロリの趣味はないんだが、信じてもらえるだろうか？　ここがアメリカだとしたら銃殺される危険もありそうだ。状況が好転したのか激しく疑問です。

「あー、お嬢ちゃん。なんでこんな所にいるのかな？　親御さんはどこ？　できれば助けてほしいんだけど」

意を決して話しかけると、幼女はキョトンとした表情で俺を見る。驚かしちゃったか？

そもそも日本語が通じるのかも疑問だ。

幼女は不思議そうにこちらを見て、首をコテンと傾（かし）げながら自分を指差した。可愛い。

「うん、君だよ。お父さんかお母さんはどこにいるの？」

もう一度驚かせないようにできるだけ優しく質問する。幼女はなぜか浮かびあがって、左右にふわりふわりと移動した。

幼女のふわふわでクリンクリンとした、輝くようなエメラルドグリーンの髪を見た時、もしかしてって思ったけど、飛ばれたらもう駄目だ。

就職してはや3年。たしかにオタク趣味を持ってはいるが、黒い歴史を生みだす若い心は封印したはずだった。でもエメラルドグリーンの髪で、プカリと空を飛ぶ幼女を見てしまっては、異世界転移を疑わざるを得ない。ちょっとワクワクしている自分が恥ずかしい。

ふわりふわりしている幼女につられて顔を動かす。

「みえてる？」

もう一度コテンと首を傾げながら聞く幼女。

「見えてるよ」

バッチリ見えてます。普通は見えない存在なのか？

「こえもきこえる？」

「うん、声も聞こえてるね」

「ふおお、しゅごい！」

急に幼女のテンションが上がり、空中でクルクル回りながら手足をワキワキさせている。なにが起こった？

「えーっと、ちょっと落ち着いて。君のことが見えるのは珍しいの？」

「うん、せいれいがみえるのってしゅごいの！」

……せいれいって精霊？　うーん、ファンタジーな世界確定だな。見えるのがすごいってことは、チートをもらえたのかもしれない。でもこの子、すべての仕草が可愛らしいな。思わず頭を撫でてしまう。ふわふわだ。

「ふおおおお。さわれる。せいれいにさわれる。じゅごいのー」

おうふ。興奮度がマックスだ。空中でそんなにクルクル回って目が回らないのか？　とりあえず落ち着いてもらわないと。精霊と言っても幼女だから慎重に行動しないとな。泣かれでもしたらゲームオーバーだ。

「えーっと、君は精霊なんだね。お名前は？」

「なまえ？　なまえはね……なまえはひみつなの。かんたんにおしえたらだめなんだから」

幼女が危なかったーみたいな表情でこっちを見ている。いや騙（だま）す気なんてないよ。

「そっかー秘密なんだ。聞いちゃってごめんね。じゃあここがどこか教えてくれる？」

「ここはねー、しのだいちだよ」

ニパっと笑いながら教えてくれた。可愛いけど教えてくれた名前は物騒な気がする。もしかして死の大地？　洒落（しゃれ）になってないよね。

「そうなんだ。近くに人が住んでいる場所はある？」

「ひと？　しらないー」

……知らないんだ。子供だから分からないのか？

「えーっと。ここから下りたいんだけど、どうにかできない？」

「？？？　おりるの？　どうやって？」

いかん、会話になってない。かなりピンチな気がする。

「ねえ、人のことを知ってそうで、俺を助けてくれそうな精霊を他に知らないかな？　できれば、ここに連れてきてほしいんだけど」

「しってるー。いってくるねー」

「あっ、ちょっと待って……」

「ぎゅーん」っと声を出しながら幼女が飛んでいった。すごいスピードだ……ちゃんと戻ってこられるのかな？　もしかして、俺って幼女に命運を握られてる？　考えれば考えるほど不安になるんですけど。

考えるのをやめて荷物を整理しよう。冷たい物は冷たい物でまとめ、できるだけ日光が当たらないようにカートの下に置く。まだ冷たいから大丈夫だけど、このままだとすぐに駄目になりそうだ。インスタント食品やビールケースで日陰を作るか。レトルトは大丈夫だけど冷凍食品はどうしたらいいんだ？

カートでごそごそとやっていると、背後から「キャッキャ」と笑い声が聞こえた。振り向くと幼女の精霊を抱っこした、綺麗な女性が立っていた。もう戻ってきたのか。

同じエメラルドグリーンの髪だからお母さん？　でも、幼女はふわふわな髪だけど大人の方はサラサラストレートだから、違う可能性もあるな。

「初めまして。森園裕太と申します。お呼び立てして申し訳ありません」

「ふふ、構わないわ。でも本当に私達の姿が見えるのね」

とても綺麗(きれい)な人……精霊だな。透き通るような白い肌、サラサラの髪、海外のスーパーモデルみたいな体型だ。なんか綺麗でカッコいい女性って感じがする。

「はい、見えるのは珍しいんですか？　違和感もなく普通に見えるので、よく分からないんです」

「そうね、とても珍しいわ。精霊に対して親和性がある人でも、なんとなく気配が分かるくらいで、声が聞こえることすら稀ね。姿が見えて触れるなんて、あなた本当に人間？」

おお、チート？　俺Ｔｕｅｅｅｅができるかもしれない。封印したはずの中学時代の心が疼く。

「人間ですが、そんなに珍しいですか？　あと、精霊が見えるとどんなことができますか？」

……社会人として、元の世界に帰還する方法を考えるのが真っ当な思考のはずだが……父さん、母さん、兄、姉、ごめんなさい。俺、ワクワクしています。

「そうね、精霊が見えて話せるなら、精霊と契約しやすくなるわね。ちゃんと精霊と契約できる人ってほとんどいないから、精霊契約にはかなり有利になると思うわよ」

「おお、すごそうですね。不躾ですが、あなたとの契約をお願いした場合、契約は可能ですか？」

こんな美人の精霊と契約できたらすごく幸せだよね。

「ふふ、無理ね」

「無理ですか、残念です」

結構ショックだ。

「駄目って訳じゃないのよ。あなたとの契約は面白そうなんだけど、単純にあなたの魔力が足りないの。私どころか、この子と契約するのにも魔力が足りないわ」

幼女の頭を撫でながら微笑むお姉さん精霊。俺の魔力が足りないのか。

「魔力が上がれば契約してくれますか？　そもそも魔力って上がるんですか？」

それ以前に魔力があるんだ……ここは剣と魔法の世界なのかもな。

「レベルが上がれば魔力も上がるわよ。あなたは面白そうだから、最低限の魔力で契約してあげるから頑張ってね。ああ、名乗ってなかったわね。私は風の大精霊シルフィ。よろしくね」

レベルもあるのか。完全にファンタジーな世界観だ。最低限の魔力ってどれくらいなんだ？　しかも大精霊ってすごそうだ。

「あれ？　精霊は名前を教えては駄目なんだってその子に言われたんですけど、大丈夫なんですか？」

「ああ、この子みたいなまだ幼い下級精霊は、人に教えてもいい対外的な名前を持ってないの。私のシルフィも対外的な名前なのよ。もしこの子と契約する場合はあなたが名前をつけてあげてね」

「名前ですか、機会があれば頑張って考えますが難しいですね」

幼女精霊がキラキラした瞳で見つめてくる。名前がほしいの？　名前をつけるのって難しいから自信がないな。それよりもこの場所から脱出する方法を教えてもらわないと困る。死の大地に取り残されるとか勘弁してほしい。

「あの、シルフィ様。この子に教えてもらったのですが。ここって死の大地と言われているんですよね。申し訳ないのですが、人里まで連れていってもらえませんか？」

「様つけも堅苦しい話し方も面倒だから必要ないわ。精霊は堅苦しいのが嫌いなの」

パタパタと手を振りながらシルフィさんが言う。なんか雰囲気が柔らかくなった。そうはいっても馴れ馴れしくして機嫌を損ねられたら最悪だ。でも、堅苦しくして嫌われても駄目だし難しい。

「……ではシルフィさん。人里までお願いできる？」

「さんもいらないわ。それで、人里まで連れていくって話だけど難しいわね。私達は契約することで契約者に力を貸すことができるの。あとは、気に入った人間にこっそりと間接的に力を貸すくらいが限界ね。それ以外は、自分達の領域を守る時くらいしか自由に力を使えないのよ」

　あれ？　じゃあ現状まだ詰んだままってことじゃん。全然ピンチから抜けだせてない。あと、幼女精霊がヨダレを垂らして寝ているのが気になる。

「なら俺のことは裕太と呼んでくれ。しかし魔力が足りないから契約ができない。契約ができないから力が借りられない。シルフィ、ここから脱出するいい方法はないの？」

ちょっと馴れ馴れしすぎるか？

「そもそも裕太のレベルはいくつなの？　使えそうなスキルは？」

怒ってはいないみたいだ。こんな感じで気楽に話せるのなら助かる。

「レベル？　スキル？　どうやって確認するの？」

シルフィが呆れた表情をしている。なにかおかしなことを言ったのか？

「ステータスを見れば分かるでしょ。あなたいったいどんな生活をしていたの？」

ステータス……おうふ。一番のテンプレを忘れてた。まっさきに確認しないと駄目だよね。

「あー、自分のステータスを見たことがないんだ。気がついたらここにいたんだけど、違う世界から転移してきたんだと思う。俺がいた世界には人のステータスやレベル、スキルとかいうのがないんだよ」

ゲームや漫画の中にはあるけどね。

「あら……あなた迷い人だったの。本当に珍しいわね」

興味津々な様子で見つめてくる。風の精霊は好奇心が旺盛っぽい。

「やっぱり珍しいんだ。ちなみにだけど戻る方法は分かったりする？」

正直異世界での冒険にもワクワクしているけど、心配をかける人達がいる。理想を言えば自由に日本と異世界を移動したいな。

「ごめんなさい。迷い込む人がいるのは知っているけど、どうして迷い込むのか、どうすれば元の世界に戻れるのかはまったく分からないわ。それに残念だけど元の世界に戻れたって話も聞いたことがないわね」

やっぱり簡単には戻れそうにないようだ。家族には心配をかけてしまうな。申し訳ない。会社は無断欠勤でクビ。家族や友人にも二度と会えないかも……いかん深く考えると泣きそうだ。深く考えずに先送りにしよう。考えても辛いだけだよね……でも戻れないのは俺のせいじゃないし、精霊が存在するファンタジー世界。楽しむしかないんじゃなかろうか。

「しょうがないか。なんとなくそんな気はしてたんだ。それで、ステータスはどうやって見るの？」

「……切り替えが早いのね。まあ、いいわ。自分の能力を確認したいと思いながらステータスって言ってみて。それで自分の能力を確認できるわ。アドバイスが必要なら、私にも見えるように許可を出してちょうだい」

「了解、なんか恥ずかしいことが書いてあったら嫌だから、まずは自分だけで見てみるよ」

「ステータスに恥ずかしいことなんて書いてないと思うけど、まあいいわ」

能力を確認したいと思いながらステータスと呟く。目の前にステータス画面が……ゲームの世界だな。

名前　森園　裕太

レベル　1

体力　F

魔力　F

力　E

知力　C

器用さ　C

運　B

ユニークスキル

言語理解

開拓ツール

スキル
生活魔法

なんだこれ、いいのか悪いのかさっぱりだ。運が一番高いのか？　ユニークスキルはいいスキルだよな。普通のスキルは生活魔法か。生活ってついているから強力な魔法ではなさそうだけど、魔法が使えるってだけでテンションが上がる。
ユニークスキルの言語理解は分かるけど、この開拓ツールってなんだ？　開拓ツールの部分をポチっと押してみる。あっ開いた。ステータス画面って触れるんだな。

開拓ツール
魔法の鞄　魔法のオノ　魔法のノコギリ　魔法のシャベル　魔法のハンマー　魔法のトンカチ　魔法のバールのような物　魔法のサバイバルナイフ　魔法のカンナ　魔法のノミ　魔法のハンドオーガー　魔法のクワ　魔法のスキ　ｅｔｃ．

ズラズラっと出たな。全部確認するのも大変そうだし、とりあえず魔法の鞄を押してみる。

魔法の鞄
どんな荷物もこれにお任せ。重たい物も荷物に手を触れるだけで瞬間収納。容量無限・時間停止機能付き！　持つ人に重さを感じさせません。

おお、チートっぽい。ゲームのアイテムボックスみたいなやつか。説明文が深夜の通販番組みたいだ。あれ？　これを使えば冷凍食品が助かる。どうやって使うんだ？　えーっと、意識して取りだそうとすれば出てくるのか。しまうのは逆だな。

魔法の鞄を取りだすように意識すると、肩かけ鞄が装着状態で出てきた。うーん、便利なのか？　いや詳しいことはあとだ、まずは冷凍食品を救わなければ。

「どうしたの？」

突然動きだした俺にシルフィが声をかけてくる。彼女の指先が眠っている幼女精霊のホッペをつついているままなのが、どこかシュールだ。

「ちょっと待ってて。とりあえずあの荷物が収納できるみたいだから試してみる」

シルフィに断りを入れてカートに近寄り手を触れる。収納と念じると一瞬でカートが消えた……収納できたらしい。鞄に触れると中に入っている荷物の一覧が、ステータス画面のように目の前に出る。とても便利だ。スマホとタブレットも入れておくか。時間停止しているならバッテリーも減らないだろう。なんとか充電する方法を見つけたい。そうすればスマホやタブレットに入っている電子書籍やアニメ、映画、音楽が楽しめる。ネットにつなげられれば最強なんだけどな。


「へー、収納できるスキルがあったのね。結構レアな能力じゃない。よかったわね」

「うん、食料の状態が悪くなりそうだったから助かったよ。時間停止機能があって物が悪くならないのいい」

「時間停止……裕太、時間停止の事は内緒(ないしょ)にしておきなさい。人の国では同様の魔道具で、時間の流れが緩やかになるだけで国宝クラスよ」

……チートだとは思っていたけど、予想以上のチート機能らしい。

「分かった、ちなみに容量無限らしいんだが、そっちは？」

「そうね、時間停止と容量無限の二つを合わせると、おとぎ話の世界ね。バレたら大変だから考えて使いなさい」

おとぎ話の世界……ファンタジーな世界でのおとぎ話って想像がつかないな。

「注意するよ。まあ、注意する相手がいる場所に、たどりつかないと意味がないけどね」

鞄の能力なんて普通に注意していればバレっこないんだ。大丈夫だろう。

「そうだったわね。それで人里に行けそうなスキルはあったの？」

「あっ、まだ全部確認してないんだ。もう少し待ってもらえる？」

「うーん、ちょっと退屈だから急いでね」

「了解、恥ずかしいことは書いてなさそうだったから、アドバイスもほしいし一緒に見る？」

「いいわね、異世界人のステータスって面白そうだわ。さっそく確認しましょう。アドバイスは任せなさい」

風の大精霊シルフィ。最初は綺麗でカッコいい女性だと思ったけど、イメージが段々崩れてきた。中身は少し子供っぽい気がする。


「レベル1……本当に異世界人なのね」

「疑ってたの？」

「疑ってた訳じゃないけど、実際に見ると驚きなのよ。この世界だと小さな子供でもレベル3はあるのよ。大人の裕太がレベル1。人里に行ったらステータスが確認されるから、少しはレベルを上げておかないと怪しまれるわね」

小さな子供でもレベル3なのに、25歳の俺がレベル1。怪しさ満載だな。

「レベルってどうやって上げるの？　あと、俺のステータスって実際のところどうなの？」

「レベルは魔物を倒せば上がるわ。裕太のステータスは……運は別として知力と器用さ以外はお子様並ね。まあレベルを上げると、ステータスもある程度は上がるから大丈夫でしょう」

魔物が存在するのか……俺のステータスだとかなり危険な気がする。なんせ小さなお子様クラスだからな。生き残れるか不安です。

「ステータスの上昇は途中で止まったりすることはあるの？」

俺の質問にシルフィが丁寧に答えてくれた。聞いた話をまとめると、苦手な項目は上昇が緩やかだったり、成長が止まったりするらしい。表示されるランクはFが最低でSSSが最高だそうだ。

ちなみにシルフィと契約するには最低でもBランクの魔力が必要だそうだ。最低限までおまけしてもBランクが必要らしいので、大精霊ってやっぱりすごいっぽい。

幼女精霊と契約するなら、俺の場合は魔力Dでもなんとかなるらしい。精霊との親和性が低く気配（けはい）を感じられるくらいだと、魔力Bでも下級精霊との契約に苦労するそうだ。なんか調子に乗ってしまいそうだな。

「ユニークスキルはどうなの？　俺の中では珍しい印象なんだけど」

「そうね。言語理解は学者でも似たようなスキルを獲得できるけど、この開拓ツールっていうユニークスキルはすごいわ。1つのスキルにこんなに不思議な道具が詰め込まれているなんて、聞いたことがないもの」

だよね、いくつか確認してみたけどふざけた性能だった。

魔法のノコギリ
石材・木材の加工はこれにお任せ。硬い石も木材もまるでお豆腐。金属だってスッパスパ！　長さ2メートルまで自由自在にサイズ変更。持つ人に重さを感じさせません。

魔法のシャベル
土も岩盤もなんのその。どんな障害物もプリンのようにサクサク掘れる。長さ2メートルまで自由自在にサイズ変更。持つ人に重さを感じさせません。

魔法のハンマー
破壊できない物はなにもない、超強力なスーパーハンマー。縦横2メートルまで自由自在にサイズ変更。持つ人に重さを感じさせません。

試してみると道具は説明どおりの効果を発揮した。岩盤が確かに豆腐やプリンのようでした。
あと持つ人に重さを感じさせませんも、何気にチート性能だ。魔法のハンマーを最大の大きさにしても、なにも持っていないように軽々と振りまわせる。魔法のノコギリもなんでもスパスパ切れるから、今なら大抵の魔物に負ける気がしない。

見た目の問題はさておき、なかなかいいスキルを手に入れた気がする。チート万歳。このスキルがあればこの岩山から下りられそうだ。

「ねえシルフィ、このスキルがあれば岩山は下りられそうだけど、人がいる場所まではどれくらいかかるの？」

「んー、そうね。なにも起きなかったら普通の人が歩いて100日くらいかしら？　裕太はレベルが低いからもっとかかるかも」

「……聞き間違いかもしれない。もう一度お願い」

「100日」

聞き間違いじゃなかった。100日とか意味が分からん。どれだけ遠いんだよ。日本だったら北海道から九州まで歩いて行けるんじゃないのか？　しかも俺だとレベルが低すぎて更に時間がかかる。泣いていいですか？

「そんなに遠いと食料がもたないよ。途中で食べ物とか手に入るかな？」

「食べ物ね……死の大地に食べ物はないわ。遠回りをして海沿いを歩けば、海から食料を手に入れられるかしら？」

「海！　船が通ったら乗せてもらえるかな？」

「無理ね、そもそも船が通らないの。死の大地は食料も水もなく厳しい環境だし、海には強い魔物がいて危険だから、わざわざ遠回りをする人はいないわ」

なにそれ、チートでご機嫌だったのに。環境がハードすぎる。

「じゃあ、人がいる場所に行くには、100日かかる距離を更に遠回りして、強い魔物がいる海からコツコツと食料を手に入れながら進まないと駄目ってこと？」

「……そうなるわね。裕太の魔力が上がれば私が契約して連れていってあげるけど、今のままだと無理なのよね」

「その寝ている幼女精霊との契約は駄目なの？」

「下級精霊だと短距離なら可能だけど、長時間人を飛ばすのは難しいわね」

なんか悪意を感じるくらい面倒な場所に転移してしまった気がする。100日以上も狩猟採集生活をしながらの旅……心が折れそうだ。

「そもそも死の大地ってなに？」

「この大陸の3分の2をしめる不毛の大地のことよ。大昔に人間同士で争って破壊の限りを尽くしたから、精霊も住めない土地になって荒れ果てたの。そんなになってもいまだに争いをやめない人間って最低よね」

「いまだに争ってるって、人間は戦争しているの？」

「ええ、狭くなった土地を奪い合って、頻繁に戦争しているわね」

なにそれ、苦労して人里にたどりついても戦争中の可能性があるのか。嫌な情報ばかり増える。

「あれ？　シルフィと幼女精霊は死の大地にいて大丈夫なのか？」

「私達は風の精霊だもの。風は死の大地にも吹き渡るから大丈夫よ。まあ私達だけ大丈夫でもこの大地が蘇る訳じゃないんだけどね」

風の精霊は大丈夫だけど他の精霊が存在できないから、死の大地のままなのか。うーん、戦争が激しい場所に苦労して行くのも嫌だ。開拓ツールなんて都合がいい能力があるし、ここで生活するのも選択肢の1つか？

「シルフィ、もし俺が開拓ツールのスキルを使って、死の大地で生活するって言ったら協力してくれる？」

「……面白そうだけど、簡単に暮らせる場所じゃないわよ？　それに契約しないと直接力を貸すことはできないわ」

「話し相手になってくれるだけでも十分だよ。それに最低でも100日は死の大地で暮らさなきゃ駄目なんだ。それなら生活拠点を作って周囲を開拓しながら、レベルを上げた方が楽そうだ。契約できたら人がいる場所まで連れていってくれるんだろ？」

「それくらいなら構わないわ。ならアドバイスよ。精霊が住める環境を整えなさい。そうすれば私が精霊を呼んできてあげる。精霊が住むと、周辺は豊かになるから快適になるわよ」

「そうなの？　ならこの世界の人達も死の大地の開拓くらいやってそうだけど？」

「開拓の動きもあったのよ。でも、開拓自体が大変だし、苦労をして環境を整えても精霊と意思疎通ができないと、精霊がくるのかも分からない。しかも上手くいっても各国が侵略してくるから、防衛が大変……結果ほとんど開拓が進まないの」

完全な悪循環だな。大陸全土が統一されない限り、開拓が上手くいくことはないんじゃないか？

「じゃあ、俺の場合は環境を整えることができれば、シルフィが精霊達を呼んでくれるから、上手くいくんだな」

「まあ、そうなるわね」

「よし、決めた。せっかく便利な能力があるんだし、死の大地に快適な生活空間を作るよ。まずは食料の節約のために海だね」

かなりの量の食料はあるけど、日本の貴重な食料だから大切にしないと。味噌とか醤油を大量買いしておけばよかったな……醤油1リットルボトルとインスタント味噌汁は袋買いしてるから助かるけど、朝の味噌汁と夜の味噌汁の合わせて20食分と納豆の味噌汁が9

食分、明らかに足りない。

「その前にこの岩山から下りないとね。どうするの？」

そうだった。まずは岩山からの脱出だ。

「魔法のシャベルで岩を掘るよ。掘った岩を魔法の鞄に収納すれば下りられると思う」

「応援しかできないけど、頑張ってね」

「うん」

美人の応援って力が漲（みなぎ）るよね。魔法のシャベルを取りだし、崖の端から下に掘り進める。

地面に魔法のシャベルを差し込むとスルっと飲み込まれる。本当にプリンみたいだ。

持ち手に重さを感じさせないので、岩をすくっても重さを感じない。しかもシャベルですくいながらでも、収納と念じれば掘った岩が収納される。とても便利だ。

何度も岩を掘り収納する。ほとんど力を入れずに掘り進められるので大変楽だ。楽なんだが、運動不足な自分にとっては、シャベルで岩を掘るという動作を繰り返すだけでもかなり疲れる。

お昼寝から起きた幼女精霊が、周りを飛びまわりながら「がんばれー」と応援してくれる。なんか癒されるな。

……応援してくれていた幼女精霊が、厭（あ）きたのかどこかに飛んでいってしまった。とても寂しい。

たまに休憩を挟みながら地道に岩を掘る。飲み物は2リットルの紅茶のペットボトルが2本しかない。お酒ばかり買うんじゃなかったな。体感3時間ほどでなんとか麓まで到達した。腕と腰がヤバい。

「お疲れ様」

「おつかれー」

「あはは。結構疲れたよ。少し休んでから海に向かおうか」

体を鍛えないと駄目だな。レベルが上がれば体力も上がるらしいから、レベル上げを先にした方が効率がいいかも。

「もうすぐ日が暮れるわ。休む準備をした方がいいんじゃない？」

そうか。異世界でも日が暮れるんだな。シルフィの言葉で当たり前の事を思い出す。冷静なつもりだったけど、あんまり頭が回ってないみたいだ。

「休む準備ってなにをすればいいの？」

キャンプくらいならしたことがあるけど、道具もなにもない。

「そうね、食べ物があるのなら、まずは安全に眠れる場所を確保するべきね。眠っている間に魔物に襲われたくはないでしょ？」

「でしょ」

指を左右に振りながら教えてくれる。人に教えるのが楽しいみたいだな。美人女教師か……スーツと眼鏡をお願いしたい。幼女精霊も真似をして指を左右に振っている。なんか可愛い。

「そうだね……なら岩山に洞窟を掘るよ」

疲れた体に鞭を打って、再び魔法のシャベルを取りだし岩山に穴を掘る。20分ほどでなんとか休める程度の空間ができた。あとは魔法のノコギリを取りだし、洞窟の入り口と同じ大きさの岩を切り取り、魔法の鞄に収納する。うーん、火がほしいが、木どころか草すら生えてない。怖いな死の大地。

「シルフィと幼女精霊はどうする？　狭いけどなんとか3人は入れるよ」

「私達は風に溶ければどこでも休めるから気にしないでいいわ」

流石精霊、風に溶けるとか意味が分からん。風が吹いていない時はどうするんだ？

「そうなんだ、でも、いろいろと聞きたいことがあるから、もう少しつき合ってもらえる？」

「いいわよ」

「いいわよー」

「ええっと……ありがとう」

お礼を言うと、幼女精霊が偉そうに頷いている……シルフィは苦笑いだ。

「まずは生活魔法の使い方を教えてほしいんだけど、分かる？」

「ええ、大丈夫よ。魔力があるのなら簡単だからすぐに覚えられるわ」

簡単に魔法が使えるのか。ワクワクするな。

「おねがいします」

ペコリと頭を下げる。

「発現させたい場所に指をさして、イメージしながら呪文を唱えるだけよ。簡単なのが種火と光球ね。種火は小さな火のイメージ、光球は輝く光の玉のイメージね」

シルフィが種火と唱えると彼女の指先に小さな火が灯る。ずいぶんシンプルなんだな。呪文が種火とか光球ってそのままだ。

「でも、シルフィって風の精霊なんだよね。火の魔法も使えるんだ」

「生活魔法は魔力があれば誰でも使えるの、精霊でもね。じゃあ、やってみて」

「そうなんだ、分かったやってみるよ。イメージして……種火」

呪文を唱えると、指先から少し離れた場所にポッと小さな火が生まれた。

「おお、火が出た。魔法だ、魔法を使っちゃったよ。スゲー俺スゲー、魔法使いだ」

ふとシルフィの生温かい視線を感じて冷静になる。恥ずかしいです。

「すげー、すげー」

やめて、幼女精霊。俺の真似しながら空中で転げまわるのはやめて。なんとか幼女精霊をなだめて、少しイメージが難しい他の生活魔法も習った。

特に洗浄の魔法は助かる。イメージは難しいが体も身に着けている衣服も綺麗になる。でも、お風呂(ふろ)の方が気持ちがいいから、余裕ができたらお風呂は必ず作りたい。

「ありがとう、助かったよ」

「私も面白かったから気にしないで。私達も引きあげるから裕太も休んだ方がいいわよ。海は明日案内するわね」

たしかに体が重い。そろそろ休むか。

「うん、ありがとう。明日またお願いするね」

シルフィ達と別れて洞窟に入り、魔法の鞄からさっき切り取った岩を取りだして、入り口に設置して横になる。いろいろ考えたいこともあるが、横になると強烈に眠気が襲ってきて、もう無理だ。お休みなさい。

＊＊＊

目が覚めると……真っ暗だ。どこだここは？　身を起こすと、体のいたる所が痛む。

「あー、夢じゃなかったのか。本当に異世界なんだな」

昨晩習った光球の魔法を唱えると、洞窟内に光の玉が浮かぶ。体中が痛いのは昨日の肉体労働と硬い地面にそのまま寝っ転がっていたからだろう。

柔らかな寝床がほしいが、この死の大地には草すら生えていない。先が思いやられるな。若干ふらつきながら入り口の岩を魔法の鞄に収納する。


「おはよう、よく眠れた？」

「おはよー」

ふわりと風が吹くと、パッとシルフィと幼女精霊が現れた。すごいな精霊。

「おはよう。シルフィ、幼女精霊。筋肉痛で体が痛いけど、疲れてたから熟睡できたよ」

「眠れたのならよかったわ」

心配してくれていたんだな。ありがたい。ん？　……お腹が空いたな。そういえば昨日こちらの世界にきてからなにも食べていなかった。ご飯を食べたいが電子レンジも調理道具もない。朝食はおやつ代わりに買っておいた菓子パンで我慢するか。

「朝食にするけど、シルフィと幼女精霊も食べる？　……そもそも、精霊ってご飯とかどうするの？」

「私達は特に食事の必要がないわ。食べることもできるけど、嗜好品って感じね」

「そうなんだ。じゃあせっかくだから異世界のパンを食べてみる？」

貴重な食料だけど1人で食べるのも気まずいし、どんな反応をするのか見てみたい。

「私達は食事の必要がないんだから裕太が食べなさい。これから先、簡単に食べ物が手に入るか分からないのよ」

んー、それもそうか。菓子パンは喜んでくれそうだから食べてほしかったけど……まあ、食料が手に入れば食べてくれるだろう。今日は食パンで簡単にすませるか。菓子パンは次の機会のお楽しみだ。

「じゃあ悪いけど、食事にさせてもらうね」

魔法の鞄から食パンを2枚取りだして食べる。食パンと言えども異世界においては貴重品だ。噛みしめないと。

「へー、白パンなんて贅沢ね。王侯貴族の食べ物よ」

「ぜいたくね！」

幼女精霊よ、なぜ困った子ねって顔してるんだ？

「へー、そうなんだ。あれ？　シルフィが王侯貴族の食べ物を知ってるってことは、偉い人に知り合いがいるの？」

「人間に知り合いなんていないわよ。風の精霊は風が通ればどこにでも行くことができるの。いろいろ見て回ったから知ってるのよ」

すごく得意げだ。でも、可愛いけどやってることはのぞき見のような気がする。

「そ、そうなんだ。まあ、シルフィがいろいろなことに詳しいなら、とても助かるよ。ありがとう」

「ふふ、気にしなくていいわよ。さあ、さっさと食べちゃいなさい。海が待っているわよ」

シルフィ、結構単純かも。おっと待たせるのも悪いし、さっさと食べてしまおう。とはいえ今となっては貴重な日本の食べ物、しっかり味わわないとな。食パンだけだと味気ないけど、噛みしめると美味しい。

「ごちそうさま。シルフィ、幼女精霊、お待たせ。出発しようか」

「ええ。あっ、裕太、魔物が出るから武器は用意しておきなさい。私達が魔物の接近を見逃すことはないけど用心は必要よ。あと、魔物が出たら裕太が倒すのよ。レベル上げが必要だし、私達は契約していないから戦いまでは協力できないわ」

「あー、そうか、頑張るよ。とりあえず戦いやすそうな魔法のハンマーを出しておくね」

戦いとか不安だけど、魔法のハンマーの威力はすごいから、頑張ってレベルを上げよう。

シルフィが指し示す方向に歩きながら、気になったことをいろいろ質問する。

「ねえシルフィ、海までどれくらい？」

「んー、そうね。それほど遠くないから、このペースなら昼すぎには到着するわ」

まだ早朝なのに昼すぎになるのか。筋肉痛が辛いけど頑張るしかない。

「了解、そういえば死の大地には風の精霊しかいないって言ってたけど、地面があるんだから土の精霊とかはいないの？」

「地面はあるけど、硬くて乾いていて草も生えていないでしょ。自然のバランスが崩れた死の大地は、土の精霊にとっても厳しい土地なのよ」

「へー、地面があるだけじゃ駄目なんだ。じゃあ光の精霊とか闇の精霊とかは？　もしかして光とか闇の精霊っていないの？」

「いるわよ、でも光の精霊は雲の上で太陽を追いかけているし、闇の精霊は地下深くを好むわ。好んで死の大地に出てくることはないわね」

　他にもっといい場所があるのに、わざわざ不毛な大地にくる必要はないってことか。俺の中での精霊は、自然をなんとか回復させようって頑張るイメージだったけど、そうでもないらしい。もしくは死の大地が酷すぎて、回復できないのかもな。

　植物も生えていない、赤茶けてひび割れた大地をひたすら歩く。しかし暑い。頭にかぶっているタオルが汗でビチャビチャだ。

　シルフィはふわりふわりと俺の隣を飛び、幼女精霊は空を自由に飛びまわっている。キャッキャッと笑いながら、実に楽しそうだ。

「シルフィと契約できたら、あんな風に空を飛べるようになるの？」

「あの子みたいに自由自在に飛びまわるのは難しいけど、ある程度は飛べるようになるわよ」

そっかー。契約できれば空を飛べるようになるんだ。どんな感覚なんだろう。テンションが上がるな。よし！　早く契約できるように頑張ろう。

＊＊＊

ごめんなさい。レベル上げを頑張るとか調子に乗ってました。目の前にいるのは正真正銘の魔物です。少し前の自分をぶん殴りたい。

「裕太、あの岩山の陰に魔物がいるわ。遠回りすれば避けられるけどどうする？」

「どんな魔物か分かる？　俺でも勝てそうなら戦ってみるよ」

レベルが上がれば契約ができる。契約ができれば空を飛べる。やるしかない。

「いるのはデスリザードね。魔法のハンマーを大きくして攻撃を当てれば倒せるわ。でも最初は夜になったら出る、ゾンビとかスケルトンみたいな弱い相手の方がいいかも」

デスリザード、死のトカゲか？　物騒な名前だな。あと聞き捨てならない事が……ゾンビやスケルトンもいるの？　そっちの方が怖そうなんですけど。

「ねえ、ゾンビとかスケルトンもいるの？」

「ええ、死の大地は大戦があった場所ですもの、沢山いるわ。地上の廃墟はほとんど風化しちゃったけど、地下施設や洞窟に沢山いて、夜になったら外を徘徊しているわね」

ファンタジーは好きなんだけどホラーは嫌いだ。どうする？　特にゾンビとか気持ちが悪そうで嫌だ。

「デスリザードの大きさはどれくらい？」

「岩山の陰にいるのは小さいから、高さは裕太の腰くらいで、全長は身長くらいかしら？」

ゾンビやスケルトンよりマシだな。魔法のハンマーなら重さを感じないんだ、当てれば倒せるのなら余裕だろう。

「それならデスリザードと戦ってみるよ」

「そう？　大丈夫だとは思うけど慎重にね」

シルフィが心配そうに言う。幼女精霊はどこかに飛んでいって今はいない。

魔法のハンマーを最大の大きさにして肩に担ぐ。ジリジリと岩山に近づくと、デスリザードもこちらに気がついたのかノソノソと出てきた。

保護色なのか全身は赤黒い鱗に覆われており、シギャーッと威嚇してくる大きな口には鋭い牙が並んでいる。たまに地面に尻尾を叩きつけるとドスンと鈍い音が響く。これはトカゲじゃない。もはやドラゴンだ。

爬虫類独特の瞳と睨み合う……俺の足はガクガクと震えています。やっぱりゾンビとかスケルトンから始めたいです。

軽く現実逃避していると、しびれを切らしたのかデスリザードが叫びながら突っ込んできた。無我夢中で魔法のハンマーを振りまわす。

「あっ……」

振りまわした魔法のハンマーがデスリザードに当たった瞬間。なんの手応えもなくデスリザードが弾け飛んだ。

「お疲れ様、ちょっと不格好だったけど初勝利ね。でも、今度からは無暗に振りまわすんじゃなくて、ちゃんと狙って攻撃できるようにしないと危険よ」

笑顔でアドバイスをくれるシルフィ。

「えっ、ああ。うん、倒した？」

「ええ、倒したわね。どうしたの？」

魔法のハンマーを振りまわしたらなんの手応えもなく、デスリザードが弾け飛んだ。倒した実感がまったくない。重さを感じないだけでなく、今くらいの攻撃なら相手に当てた衝撃すら感じないのか？　そのことをシルフィに伝えると呆れた顔で説明してくれる。

「裕太は重さを感じないから疑問かもしれないけど、そんなに巨大なハンマーが当たれば大抵の魔物はあんな感じよ。実感がないのなら、そのハンマーで思いっきり地面を叩いてみなさい」

言われたとおり、思いっきりハンマーを地面に叩きつけてみる。轟音が響き体に爆風と弾き飛ばされた砂や石が当たる。結構痛いです。ハンマーが止まった感覚はあるが、地面を叩いた衝撃も手応えもない。

ハンマーを肩に担ぎ、地面を見ると隕石でも落ちたように深くえぐれている。なんだこれ。洒落にならん威力だな。……よく考えたら、これだけ巨大な金属の塊がすごい勢いで当たったんだ。当然の結果なのかも。

「うん、シルフィ、よく分かったよ」

「それはよかったわ。そういうことだから、今度からは落ち着いて冷静に対処するのよ」

「うん、次からは大丈夫。あのデスリザードはどうしたらいい？　食べられる？」

「デスリザードの主食はゾンビやスケルトンだけど、食べるの？　それと、皮が換金できるけど、あれだけぐちゃぐちゃだと価値はないわね。心臓部分にある魔石が無事なら町に行った時に換金できるわよ」

ゾンビが主食のトカゲを食べるのは遠慮したいです。魔石だけでも確保しておこうとデスリザードに近づく……ぐちゃぐちゃになってて気持ちが悪い。

シルフィに教えてもらった心臓部分を、魔法のバールのような物で探ると、粉々になった魔石らしき物の欠片(かけら)が出てきた。

「魔石や換金できる素材を入手したいのなら、今度からは手加減を覚えましょうね」

「……うん」

デスリザードの皮は諦めて先に進む。

「そういえば裕太、レベルはどうなったの？」

おお、いきなりのグロシーンで本来の目的を忘れていた。レベルを上げるために戦ったんだよな。

「今から見てみるよ」

ステータス画面を呼び出しシルフィと確認する。

名前　森園　裕太
レベル　7
体力　E
魔力　E
力　D
知力　C

器用さ　C
運　　B

ユニークスキル
言語理解
開拓ツール

スキル
生活魔法

おお、レベルが7になってる。小さな子供でもレベル3はあるんだったよな。子供の平均レベルは超えたな。体力、魔力、力だけが上がった。こんなものなのか？

「シルフィ、6レベル上がったのに、体力と魔力と力が1つ上がっただけなんだけど、こんなものなの？」

「そうね。こんなものよ。簡単に言うと同じEでも幅があるの。その幅を超えたらDに上がる。だからたとえレベルアップしても、その幅を超えないと表示は変わらないわ」

なるほど、おおまかな分類なんだな。Cに近いDとEに近いDでは結構な差がありそうだ。さて、そろそろ海に向かって出発するか。

「シルフィとの契約まで、魔力をあと3段階も上げないと駄目なんだよな。なあシルフィ、幼女精霊はあと1段階上がれば契約できるんだよね？　幼女精霊と契約したらシルフィと契約できなくなるとかない？」

「ええ、大丈夫よ。精霊が望んで、魔力に問題がなければ契約できる精霊の数に制限はないわ。まあ普通ならそんなに簡単に精霊と契約を結べないんだけど、裕太は精霊を見て会話もできるんだからかなり有利ね」

「そういえば精霊に触れるのもすごいって言われたけど、それってなにかの役に立つの？」

「んー、高位の精霊が無理して実体化すれば誰でも触ることはできるんだけど、力の弱い精霊は実体化できないから、力の弱い精霊に触れることくらいかしら？」

それは利点なのか？

「精霊の階級ってどうなってるんだ？」

「ただ漂っていたり、動物や虫に変化しているのが浮遊精霊。その上が下級精霊、中級精霊、上級精霊、大精霊、精霊王になるわね。精霊王は各属性のトップで属性毎(ごと)に1人しかいないわ。でも、厳密な階級がある訳じゃないのよ。精霊王以外は持っている力の目安ってところね」

……シルフィって大精霊だったよな。あの幼女精霊、そんな大物を連れてくるとは侮れない。

「シルフィってすごい精霊なんだな」

「そうよ、人に祭られるレベルなんだから、裕太も光栄に思いなさいね」

軽くふんぞり返って得意満面だ。いつの間にか幼女精霊も現れて、隣でふんぞり返っている。あれだな風の精霊は調子に乗りやすいのかもしれない。見た目はクールビューティーなのに意外だよね。

＊＊＊

「海だー」

「うみだー」

目の前に澄んだ美しい海が広がっている。デスリザードを倒したあとは、先を急ぐために魔物を避けて進んだ。拠点を確保するために急いだだけで、魔物にビビった訳ではない。

「裕太、まだ到着してないわよ。あと30分ほど歩けば砂浜があるから、そこまで行きましょう」

「砂浜かー、泳げる？」

「浅い所なら泳げるわ、深くなると大型の海の魔物が出るから危険ね」

「水中で魔物に襲われるのは嫌だな。でも、浅い所でも泳げるのなら十分だよ」

ワクワクしながら歩き、砂浜に到着する。おお、綺麗だ。遠浅で波が少なく透き通った薄い青の海。赤茶けた砂浜かと思っていたが白い砂浜でビックリだ。

「いい所だね」

「ええ、死の大地の中では一番美しい場所だと思うわ」

「うつくしー」

「おお、木だ！　木がある！」

砂浜には沢山の流木が流れついている。ヤバい、驚くほど感動する。単なる木なのに宝物に見える。たった半日、植物がない地面を歩いただけでこの感動、植物って大事だな。

「裕太、落ち着いて」

「あっ、ああ、ごめん、シルフィ。自分でも驚くほど感動しちゃったよ」

「そうかもしれないけど、流木に目を輝かせて騒ぐのは、周りから見たら危ない人だから落ち着いてね」

ごもっともです。

「うん、気をつけるよ。さっそくだけど流木を回収するね」

流木が溜まっている場所に近づき、手で触れながらドンドン魔法の鞄に収納する。おっ、

竹だ。竹があるなら竹の子もあるはずだ。竹の子ご飯が食べたいな。この世界にお米はあるのか？　もしなかったら辛いな……いかん、怖い想像はやめよう。俺には明るい未来が待っているはずなんだ。

俺が手を触れた木材に、幼女精霊が一緒に手を触れて自分で消している気分に浸っている。一回毎に手足をバタつかせながら喜んでいる。可愛いな。

「たのしい？」

「う？」

キョトンとした顔で俺を見る幼女精霊。難しいことを聞いただろうか？

「木が消えるのは楽しい？」

「うん、しゅぱってなるのー」

よく分からん。まあ楽しいのならいいだろう。かなり大きな木も何本か流れついている。竹も何本も見つかったし思わぬお宝が手に入ったな。小さくて使い道がなさそうな枝も、この場所では貴重な燃料だ。無駄にはできない。

「ふう、回収完了。これで木材と燃料が少し確保できたよ」

「かんりょー」

「ふふ、よかったわね。それでこれからどうするの？　海に入って食料を集める？」

「あー、食料も気になるんだけど、夜になるとゾンビやスケルトンが出るんだよね？　近場に安全な拠点を作りたいな」

昨日は洞窟に籠っていたから分からなかったけど、ゾンビやスケルトンが徘徊する場所で寝るのは遠慮したい。

「どうやって拠点を作るの？」

どうやってって……どうしよう。安全なのは岩山に洞窟を掘ることなんだけど、あのような狭苦しい所でこれからも生活するのは辛い。

そうだ、岩山に魔法のノコギリで階段を作って、ある程度高い位置に拠点を作ろう。魔法のノコギリなら岩山も豆腐みたいな物だ。石材確保のためにも中腹より上は全部解体してもいいな。

「あそこの岩山に拠点を作ろうと思うけど、魔物とかいない？」

「ちょっと待って。……うん、いないみたいよ」

なにかしたようには見えなかったけど、距離があっても確認できるのか。流石は風の大精霊。

煌（きら）めく海に後ろ髪を引かれながら5分ほど歩き岩山に到着する。海からもほどよい近さでいい物件だ。

「シルフィ、階段を作るけど魔物が階段を上ってくる事はある？」

「あるわね。ゾンビやスケルトンは階段を上るし、他の魔物も足場があれば上ってくる事があるわよ」

「そうなんだ。どうしよう」

「階段の途中まで岩山本体から切り離しておいて、収納できるようにしておけばいいんじゃない？　自分が上り下りする時だけ階段を出せばいいのよ」

「なるほど、いいねそれ。ありがとうシルフィ」

よし、まずは切り離せる階段を作るか。横幅は1メートルあればいいか？　いや、手すりがないから1メートル50くらいは横幅を取ろう。

魔法のノコギリを1メートル50に伸ばし、階段を切りだす。説明文どおり豆腐みたいにスパスパ切れる。真っすぐ切るのが難しいな。あと切れ味がよすぎるから、切りすぎないように注意しないと。

高さ3メートルくらいまでの階段を作り岩山から切り離す。うん、ちゃんと収納できる。あとは岩山の中腹まで更に階段を作ろう。

「ふう、シルフィ、ここら辺で十分かな？」

切り離した階段を合わせると、6メートルくらいの高さだ。あまり高くしすぎても上り下りが大変だからな。

「いいと思うわよ。大型の魔物は死の大地で生活できないから、この高さまで上がれる魔物はいないと思うわ」

「よし、じゃあ家にする部分を残して、ここから上は全部石材にしちゃうね」

上の部分を残しておくと、家にする部分の岩を掘り抜いた時に重みでぺちゃんと潰れそうだ。

「ええ、頑張ってね」

「てねー」

美女と幼女の応援を背に、ドンドン石材を切りだして魔法の鞄に収納する。あとで使う機会があるのかは疑問だが、容量制限がないんだから入れておいても問題はない。3時間ほどで家として使用する部分以外の岩山を切り崩した。

「その道具の異常性は理解していたけど、短時間で岩山が解体されるのを見ると驚きね」

「はは、でも魔法がある世界なんだよね？　岩山を吹き飛ばすようなことができる人もいるんじゃないの？」

「うーん、なんて言うのかしら？　たしかに攻撃力で言うならこれくらいのことをできる存在はいるんだけど、開拓ツールの中の、たった1つの道具でここまで大きなことができることがすごいのよ」

いるんだ……怖いよ異世界。

「たしかに便利だよね。攻撃力もあるしなんとか生きて行けそうな気がするよ」

「ええ、それだけの力があれば、国で好待遇で働けるわ」

マジで？　公務員生活……いいかもしれない。

「無事に人里にたどりつけたらの話だけどね。今はなんとか生き抜けるように拠点作りを頑張るよ」

「それがいいわね」

「あとは部屋を作るだけだから、日が暮れる前にさっさと作るね」

部屋を作るために残した大きな岩の塊を前に、どんな部屋を作るか考える。

この岩の大きさなら2部屋は作れる。建築技術なんて勉強したことがないから、多少部屋が狭くなろうとも壁は厚めにしよう。天井を支えることを考えると50センチくらいの厚みがあれば大丈夫か？

考えても分からないから、とりあえず部屋を作ってからたしかめるか。出入り口がある部屋をキッチンにして、その奥が寝室だな。

寝室と言っても寝具がないから辛い。流木でベッドを作れば、岩より木の方が柔らかいから多少マシか？　植物があれば少しは快適に過ごせるんだけど、死の大地には雑草すら生えてない……改めてとんでもない所に飛ばされたな。

出入り口を作り、そこから壁の厚みに気をつけながら6畳ほどの部屋を2つ作りあげる。

まあ内側部分をノコギリで切りだしただけだから、ただ壁と屋根があるだけの建物って感じだけど、昨日の洞窟に比べたらずいぶんマシだ。ちなみにトイレは外だ。

なんとか形にはなった、外から壁を押してみる。うーん、ピクリともしない……人力で押して動かないだけで安全だと思っていいのだろうか？　ハンマーで叩いたら粉々になりそうだし、どうしよう。

「窓は作らないの？」

悩んでいると、シルフィが更なる難題を振ってきた。

「うーん、考えはしたんだけど、強度に不安があるしなにがあるか分からないから、窓はやめておくよ。出入り口に岩を置くだけで立て籠もれるしね。もう少し木材が手に入ったら快適な家を作り直すよ」

「仮の住居のつもりなのね」

「うん、他にもっといい場所が見つかるかもしれないし、あまり凝った家を作ってもしょうがないからね」

「くらいー」

いつの間にか幼女精霊が家の中に入り、真っ暗だと文句を言う。出入り口しか光が入る場所がないから当然だよね。

「もうすぐ日が暮れるけど、今日はもう休む？」

どうしようかな。朝に食パンを2枚食べただけだから、晩飯は腹にたまる物を食べたい。あと夜になったらゾンビやスケルトンを倒してレベル上げもしないとな。

デスリザードは簡単に倒せたけど、迫力がありすぎる。もっと簡単に倒せるらしいゾンビとスケルトンで練習して、さっさとシルフィと契約できるようになろう。

「日が暮れるまで食事ができるようにキッチンを整えるよ。食事が終わって暗くなったらゾンビやスケルトンを倒しに行きたいんだけど、つき合ってくれる？」

「やる気満々ね。分かったわ、魔物の場所を教えるくらいしかできないけど手伝うわ」

「てつだうー」

「ありがとう。地道にレベルを上げて、少しでも早く契約したいから頑張るよ」

「楽しみにしてるわ。私達は風に溶けているから、食事が終わって出発する前に声をかけて。外に出て呼びかければすぐに分かるから」

「了解、よろしくね」

シルフィと幼女精霊と別れて部屋の中に入り、岩で簡単な家具を作ることにする……作ると言ってもどうしたらいいのか。

まずは光球を上げて部屋を明るくする。えーっと、必要なのはテーブルと椅子かな。テーブルサイズの長方形の岩を出す。座るのにちょうどいいサイズの正方形の岩を出す……完成。これでいいのか？　まあ仮の住居だし拘ってもしょうがない。

次は……煮炊きできる場所が必要だな。キャンプ場にあるレンガのかまどみたいなのを作りたいんだけど、鉄の網がない……料理道具がないのが地味に不便だ。

なにか使える物がないか開拓ツールを確認する。うーん、残念ながら料理道具や食器は見当たらない。開拓には料理道具や食器も必要だと思うんだが……。

なんとなく納得はいかないが、ない物はしょうがない。できることを考えよう。燃料は海で拾った枝。食器は流木を削って作るとして、問題は鍋とかの金属製品だな。なにかないか？

開拓ツールを確認していると、ある道具が目に留まる。漫画で読んだことがあるけど、これって鍋代わりにも使えるんじゃなかったっけ？

魔法のシャベルを取りだして確認してみる。……うん、使える。大きさを変えられるし、ヘコミがあるから煮炊きもできる。ちゃんとした調理道具に比べたら使い辛いだろうけど、ないより全然マシだ。漫画も役に立つな。


よし、まずは岩でかまどを作ろう。単純にかまどの形に岩を削り出せばなんとかなるはずだ。炎の熱で岩が割れても、単純な構造ならすぐに作り直せる。最悪、火がシャベルに当たれば問題ないよね。

長方形の岩の上部を魔法のシャベルでくり抜き、薪を燃やすスペースを作る。上にシャベルを置くと空気が入りにくいから、空気が入るように魔法のノミとハンマーで横に穴を開ける。

ハンマーをトンカチサイズにして魔法のノミを叩くと、スコンっと穴が開く。スコン、スコン、あまりにも楽しいので夢中になって穴を開け続けた……強度が少し心配だ。

「さっそく試してみるか」

答えてくれる人がいないと寂しい。海で拾った流木を取りだす。死の大地には雨が降らないらしいから、カラカラに乾いている。これなら薪として使えるな。

小さな枝をかまどに入れて種火の魔法で火をつける。少し時間がかかったが、火が大きくなったので大き目の枝を上に載せる。いい感じに燃えあがった。乾燥していても少し煙が出る。しかも通気口すらないから煙い。

シャベルに洗浄をかけて、サイズを調整してかまどの上に載せる。いい感じだ。水がないから今回はカルボナーラの冷凍パスタを食べよう。レンジ専用だけど火で温めたら食べられるはずだ。

袋を破りシャベルの上に置くと、ジュワっと音がしたあと、カタカタカタと激しく振動する。ヤバい火力が強すぎた。シャベルを火から離して温度を下げる。

ヤバかった。このままだったら、周りは焦げて中は冷たいカルボナーラになっていた。

次からはある程度常温でパスタを溶かしてから調理しよう。冷凍パスタはカルボナーラが残り1つと、ナポリタンが2つ。

数が少ないから早めに水を手に入れて、インスタント食品に移行したい。袋麺ならミソ、ショウユ、トンコツ味をそれぞれ5食パックで買ってある。

それぞれ3食までなら気軽に食べられるよね。塩味も買うか迷って買わなかった自分を殴りたい。迷ったら買わない方がいいって聞いたことがあるけど、今回ばかりは買っておくべきだった。


あっ、そういえばアルミの鍋焼きうどんも買ったんだ。たしか天ぷらうどんとごぼう天うどん、キツネうどん、すき焼きうどんの4つだな。あれなら鍋代わりに使えるな。

再利用や別の目的での使用はやめてくださいと書いてあったが、異世界での緊急事態だから許されるはずだ。そうなるとカップ麺やカップ焼きそばの容器もお皿として使える。

カルボナーラが溶けたので掻き混ぜようとして気がつく。お箸がない。急遽小枝を2本取りだし洗浄をかけてお箸代わりにする。

掻き混ぜながらカルボナーラを遠火で温める……文明の利器のありがた味が身に染みるな。切実に電子レンジがほしい。もしくはガスコンロでも構わない。

ない物ねだりをしながらパスタを温めてようやく完成。ちょっとソースが焦げた部分もあるが、初めてにしては上出来だろう。フライパン代わりのシャベルをお皿サイズに縮めてテーブルの上に置く。

今回は小枝のお箸で食べるけど、時間ができたらちゃんとした箸とフォークを作ろう。スプーンも必要だ。ナイフは……木でナイフを作るのはちょっと違うよな、魔法のサバイバルナイフで代用しよう。

ズルズルと音を立ててパスタをすする。下品だがとても美味しい。今朝は食パン2枚だけだったし昨晩は食事を取り損ねた。久しぶりのまともな料理、むさぼりたくなるが気持ちを抑えじっくりと味わう。

噛みしめながら食事を続け、最後の1口を食べ終えると、無性に悲しくなる。シャベルに残っているカルボナーラソースはどうしよう。

誰も見てないけどシャベルを直接なめるのは恥ずかしい……そうだ！ 食パンを取りだして、残ったカルボナーラソースを食パンで拭い取る。そのまま口に運びたいが、魔法の鞄に再度収納する。

これで次に食べる時には味気ない食パンではなく、カルボナーラソースつきの食パンだ。魔法の鞄の時間停止機能で、いつでも美味しく食べられるのがありがたい。

しかし、紅茶の2リットルペットボトルの1本を、この食事で飲み終わってしまった。

インスタントコーヒーと紅茶のティーバッグも買ってあるから、水さえ手に入ればしばらくは紅茶も楽しめる。でも、アルコールが入っていない飲み物は、紅茶の2リットルペットボトルが残り1本だ。

早急に水を確保しないと、喉の渇きをアルコールで癒す事になる。そういえばインスタントコーヒー用にスティックシュガーは買ってあるけど、どうせならビニール袋に入っているバラのマークの砂糖を買っておけばよかった。異世界では砂糖は貴重だよね。小説のイメージだけど。


シャベルとお箸に洗浄をかけて収納する。お箸は魔法の鞄に、シャベルは開拓ツールの中に自動的に収納された。便利だな。よし、美味しいご飯で力が湧いた。ゾンビとスケルトンを倒してレベルアップだ。家の外に出て声をかける。

「シルフィ、幼女精霊、食事が終わったから、レベル上げに行きたいんだけどお願いできる？」

名前をつける訳にもいかないからしょうがないけど、幼女精霊って口に出す度に周りを確認してしまう。別にロリでもないし、悪いことを考えている訳でもないのにビクつく自分が嫌だ。

「美味しそうなパスタだったわね。なんていう料理なの？」

「おいしそー」

出てきた瞬間から料理の質問ですか。っていうか、なにを食べたのか見てたんだ。シャベルを舐めなかった俺グッジョブ。

「カルボナーラだよ。あれくらいなら作り方を知ってるから、町で材料が手に入ったらご馳走するよ」

「ふふ、いいわね。異世界の料理。とても楽しみだわ」

まあ、もう1袋残っているからすぐにご馳走できるんだけど、今の状況だとシルフィ達も遠慮するだろう。町に行った時に材料が手に入らなかったとしても、冷凍食品のカルボナーラが残っていたらご馳走しよう。他の食料が十分手に入れれば食べてくれるだろう。お世話になっているんだ、喜んでくれるといいな。

「期待してて。それで、レベル上げに行きたいんだけど、いい？」

「ええ、大丈夫よ。でも注意事項があるから少し話を聞いてね」

「注意事項？」

「ええ、夜はゾンビとスケルトン、そしてそれをエサにしている強力な魔物が出るわ」

デスリザードとかに遭いたくないから、夜にレベル上げに行くのに意味がないじゃん。

「でも、私が行く方向についてくれれば、なんの問題もないわ。ただ、裕太がはぐれて、絶対に勝てない魔物に出会ってしまったら、私達は手が出せないからなんとしても逃げ延びなさい」

「逃げ延びる……絶対に勝てない魔物。そんなのが出るの？」

ヤバくない？　レベル上げに行くのが嫌になるんだけど。

「ええ、ゴーストやレイスには物理攻撃が効かないの。今のあなたには天敵ね」

そういえば俺の攻撃手段は物理的なものだけだったな。頑張ったら生活魔法の種火で……無理だな。光球を上げたら聖なる光で撃退とかないかな？　……生活魔法で倒せるなら天敵とか言わないか。

「魔法のハンマーって、一応名前に魔法がついているけど効かないのかな？」

「ええ、効かないわ。魔法ってついているけど、裕太の魔法のハンマー攻撃には魔力が宿ってないもの」

無理か。開拓ツールの他の道具を確認しても、魔力がなんたらとか書いてある説明文はない。開拓ツールは高威力でも物理特化みたいだ。そもそも開拓のための道具で、戦うための道具じゃないんだよね。

「ゴーストやレイスを倒せる魔法を覚えられる？」

「魔法を覚えるのは時間がかかるし大変よ。私達についてくればゴーストは避けられるんだから、さっさとレベルを上げて、この子と契約した方が早いわ」

「けいやくー」

幼女精霊が楽しそうに騒ぐ。幼女精霊は契約に前向きなようだが、よく分かっていないようにも見える。大丈夫なのか？

「契約すればゴーストやレイスに勝てるの？」

「ええ、下級精霊のこの子でも簡単に勝てるわ。精霊魔法って強いのよ」

シルフィは自信満々だけど、話に厭きたのか、うつらうつらしている幼女精霊を見ると不安になる。さっきまでテンションが高かったのに、厭きるのが早いよ。幼女精霊を見たあと、もう一度シルフィに視線を向ける。


「……精霊魔法って強いのよ」

もう一度言った。シルフィ、余計に不安になるよ。目を逸らさないでちゃんと俺の方を向いてほしい。

「精霊魔法って契約すれば俺が使えるようになるの？」

「ちょっと違うわね。あなたが契約精霊に頼んで、契約精霊が魔法を使うの。高位の精霊になればなるほど、大きな力を使えるのよ。契約者に危険が迫れば契約精霊の判断で守ってくれる事もあるわ。すごいでしょ」

「じゃあ、俺がこの子と契約して、ゴーストを倒してってお願いすると、この子が魔法で倒してくれるってこと？　この子がどこかに遊びに行ってた場合はどうなるの？」

「契約精霊が傍にいなくても、契約をすれば召喚と送還ができるようになるから大丈夫よ。ただ、近くにいない場合は、契約者が認識していない危機には対応できないから、危険な場所ではできるだけ傍にいてもらうようにした方がいいわね」

少し不安だけど、かなり便利なのは分かる。分かるんだが幼女精霊を見ていると、この子で大丈夫なのかという思いと、幼女精霊に助けられるという情けなさが相まって微妙な気持ちだ。

「分かった、ありがとう。今回はシルフィから離れないように注意して頑張るね」

「ええ、はぐれなかったら大丈夫よ。じゃあ行きましょう」

「ましょー」

うつらうつらしていた幼女精霊が急に元気になる。収納した階段を設置して岩山を下りる。しかし街灯もないのに意外と明るい。空を見あげると大きな月と沢山の星が見える。異世界だな。明らかに日本で見る月よりも大きい。倍くらいありそうだ。この世界の重力ってどうなってるんだろう？

「裕太、こっちよ。ボーっとしてたら駄目でしょ」

「だめでしょー」

いかん、注意されていたのに月の大きさに気を取られていた。命が懸かっているんだ、真剣に行こう。

月明かりの下、ハンマーを担ぎシルフィからはぐれないように慎重について行く。夜の死の大地……怖い。

「裕太、あそこで動いているのが分かる？」

目を凝らして見ると、うっすらとなにかが動いているのが分かる。

「……複数いるように見えるけど、間違ってる？」

「間違ってないわ、ゾンビが3体いるわね」

「いきなり複数？　大丈夫かな？」

「ゾンビは動きが鈍いから楽勝よ。あっ、ゾンビの魔石は取る？　スケルトンは平気でも、ゾンビの魔石を取るのは嫌がるという人が多いみたいなのよね」

ゾンビの魔石……心臓部分から魔石を抜きだすのか……この世界のお金をまったく持ってないから、稼ぐべきなんだけど、できれば遠慮したい。

「あー、俺もゾンビから魔石を取るのは嫌だな。他の魔物で頑張るよ」

「無理をすることはないわ。ならサクサク倒して次にいきましょう」

「ああ。あっ、もしゾンビに噛まれたら俺もゾンビになるの？」

「へ？　ゾンビに殺されて死体が腐って魔物になれば、ゾンビやスケルトンになる可能性はあるけど、どうしたの？」

「いや、なんでもない。じゃあ行ってくる」

ゾンビ映画みたいに噛まれたらゾンビになるって事はないみたいだな。一安心だ。

「頑張ってね」

「がんばー」

応援を背に恐る恐るゾンビに近づく。月明かりがあるとはいえ夜だ。ゾンビの姿が見辛いのは助かる。

「うわっ、臭っ」

ゾンビに近づくと肉が腐った臭いが漂ってくる。思わず声を出してしまい、ゾンビがこちらに気がついた。

「ヴァー」

よく分からないうめき声をあげて、ゾンビが近づいてくる。動く度にヌチャッと嫌な音が聞こえて、気分が悪くなってきた。さっさとすませよう。

ハンマーを最大の大きさにして、息を止めて一気に走り寄りハンマーを振り下ろす。グチャっとした音と共にゾンビがぺちゃんこになる。残り2体、このままいくか。グチャ、ヌチャ。2回ハンマーを振り下ろし、2体のゾンビを潰して離れる。

「ぷはー。はぁ、はぁ」

「息を切らしてどうしたの？　簡単だと思ってたけど難しかった？」

「いや、ハンマーを振り下ろすだけだから倒すのは簡単だった。臭いが酷くて息を止めてたから、息が切れているだけ」

「息を切らすのはあまりよくないんだけど、しょうがないのかしら？　まあ、余裕があるのならいいわ。次にいきましょう」

「了解」

シルフィについて死の大地を歩く。たまに急な方向転換があるのは、俺に不利な敵がいたからか、標的が移動したからだろう。ゴーストにレイス……見たいような見たくないような複雑な気持ちだ。

「裕太あそこ」

シルフィが指差す方向を確認すると……人間の骨格標本みたいなのが6体、フラフラと歩いている。剣とか槍（やり）を持っているやつもいるのが怖い。

「あれはスケルトンだよね？　数が多いし武器を持っているけど大丈夫かな？」

「大丈夫。ゾンビよりも動きは速いけど、裕太のハンマーなら紙屑（かみくず）みたいな物よ。武器ごと叩き潰しちゃいなさい。魔石が取りたいのなら頭か腰を砕けば倒せるから、余裕があったらそこを狙うのもいいかもね。その場合は胸は攻撃したら駄目よ」

武器ごと叩き潰すのか。戦闘方法が脳筋一直線だな。俺、インドア派なんだけどな……腹筋も割れてないのに脳筋とかなんだか切ない。

「余裕があったら挑戦してみるよ」

スケルトンに近づくと、こちらを向いて突撃してくる。こわっ！　はやっ！　暗闇に目が慣れたとはいえ視界が悪い中、骸骨が骨をガチャガチャ鳴らしながら走ってくる。

あせって思わず全力でハンマーを横薙ぎに振る。ガチャガチャガチャと3体のスケルトンがハンマーに打たれ、粉々になりながら吹き飛んでいく……ホームランだな。

残りの3体もハンマーの風圧で転がっている。慎重に近づき魔石を壊さないようにスケルトンの頭や腰を潰す。

……んー、これが魔石だよね？　直径1センチくらいの大きさの黒くて丸い玉で、キラキラして宝石みたいだ。

「お疲れ様、あっさり倒せたわね」

「うん、最初は思ったより動きが速くてあせったけど、何とかなったよ。シルフィ、これが魔石なの？」

「ええ、そうよ。スケルトンだから小さいけど、少しはお金になるわ。強い魔物からは大きな魔石が取れて、大きいほど価値があるの」

「そうなのか。町に行った時のために集めておかないとな」

残り2体からも魔石を取りだし収納する。錆びてるけど金属だし一応槍も回収しておくか。なんか骨だけだとそこまで気持ち悪くないから助かる。

「ゾンビとスケルトンなら楽勝でしょ。問題ないならガンガンいくわよ」

「わよー」

……スケルトン多めでお願いします。

＊＊＊

「うぅ、体が痛い。岩の上で寝ると寝覚めが悪いな。寝床をなんとかしないと体を壊しそうだ」

昨晩はシルフィの案内で2時間ほどゾンビとスケルトンを討伐した。拠点に戻ったら疲れ果てていたので、そのまま爆睡したんだったな。2レベル上昇したが、魔力のランクは上がらなかった。

せめて幼女精霊と契約できるくらいには早く上げたい。シルフィもゴーストやレイスを避けての討伐は効率が悪いって言ってたし、頑張ろう。

「でもその前に水と食料が必要だな」

光球を浮かべ部屋を明るくする。目が覚めたばかりの回らない頭で考える。必要な物が多すぎてどう行動したらいいのか困る。少し整理してみるか。

第一目標　水と食料の入手。特に水分が残り少なくなっていて、アルコール生活まで秒読み段階だ。
第二目標　魔力Dまでのレベルアップ。幼女精霊と契約しないと、ゴーストやレイスが出たら詰みかねない。
第三目標　寝床の改善。起きたら体が痛すぎます。
第四目標　食器・料理道具の作成。枝でご飯を食べると、とても虚しい。

早急に対処したいのはこんなところだな。第一目標はすぐに行動しないと危険だ。第二目標は昼間でも魔物がいたら積極的に討伐することにしよう。

第三目標は……植物がないのが辛い。今のところ寝室に眠れるだけの穴を掘って、砂浜の砂を敷き詰めるくらいしか、解決方法を思いつかない。岩より砂の方がマシだよね。服が砂まみれになるけど。

第四目標は美味しくご飯を食べるためにも大事なことなんだけど、命の危険と比べると優先順位は下がる。余裕ができたら合間に作成しよう。

こんなところか。第三目標は砂のベッドならすぐにできそうだから、あとで海岸に行って砂を大量に確保しておこう。

あと、口の中が気持ち悪い。歯磨きがしたいが歯ブラシもないし、口をゆすぐ水すらない。紅茶で口をゆすぐか？　もったいない上に気持ちが悪い。

……そうだ！　口の中に洗浄の魔法をかけてみよう。……上手くいきました。便利すぎるな洗浄の魔法。お口スッキリでとても爽やかだ。

体を解（ほぐ）しながらキッチンに向かい、普通の食パンと紅茶で朝食をすませる。残りの食パンはカルボナーラソースつきが1枚と普通のが2枚か。町に行った時に、日本のパンがなにかの役に立つかもしれないから、1枚は残しておきたいな。

侘（わび）しい朝食も終わったし、グズグズしている暇はない。さっそく動くか。出入り口の岩をどけてシルフィに声をかける。

「おはよう裕太」

シルフィは朝でもクールビューティーだな。

「おはよー」

幼女精霊は元気いっぱいだ。満面の笑みで幸せそうにはしゃいでいる。羨ましい若さだ。

「シルフィ、幼女精霊、おはよう」

「裕太、今日はどうするの？」

「うん、水と食料を集めたいんだけど、特に水が残り少なくて問題なんだ。水を手に入れるにはどうしたらいいと思う？」

海水を蒸発させて真水を手に入れることも考えた。でも蒸留道具が作れたとしても、水を沸かす燃料がキツイ。ある程度の流木を手に入れてはいるが、燃やしていたらすぐになくなる。どうにか大量に水を手に入れたい。

「水ね、死の大地には水が湧いている場所はないわ。地下水はあると思うけど、かなり深く掘らないと水は出ないと思うわよ。水の精霊達もこの地を諦めたんだもの」

深い井戸を掘らないと駄目ってことか。開拓ツールがあるから穴掘りは問題ないけど、どこを掘れば水が出るのかが分からない。

「穴を掘るのは問題ないけど、そこら辺に穴を掘れば水が出てくるのかな？」

「どうかしら？　水の精霊に聞きに行っても分からないだろうし、難しいわね」

「水の精霊にきてもらって調べてもらうのは無理？」

「死の大地は水の精霊、土の精霊、森の精霊にとってはじわじわと力を奪われる不快な地なの。海までならきてくれるでしょうけど。陸地に上がっての調査は嫌がるでしょうね」

どんだけ酷い場所なんだよ。そんな場所でレベルが上がるまで生活しないと駄目なのか。心が折れそうだ。

「うーん、じゃあ水がありそうな場所を探して、勘で掘るしかないのか。シルフィ、ここが死の大地になる前に、この近くで水が豊富だった場所を知ってる?」

ダウジングはやり方が分からないし、俺の運と勘を信じるしかないな。

「そうね、この近くだと3時間ほど歩けば湿地帯だった場所があるわ。でも、水が出るかどうかは分からないわよ?」

湿地帯、なにもない場所を勘で掘るより、3時間離れた場所でも元湿地帯で穴を掘る方が、水が出る可能性は高そうだ。

「その、元湿地帯で穴を掘ってみたいから、案内してくれる?」

「もう一度言うけど、湿地帯だったというだけで水が出るとは限らないわ。それでもいいの?」

「うん、他に指針がある訳でもないし、出なかったら別の方法を考えるよ」

とりあえず行動しないと。人間には生きているだけで水が必要なんだ。いざとなったらこの星の裏側までも掘り進んでやる。……この星ってそもそも丸いのだろうか?

「分かったわ、じゃあ出発しましょうか」

拠点を出てシルフィの案内で元湿地帯に向かう。せっかく海にきたのに海水に入らずに離れるなんてショックだ。最初からよく考えて水の確保を第一に動くべきだったな。なんの根拠もなく海に行けば大丈夫だと思ってたよ。

暑さを堪(こら)えながらテクテクと歩いていると、突然幼女精霊が飛んでいった。よく分からないけどシルフィも気にしてないから大丈夫か。再びテクテクと歩きだすとすぐに幼女精霊が戻ってきた。

「ゆーた、みてー」

幼女精霊が持ってきたのは……エメラルドグリーンのマリモみたいな物体だ。幼女精霊が手を離してもフヨフヨと浮かんでいる。なんだこれ？

「えーっと、これはなに？」

「せいれー。かわいいのー」

幼女精霊がものすごく自慢げだ。ふよふよと浮かぶマリモ……可愛いのか？

「裕太、この子は風の浮遊精霊よ」

このマリモも精霊なのか。幼女精霊と落差が激しいな。

「ねえ、シルフィ、この子と契約すれば精霊魔法が使える？」

「それはちょっと難しいわね。自我がある動物型や昆虫型なら、ギリギリ意思の疎通もできるけど、この子は漂っているだけだから契約しても意味がないわ」

「そうなんだ、残念」

ゴーストとレイスに対して無防備な状態から脱出できるかと思ったのに、そう上手くはいかないらしい。

さらふわの浮遊精霊をモフモフしながら湿地帯を目指して歩く。浮遊精霊にまで触れることにシルフィが驚いていたけど、触れるんだからしょうがない。

　できるだけ水分を節約して歩くが、汗を掻くので脱水症状が怖い。少しずつ水分を取るしかないが、紅茶を一口含む度に、わずかに減っていく紅茶を見て不安になる。結構な恐怖だな。

＊＊＊

「ついたわ、昔はここら辺が大きな湿地帯だったのよ」

　シルフィの言葉に周りを見渡すと……他と変わらずカラカラに乾いた赤茶けた大地だ。時間の流れって怖い。

「元湿地帯って言われても、シルフィの言うことじゃなかったら信じられないね」

「そうよね、人間って怖いわ。裕太は自然を大切にしてね」

「その前に厳しい大自然に殺されそうなんだけど……」

「あら……頑張って生き抜いてね」

　目を逸らさないでほしい。ジーっと見つめているとシルフィが話を変えた。

「それで裕太、どうやって穴を掘るの？」

「ああ、これを使うんだよ」

開拓ツールから魔法のハンドオーガーを取りだす。

魔法のハンドオーガー
穴掘りならこれにお任せ。くるっと回すとスルっと掘削！　これであなたも石油王！　直径2メートルまで自由自在にサイズ変更可。持つ人に重さを感じさせません。

石油は掘らないけど石油が掘れるのなら井戸も掘れるよね。

「変わった道具ね。どうやって使うの？」

まあたしかに変わった形だ。T字の取っ手の下に薄い鉄板が螺旋状に取りつけられている。

「これは地面に差し込んでT字の取っ手をクルクル回すと、穴が掘れるんだ」

「へー。不思議な道具ね。面白そうだわ」

「まあ見ててよ」

地面にハンドオーガーを立てて取っ手をクルクルと回して根元まで差し込む。ここでサイズを一番大きくする。二メートルサイズになると、上に乗らないと回せないけどね。

回す時に体を浮かせるのが面倒だが、力は必要ないから上に乗っていても、取っ手を回すだけなら問題ない。螺旋状の鉄板から上がってきた土を収納すればサクサク穴が掘れるな。

「じゃあ本格的に掘り始めるから、申し訳ないけど魔物がこないかだけ見張ってもらえる?」

「了解。頑張ってね」

「てー」

シルフィと幼女精霊の応援を受けて、気合を入れて穴掘りを始める。幼女精霊のは応援なのか疑問だが……応援だと思っていれば幸せだろう。


T字の取っ手をクルクル回し、上がってきた土をドンドン収納しながら地下へと潜っていく。かなりのスピードで地中に掘り進められるが、これって内壁が崩落したらかなり危険だ。うーん、穴を掘っていても全然振動はないから、崩落の危険性は少ないと思うけど用心はすべきだろう。

土留めをする資材はないし、ハンマーで壁の土を叩き固めたら他の場所が崩れそうだ。シャベルを準備しておくか。崩れたら最大にしたシャベルの下に潜り込めばなんとかなるだろう。

そんなに上手くいくのか分からないが、シャベルの上に載った土なら重さも感じないんだし、上に載った土もドンドン収納すれば生還できる……たぶん。

大きくすり鉢状に穴を掘れば、崩落に巻き込まれないで深く掘れるだろうけど時間がかかる。時間がかかって飲み物がなくなって、水が出なかったら渇き死にだ。ここは水場の早期確保のために危険を冒すべきだろう。

シャベルを背負って恐怖心を押し殺しながらハンドオーガーの取っ手を回す。たまにパラパラと土が落ちてくると背筋がゾッとする。お水様、早く出てきてください。

魔法のハンドオーガーを無心でクルクル回して、穴を掘り進める。

「裕太、お疲れ様。短時間でずいぶん深く掘れたわね」

「あっ、シルフィ、ハンドオーガーってすごいよね。それでなにか用事？」

「いいえ、穴をのぞいたら、ずいぶん深くまで掘れていたから様子を見にきただけよ」

シルフィの言葉にふと上を見ると、地上がずいぶん遠くに見える。50メートルくらいは掘り進んでいるかも？

「結構深くまで掘れてるね。でも全然水が出る気配がないよ」

「うーん、この辺りも土が死んでいるから、まだ水は出ないでしょうね。あとどれくらい掘るつもりなの？」

土が死んでいる……怖い言葉だ。2枚ほど岩盤をぶち抜いたのにまだ土が死んでるとか、どれだけ酷い争いが起こったんだろう。ハッチャけすぎだよ。

「まだ土が死んでいるんだね。まあ、俺としては限界まで掘り進めるつもり。土が死んでいるなら、土が生きている所まではたどりつきたいな」

「限界まで掘るの？　どこが限界か分からないから怖いわね」

日本でも温泉を掘る時には1000メートルを超えるんだ。50メートルくらいは、まだまだだよね。出てきてほしいのは水なんだけど。いざとなったら温泉でも構わない。石油は使い道が難しそうだから勘弁だ。

「そんなに無理はしないよ。せめて土が生きている場所までは掘りたいけど……」

「ほどほどにして無理はしないようにね」

「うん、体は辛くないから大丈夫。無理しない程度に頑張るよ」

穴が深くなると酸欠が怖い。シルフィに風を送り込んでもらいたいけど、直接的な協力は駄目って言っていたから無理だろうな。まあ直径2メートルあれば、上から空気は入ってくるだろう。

それにシルフィが風に乗って降りてきてくれると、勝手に空気が掻き混ぜられるから助かる。偶に降りてきてくれるように頼んでおこう。

「ところで裕太、ここからどうやって出るつもりなの？」

「ん？　水が出なかったら収納した土を放出して、穴を埋めながら外に出るよ。水が出たら壁に螺旋階段を作りながら上に登るつもり」

大変だけど、螺旋階段を作りながら外に出られたら、水が出たってことだし嬉しいな。

「ちゃんと考えていたのね。よかったわ」

「シルフィ、俺の事を馬鹿だと思ってない？」

「ふふ、馬鹿だなんて思ってないわ。ただ少し心配だっただけ、ごめんね」

おうふ。可愛いな。

「心配してくれてありがとう。いい気分転換になったから、たまに様子を見にきてくれると助かる」

「ええ、でも次にくるのはあの子よ。騒いでも怒らないであげてね」

あの子……幼女精霊か。明るくて楽しい子だから、遊びにきてくれると気分転換にはなるよね。

「怒らないけど騒いで壁が崩れたら怖いから、あまり騒がないように言っておいて」

「あら、それは危険ね。ちゃんと注意しておくから安心して」

「お願いするね」

シルフィと別れて、再び穴掘りに没頭する。

＊＊＊

「きゃはは、くらーい」
穴掘りに没頭していると上から笑い声が響いてきた。幼女精霊が遊びにきたのか。暗い
……うん、暗いな。没頭していたからあまり気にしていなかったけど、光も届かないほど
深くなっている。とりあえず魔法で光球を打ちあげる。
「あー、ひかったー」
光球の向こう側から幼女精霊が飛んできた。そのスピードで止まれるのか？　突っ込ん
できそうだから受け止めるために身構える。精霊の質量ってどうなってるんだ？
構えていると幼女精霊は急ブレーキをかけたようにスピードを落とし、俺の目の前にふ
わふわと浮かんだ。精霊ってすごい。
「ゆーた、げんきー？」
「おう、元気いっぱいだ」
「いっぱい、いっぱい」
なにが楽しいのか光球の周りをグルグル飛びまわりながらはしゃいでいる。子供のツボ
がどこにあるのか、まったく分からん。
「あなほり、たのしい？」
ピタッと止まって質問してきた。展開の速さについて行けない。

「あ、ああ。楽しい訳ではないな。水が必要だから頑張って穴を掘ってるんだ」

「そっかー。おみずだいじねー」

顎に手を当てて、うんうん頷いている。分かっているのか？　なんとなく誰かの真似をしているだけな気がする。ツッコミを入れてもしょうがないから流すか。

「そうだぞ。お水大事だ」

「かぜもだいじー」

「うん、風も大事だな」

風の精霊のプライドを満足させるために、とりあえず頭を撫でて風も大事だと伝えておく。風を褒められて嬉しかったのか、ニパっと笑って猛スピードで飛んでいった。シルフィに報告するそうだ。さて、気分転換もすんだし穴掘りを再開するか。


掘り進めると、ハンドオーガーの螺旋から上がってくる土が岩に変わった。また岩盤だな。岩盤になっても込める力を変える必要がない、魔法のハンドオーガーはすごい。ゴリゴリと岩を巻きあげながらドンドン掘り進む。今回の岩盤はかなり分厚いな。

ゴリゴリと上がってきていた岩が終わり、再び土が上がってくる。ようやく岩盤を抜けたか。穴を掘りつつ土を収納したところで、ふと違和感を覚える。

土をよく見てみると今までの赤茶けて乾いた土ではなく、黒っぽい日本で見ていたのと同じような土に変わっていた。テンションが上がり更に掘り進めると、土から小石が混じった砂に変わる。砂を手に取るとわずかに湿り気がある。

あせる気持ちを抑え、ゆっくりとハンドオーガーを回す。収納を繰り返しながら何回転かさせると、水がしみだしてきた。もう半回転させてハンドオーガーを収納すると、その跡にドンドン水がたまる。

嬉しくて叫びだしそうになるが、大声を出して崩落したら最悪なのでなんとか我慢する。喜んで空になったペットボトルに水をくもうとすると、湧きだしてたまった水が濁っていることに気がつく。

そういえば井戸って石とか砂利（じゃり）を敷き詰めて、濾過槽（ろかそう）とか作らないと駄目だった気が……しかも濁りが沈殿するまで一晩くらい待たないと駄目だったような……。

悲しい現実に上がっていたテンションが急激に萎（しぼ）む。いや悲しむな、水が出たんだから乾き死にの危機は遠のいたんだ。この水に毒でも入っていない限り、あともう少し手を加えるだけで水は手に入る。

水はもう膝丈くらいまで湧き上がっている。なかなかの水量みたいで期待が持てる。ポジティブに考えるんだ。水は出た。かなり深くて水をくみにくるのが大変だけど、とりあえず命をつなぐことはできるんだ。必死に自分の心を奮い立たせていると、シルフィが目の前に現れた。

「水が出たのね。裕太、すごいじゃない。あれ？　ようやく水が出たのに元気がないわね。どうしたの？」

「あっ、シルフィ。いや元気がないと言うか、水が出たのは嬉しいよ。でも濁りがあってすぐに飲めないとか、水質は大丈夫なのかとか、ここまで水汲みにくるのが大変だとか、いろいろ現実的な問題がのしかかってきたから、ちょっとブルーになっていただけ」

「ふふ、それならここの水しだいだけど、簡単に解決できるかもしれないわよ」

「ん？　シルフィ、どういう事？」

なにかいい方法があるの？

「前に言ったでしょ。環境を整えなさいって。水の精霊を連れてきてあげるから、その精霊が居着いてくれたら、いくつかの問題は解決すると思うわ。まあ気に入ってもらえなくても、確認のために水を綺麗にするくらいはやってくれるはずよ」

おお、精霊って素晴らしい。水を綺麗にしてくれるだけでもだいぶ助かる。

「すごく助かるよ。お願いするね」

「ええ、明日の朝には呼んでくるわ。それよりも裕太はここから出るための階段を急いで作りなさい」

「えっ？　なんでそんなに急ぐの？　ゆっくりでも明日の朝までには間に合うよ？」

「私はゆっくりでも構わないけど、あと2～3時間で日が暮れるわ。ゾンビやスケルトンが動きだすんだけど、井戸に落ちてきたら最悪よ。ゾンビが落ちた井戸の水を飲みたいの？」

ゾンビがひゅーんビチャ。……最悪以外の何物でもないな。

「全力で頑張る。シルフィ、ナイスアドバイス」

「ふふ、それがいいわね」

シルフィが戻ったので急いで螺旋階段作りに取りかかる。壁が崩れないように慎重にノコギリで階段状に土を切り取る。

ここで崩れたら切ないから慎重に階段を作る。円形の井戸に綺麗に螺旋階段を作るのが難しい。今度の作業は、目的地がハッキリしている分、気持ち的には楽だ。

どれだけ掘っても水が出ないかもしれないという不安は、命に直結している分、結構なプレッシャーになってたんだな。

切っては収納を繰り返しながら、その合間に遊びにきた幼女精霊の相手をする。時間制限があるから手を止めることはできないが、幼女精霊は愚図らず頑張ってと応援してくれる。なんかホロリときた。

シルフィと幼女精霊の応援に力をもらいながら、なんとか地上にたどりついた。外は真っ暗になっていたが、日が暮れてから20分ほどしか経ってておらず、ゾンビはまだ出てきていないそうだ。

拠点を作る時に切り取った大岩を井戸の上に置き封鎖完了。間に合った。

「裕太、このあとはどうするの？」

「どうしようか。明日の朝には水の精霊を連れてきてくれるんだよね。今から拠点に戻って明日の朝、またここに戻ってくるのは大変だから、ここら辺で休みたいんだけど……湿地帯だったからか近くに岩山がないんだ」

「なら井戸を塞いでいる大岩に眠る場所を作ったら？　寝るだけならそんなに大きな穴を開けなくてもいいでしょ？」

「おお、シルフィ天才」

「てんさいー」

岩山をできる限り大きく切り取って、部屋を作れば移動可能な拠点が作れる。夢が広がるな。

井戸を塞いだ大岩に穴を掘り寝床を作る。流石に料理をするスペースはないのでカルボナーラソースつきの食パンと、普通の食パンを1枚ずつ食べて空腹を満たす。

カルボナーラソースつきの食パンは美味しかったが、結局今日は食パン3枚しか食べていない。食料を切り詰めないといけないのが侘しい。

ここ2日、結構運動しているのに食事が満足に取れないのが辛い。海で食料を大量ゲットして、お腹がはち切れそうなくらい食べよう。

やることは沢山あるが、空腹で倒れる前に食料の確保を頑張らないと。そういえばまたやることが増えたんだよな。移動型の拠点を作成して魔法の鞄に収納しておけば、いつでも身を守れるし休憩も取れる。

これも身の安全を確保する意味では、できるだけ早く取りかかりたい案件だ。岩山から大きな岩を切りだして、ある程度快適に生活できる移動型拠点を作れば、死の大地での行動も楽になる。忘れないようにしないと。

「裕太、今日はレベル上げをするの？」

食事が終わって考えごとをしているとシルフィが話しかけてきた。

「うーん、レベルは上げておきたいけど……シルフィは明日の朝早く、水の精霊を迎えに行ってくれるんだよね？　寝る時間がなくなるんじゃないの？」

「そんなことは気にしないでいいわ。精霊も眠るけど、絶対に眠らないといけない訳じゃないもの。普段(ふだん)でも何日も寝ないことがあるわ」

精霊って便利なんだな。羨ましいような、羨ましくないような。まあ、眠りたい時に眠れるのが一番の幸せなのかも。人間だからそう思うだけかな？

「じゃあレベル上げをお願いしたいな」

「さっそく行きましょうか」

「了解」

シルフィに案内してもらい、見つけ次第ゾンビとスケルトンを叩き潰す。スケルトンは魔石や武器が手に入るから美味しい相手だ。ゾンビは叩き潰すだけで、魔石の回収は諦める。

しかしゾンビとスケルトンが徘徊する大地って、ファンタジーと言うよりホラーのカテゴリーだよな。精霊に出会ってなかったら、パニックムービーの世界に迷い込んだと勘違いしていそうだ。

くだらないことを考えながら、３時間ほどゾンビとスケルトンを倒し続けて井戸に戻る。

「裕太、レベルは上がった？」

「ちょっと待って。今から見てみるね」

ステータスと唱えて目の前に現れた画面を確認する。この瞬間は何回見てもドキドキする。行動の成果が目に見えるのは励みになるから好きだ。

名前　森園　裕太

レベル　12
体力　　D
魔力　　D
力　　　D
知力　　C
器用さ　B
運　　　B

ユニークスキル
言語理解
開拓ツール

スキル
生活魔法

「おっ、レベルが12になって、体力、魔力、器用さが１つランクアップしたよ」
「あら、それならこの子と契約できるわね」

「けいやくー」

幼女精霊が手足をバタつかせて騒いでいる。契約を喜んでくれているようだ。

「さっそく契約する？」

「俺はありがたいけど、幼女精霊は簡単に俺と契約してもいいの？　あと契約になにか準備とかいらないのかな？」

「ふふ、裕太は精霊と話せて姿が見えて触れるのよ。かなりの好条件なんだから、この子に文句なんかないわ。それと裕太の契約に準備は必要ないわね。気配くらいしか感じ取れない人は、契約するためにいろいろ準備が必要だけどね」

なんか物件みたいな選ばれ方だな。まあ問題がないのならいいか。準備が簡単なことに文句をいうほど難儀な性格はしていない。

「そういえば精霊にとって、契約にはどんなメリットがあるんだ？」

俺にとってはメリットしかないけど、精霊にとってはデメリットしかない気がする。力を貸して契約者を守らなきゃいけないから大変なだけだ。

「精霊にもメリットはあるわ。契約することでこの世界との結びつきが強くなり、魔力をもらって力を行使することで精霊の階級が上がりやすくなるの。簡単に言えばレベルが上がりやすくなるってことね」

「それは、嫌な人間に利用されるリスクを負ってまで契約するほど魅力的なことなの？」

テンプレだと契約した精霊を酷使して怒りを買うとかあるよね。肝心なところで力を失ってざまぁされるパターンだ。

「契約って言っても精霊が力を貸す立場だから、不愉快になったら契約解除すればいいのよ。まあ嫌な人間と契約すること自体ほとんどないんだけどね」

嫌になったら辞められるのか。かなり精霊側に有利な契約だな。

「魔力を渡すのはどんな感じ？　いっきに魔力を持って行かれて大丈夫なのか？」

「契約したら常に少しだけ契約者から精霊に魔力が流れるの。それがあるから、契約精霊の力の限界を超える要求でもしない限り、魔力を急激に持って行かれるなんてことはないわ」

普段から魔力をストックしている感じみたいだな。

「幼女精霊だと全力を出したら、どれくらいのことができるの？」

「どこまでが全力と判断するか難しいのだけど……ここら一帯を暴風で吹き飛ばすくらいはできるわね」

下級精霊って意外と洒落にならない力を持ってるんだな。幼女なのに。

「なるほど。じゃあ、幼女精霊、俺と契約してくれるか？」

「いいよー」

か、軽い。俺は契約しやすいらしいけど、苦労を重ねて精霊と契約したのに、あっさり契約を打ち切られた人は、かなりのショックだろうな。

「シルフィ、どうすればいいの?」

「この子は対外的な名前がないから、名前をつけてあげて。この子が名前を受け入れれば契約完了よ。すでに名前を持っている精霊の場合は、もう少し手間かかるけどね」

「名前をつけるだけでいいのか。たしかに手段としては簡単だな」

名前を考えるのがひたすら難しいけど。風の精霊だから風子とか安直なのは駄目だろうな。ファンタジーだし、風にちなんだ洋風の名前の方がいいはずだ。

風は英語でウインドだからウイン……これも安直だ。ブリーズも響きが幼女には合わない気がする。……英語以外で風の単語を知らないのが辛い。

方向性を変えて風に関する女神はどうだろう。アウラとかニンリルくらいしか知らないけど、いい名前な気がする。……よく考えたらアウラもニンリルも、神話では碌(ろく)な目に遭っていないんだよな。幼女にそんな名前をつけるのは躊躇(ためら)われる。

難しい。風に関するもので可愛い響きの言葉はなにかないかな? ……嵐……ストーム……風鈴……ウインドベル。ウインドベルはいい気がする。もうこれ以外は思いつける気がしない。それに飛びながら楽しそうに笑う幼女精霊にもマッチしている気がする。うん、これでいいこう。

「決まったよ」

「裕太、かなり悩んでいたけど大丈夫？」

脳を使いすぎて、糖分補給がしたくなるくらいには悩んだ。ゲームで名前をつけるのと違ってプレッシャーがハンパないよ。

「うん、変な名前をつける訳にもいかないし、かなり悩んだけど、なんとかいい名前を思いつけたと思う」

「どんな名前なのかしら。期待しているわ」

お願いだからプレッシャーをかけないでほしい。俺が悩んでいる間に退屈して飛びまわっていた幼女精霊を呼ぶ。

「君の名前はウインドベル。通称ベルだ。風に吹かれて綺麗な音を鳴らす、金属やガラスでできた鈴から取った名前だけど、どうかな？」

「ういんどべる。べる！」

自分の名前を繰り返しながらニコニコしている。気に入ってくれたか？　幼女精霊がいきなり胸に飛び込んできた。慌てて抱っこすると、軽いがたしかな重みを感じる。精霊の体はどうなっているんだ？　不思議がいっぱいだな。

「べる！」

腕の中で俺を見あげながら宣言するベル。今さっき俺が名づけたんだから知ってるけどね。頭を撫でながら聞いてみる。

「気に入ってくれた？」

「うん」

「ふふ、ウインドベルのベルね。いい名前だと思うわよ。これで契約成立ね。おめでとう裕太、ベル」

「はは、気に入ってもらえてよかったよ。でも、契約成立したのに、なにかが変わったようには感じないな。ちゃんと契約できてるの？」

なんか精霊の力が流れ込んでくるとか、ベルが中級精霊に進化するとかイベントがあってもよさそうなのに。

「ちゃんと契約できているわ。試しにベルに頼みごとをしてみなさい。軽く浮くくらいならできるはずよ」

おお、テンションが上がるイベント発生だ。腕の中でニコニコしているベルにお願いしてみる。

「ベル。浮いてみたいんだけど、お願いできる？」

「いいよー」

「おっ、おー、浮いてる。飛んでるよね？　すごい、すごいよベル」

俺は今、重力のくびきから解き放たれた。風で飛ばされるのかと思っていたけど少し違う気がする。たしかに俺の体の周りに優しい風が流れているのは感じるが、それ以外はほとんどなにも感じない。体験したことはないけど、無重力ってこんな感じなのかも。

「べるすごい！」

しばらく空中をゆらゆらと漂ってから着陸する。感動した。異世界にきてからこれまで、いろいろ大変だったけど、苦労が報われた気がする。

「ベル、ありがとう。空を飛べてとても楽しかった」

「べるにおまかせー」

ベルにお礼を言うと、感謝されて嬉しかったのか、キャッキャと笑いながら飛びまわっている。なんか父性に目覚めそうだ。

「ちゃんと契約できてたでしょ」

「うん、自分の身で効果を確認したから間違いない。すごい体験ができたよ」

「喜んでもらえたのならよかったわ。じゃあ、もう遅いしそろそろ休む？」

「たぶん疲れてるんだけど、空を飛んだ興奮でまだ眠れそうにないよ。シルフィとベルが大丈夫なら、ゴーストとレイスの討伐を試したいんだけど、どう？」

「私もベルもこれくらいでは疲れたりしないから構わないけど、裕太は無茶をしないようにね。無理をすると思わぬ不覚を取ったりすることがあるから」

シルフィってこういう時は年上の威厳を感じさせる。そういえばシルフィって何歳なんだろう？　精霊に歳の話は危険なんだろうか？　……好奇心で怒りを買ったら洒落にならない。歳に関する疑問は思いつかなかったことにしよう。

「了解。一度ゴーストとレイスと戦えば満足だからすぐに戻るよ」

明日も予定は詰まっているんだ。効果を確認して満足したらスッキリと眠れるだろう。

＊＊＊

ベルと契約したので、今まで倒したことのなかったゴースト系を討伐しに向かう。ベルを抱っこしてシルフィの後ろを歩く。契約してからのベルの定位置は俺の腕の中に決定したらしい。

「裕太、あそこで浮かんでいるのが分かる？」

「ん？　ああ、確かになにかいるね。あれがゴーストかレイスなの？」

「ええ、真ん中の形がハッキリしているのがレイス。その周りにいる、不安定で姿が歪んでるのがゴーストよ」

いきなりゴーストとレイスの両方か。真ん中にレイスがいるってことは、レイスがゴーストを従えているのか？　ゴーストは辛うじて人の輪郭が分かるくらいで、レイスはブレもなく人型が安定しているように見える。

「それでシルフィ、どうやって倒せばいいの？」

「モンスターに近づいて、ベルに頼めば倒してくれるわ。ベルの攻撃方法を理解すれば、細かく選択することで、裕太が望むような戦い方もできるわね」

なるほど。おおまかに敵を倒してってお願いすると、ベルが自由に行動して敵を倒してくれる。条件をつける……たとえば派手な攻撃を使わないで倒すように頼むと、その希望に沿ってくれるという感じか。

「分かった。試してみるよ」

ベルを抱っこしたままゴーストとレイスに近づき、ベルにお願いする。

「ベル、あそこにいる魔物を倒してくれ。できるか？」

「できるー」

ふわりと浮きあがり、右手を天に突きあげて自信満々に宣言する。気合十分だ。ベルがゴーストとレイスに向かって両手を突きだした。

「ふうじんらんぶー」

ベルが呪文を唱えると魔物を囲むように薄緑色の風の刃が大量に現れ、全方位から魔物に向かって襲いかかる。ゴーストとレイスはあっという間に粉々になった。

呪文は風刃乱舞でいいのかな？　なんか和名の呪文だけどすごい威力だ。ゴーストやレイスは切り刻まれて消滅したのに、いまだに攻撃が続いている。完全にオーバーキルだ。魔物を倒すのに最適な威力の呪文が分かれば、無駄がなくなりそうだ。

ようやく呪文の効果が切れた。ベルが胸元に飛び込んできて、キラキラとした瞳で見あげてくる。これは褒めろって事だよな？

「ベルはすごいな。カッコよかったぞ。ありがとう」

なんとか褒め言葉を絞りだし、ベルの頭を撫でる。ベルは褒められてテンションが上がったのか、腕の中で騒いでいる。本気で父性に目覚めそうで困る。

「んー、これだと魔石を見つけるのは難しそうだな」

戦闘跡に近づき周囲を見回す。風の刃がいたるところをえぐり、地面はボロボロだ。

「あら、元々ゴーストやレイスには魔石はないわよ。だって実体がないんだもの」

「えっ？　じゃあどうやって存在してるの？」

「さあ？　現世に対する執着かしら？」

シルフィ、適当だな。……でも、それって魔物じゃなくて幽霊なんじゃ？　深く考えたら怖い事になりそうだから、魔物ってことで納得しておこう。

「しかしベルの魔法はすごかったな。下級精霊でこれだけ強いとなると、シルフィはどれだけ強いんだ？」

「ふふ。私は風の大精霊。位に恥じないくらいには強いわよ」

シルフィの顔は得意満面だ。大精霊か……ベルよりも3つも位が上なんだよな。すごそうなこと以外は想像もつかない。

「早く契約できるように頑張るよ」

「楽しみにしているわ。さあ、今日はもう遅いから早く戻って休みましょう。明日の朝には水の精霊を連れてくるから寝坊しないようにね」

「ああ、そうだった。分かった戻ろうか」

ベルの魔法の威力にすっかり明日のことを忘れていた。早く戻ってさっさと寝ないと。

井戸に戻りシルフィとベルにお休みを言って、岩の穴に潜り込もうとすると、ベルも一緒についてきた。せっかく契約したんだから今日は一緒に寝るんだそうだ。

下が岩で快適じゃないと言ったが、俺の上で寝るから問題ないらしい。迂闊に寝返りできないな。

二章　水の精霊と魚介

目が覚めると真っ暗だった。岩の寝床にも少しは慣れたけど体がバッキバキで辛い。柔らかい寝床を早めに手に入れたいな。光球を浮かべてから、俺の上でまるまって眠っているベルを、起こさないように抱っこして立ちあがる。
今日はシルフィが水の精霊を呼んできてくれるんだったな。早めに外に出ておこう。外に出ると薄暗くまだ日が昇りきっていない。シルフィを呼んでみるが反応がないな。まだ戻ってきてないようだ。腕の中でもぞもぞとベルが動き出す。

「おはようベル」
「ゆーた、おはよー」

元気な挨拶だ。パチリと目覚めて、すぐにエンジン全開。少し羨ましい。

「よく眠れた？」

「うん、よくねたー」

「それならよかった。俺は身だしなみを整えるから、そこらで遊んでおいで」

「はーい」

ベルが離れたので硬くなった体を解し、全身に洗浄をかける。寝ぐせと衣服のシワをできるだけ伸ばして身だしなみ完了。適当だがしないよりはマシだ。

朝食は……どうなるか分からないが、水が綺麗になったらお湯を沸かして、インスタントラーメンを食べよう。

お湯を沸かさないと駄目だから、かまどや鍋、食器が必要だな。手頃な岩を取りだし、ノコギリで加工する。二度目の作業だから手慣れたものだ。あとはノミで空気穴を開けて……これでかまどは完成。

ラーメン用のドンブリとお箸も作ろう。手頃な大きさの木材を正方形に切りだし、ノコギリでおおまかに形を整える。スパスパ切れるから簡単だ。

大まかに形を整えたら、ノミで凹凸を削り形を整える。魔法のカンナで表面を薄く削れば完成。急ごしらえだから多少不格好だけど、実用性は十分だ。

「おもしろいー」

興味深げに見守っていたベルが、ドンブリを持って様々な角度から眺めている。

「ベル、落とさないようにね」

「わかったー」

どんぶりのなにがそんなに面白いのか、頭にかぶったり上に乗ってみたりと遊んでいる。まあ、楽しいのならいいか。今の内にお箸も作ろう。

2本の固い枝を取りだし、サバイバルナイフで慎重に形を作る。先の方が細くなるように削るのが難しい。なんとか形を作り、表面にカンナをかけて完成。

開拓ツールはすごいな、改めて感心する。切れ味がすごいからスパスパと短時間で加工できる。問題は切りすぎた時と、自分を切りつけた時だな。注意しないとスパっとやって酷いことになりそうだ。

「あー、しるふぃかえってきた！」

ベルの声に空を見ると、シルフィともう1人。ん？　2人の周りになにか飛んでいるな。なんだあれ？　見たことあるんだけど……悩んでいるとシルフィがもう目の前に。相変わらずすごいスピードだ。

気になっていた謎の飛行物体は……体長八十センチに満たない水色のイルカだった。つぶらな瞳がとても可愛い。飛んでるけど。

「えーっと、お帰りシルフィ。そちらが水の精霊さん？」

「ただいま。そうよ、水の大精霊のディーネよ」

大精霊が大精霊を連れてきちゃったよ。こんな所に大精霊が2人もいていいの？

「ディーネって言うの。よろしくね」

イルカに気を取られて見逃していたが、ものすごい美人が目の前にいた。綺麗な青い髪。真っ白で透き通るような肌。淡い紫の瞳は僅かに垂れていて、おっとりした雰囲気の美女だ。

なにより母性の象徴がハンパない。これぞ巨乳。飛び込みたい。思わずシルフィと見比べてしまう。

「ちょっと裕太！　挨拶もしないでじろじろ見て。しかも私とディーネを見比べたでしょ」

ヤバい、バレてる。

「い、いや、そんなことないよ。ディーネさん、森園裕太です。わざわざ足を運んでくださり、本当にありがとうございます」

「あらあらどうもごていねいに。ディーネでいいのよ。敬語もいらないわ。裕太ちゃん。よろしくね」

ちゃ、ちゃんつけなんだ。なんか口調がゆっくりでのんびりした雰囲気の人……精霊だな。

「なに勝手に話を進めてるのよ。ちょっと裕太、絶対に見比べたでしょ」

「シルフィちゃん。小さなことで怒っちゃ駄目よ」

「ちょっとディーネ。私は小さくないわよ。普通、普通サイズよ。あなたが無駄に大きいだけでしょ」

シルフィ、小さいってそういう意味じゃないと思うよ。俺が口に出したら酷い目に遭いそうだから言わないけど。でもシルフィって気にしてたんだな。今後気をつけよう。

「ええっと、ディーネ、改めてよろしく頼む。それで、そこに浮かんでいるイルカは？」

プカプカと浮いているイルカを見て質問する。いつの間にかベルがイルカにまたがっているのは、どうしたらいいんだろう？　キャッキャと楽しそうに笑っているし、イルカものんびりと漂っている。問題ないのかな？

「ああ、そうだったわね。この子は水の下級精霊よ。シルフィちゃんから話を聞いて一緒に連れてきたの」

下級精霊って幼女の姿だけじゃないんだ。衝撃の事実だな。イルカの話をしていると、こちらに近寄ってきたので軽く頭を撫でる。ひんやりスベスベで気持ちがいい。

「裕太、人型でない下級精霊は話せない子もいるの。でも、言葉は理解しているから、普通に話しかけると通じるわ」

シルフィの機嫌も直ったのか、アドバイスをくれる。たしかにイルカの口で話すのは難しそうだ。

「俺は裕太、よろしくね」

イルカは俺の手に頭をこすりつけてグリグリしてくる。可愛い。

「あっ、そうだ、この子はウインドベル。俺と契約してくれている風の下級精霊だよ」

「べるだよー」

ベルがディーネの豊満な部分に飛びつき、顔をうずめながら挨拶している。本気で羨ましい。

「あらあら。可愛いわね。ベルちゃん。よろしくね」

「はーい」

水の大精霊がきて、なんか賑やかになったな。これからどうなるんだろう？

「シルフィ、そろそろ水場を見てもらいたいんだけど、大丈夫かな？」

「ああ、そうだったわね。裕太、岩をどかしてちょうだい」

シルフィの指示に従って井戸を塞いでいた大岩を収納する。

「ディーネ、これが話していた井戸よ。確認してちょうだい」

「あら、大きな井戸ね。それにとっても深いわ。うん、たしかに穴の底から水の気配がするわね。裕太ちゃん頑張ったのね」

なぜか偉い偉いと頭を撫でられた。まんざらでもないな。

「ほら裕太。デレデレしてないで行くわよ」

褒められてデレデレしていたらしい。ブツブツと小声で文句を言ってくるシルフィが怖い。たまに聞こえてくる言葉には、巨乳がなによとか、精霊どころか人間にまで比較されるなんてとか漏れ聞こえてくる。シルフィに胸の話は地雷らしい。覚えておこう。

「う、うん、今行く」

光球を出して階段を下りる。穴は自分で掘ったとは思えない深さだ。ベルがイルカ型の精霊と楽しそうに飛びまわっている。もう完全に仲よしさんだな。

＊＊＊

長かった。水場にたどりつくために、毎回こんなに時間がかかると洒落にならん。手押しポンプの構造はなんとなく知っているけど、これだけ深いと対応できない。

「ディーネ、この水なんだけどどう？」

「ちょっと待っててね。調べてみるから」

ディーネが水に手を入れて目を瞑る。一晩経ったら濁りが落ち着いて、水がかなり綺麗になっている。問題のない水場であってほしい。

「ふふ、すごくいい水場よ。水量も豊富で汚染もないわ。生きている大地から綺麗な地層を通って水が流れ込んでいるの。そのまま飲んでも問題ないわね」

生きている大地って１００日は歩かないとたどりつけない距離だよな……自然ってすごい。そのまま飲んでも問題ないのは更に助かる。ディーネが住んでくれたら嬉しいけど。たとえここに住まなくても飲み水は確保できる。ちょっとホッとした。

「ディーネ、ここに住んでもらえるかな？」

ドキドキしながら聞く。

「んー、ごめんなさい、このままだと難しいわ。でもちゃんと環境を整えてくれるのなら大丈夫よ」

一瞬駄目かと思ったけど、望みはあるらしい。

「環境ってどうすればいいの？」

「シルフィちゃんに聞いたんだけど、裕太ちゃんってすごい道具を持っているのよね？　この井戸の内壁を岩で補強して、出入り口の部分はすり鉢状に大きく広げて、そこも外から土が流れ込まないように岩で補強してほしいの。そうしたら私が上まで水を導いて泉を作るわ。大変だけどできるかしら？」

あれ？　たしかに大変だけど俺にとって、ものすごく助かることだよね？　階段の上り下りがなくなるだけで十分な利益だ。

「契約しないと直接的に力を行使できないってシルフィに聞いたんだけど。泉を作っても大丈夫なの？」

「あら、大丈夫よ。死の大地に水場を作るんですもの。十分に水の精霊の職分よ。怒られるどころか精霊王様に褒められちゃうわね」

そうなのか？　境界線があいまいでよく分からん。シルフィを見てみると、頷いているから大丈夫らしい。

「分かった。道具はすごくても素人だから、不格好になるかもしれないけど、それでも構わないか？　あと、先に海に食料を確保しに行きたいから、整備の開始は明日以降になる」

「いいわよ。私は此処に残るからゾンビが落ちてこないように、出入り口は岩で塞いでおいてね。それと海に行くのならあの子と契約するといいわ。お魚を捕ってくれるわよ」

魚！　釣り糸も釣り針もないから、海に潜って貝やカニ、海藻なんかをメインに考えていたけど、魚を捕ってくれるのなら、食卓が豊かになる。

「でも、水場を離れて死の大地を移動して平気なの？　自然のバランスが崩れた場所では、力を奪われるんだよね？」

「そのための契約なの。裕太ちゃんの魔力をもらえれば問題ないわ」

「それなら俺もお願いしたいな」

イルカ型の精霊を手招きする。

「ねえ、俺と契約してくれる?」

問いかけると、イルカ型の下級精霊はキューッと頷きホッペをスリスリしてきた。とても可愛い。

「ふふ、この子もいいみたいね。じゃあ裕太ちゃん、この子に名前をつけてあげてね」

ああ、そうだった。名前を決めないと駄目なんだよな。くじけそうだ。……いや。お魚を捕ってくれるんだ。最高の名前を考えないと。

ドルフィンのフィンは流石に安直だ。もっといい名前を考えよう。

うーん、水の精霊だし水に関する名前がいいよな。水……みず……みずうみ。レイクか、悪くない。

雨はレイン。これもいい響きだ。水関連は風よりも名前っぽい響きが多いな。

「よし、決めた。君の名前はレイン。雨って意味だよ。死の大地にも雨が降るようにと思って、レインにしたんだけど、どうかな?」

「キュー! キュー!!」

鳴き声をあげながら再びホッペをスリスリしてきた。気に入ってくれたってことでいいんだよね。

「契約が成立したわ。可愛がってあげてね」

うん、2回目の契約もあっさりだな。こんなに簡単だとありがたみが……。

「裕太。どうしたの？」

「いや。あんまりあっさりと契約ができちゃうから、実感がないと思っただけ」

「ああ、そういうことね。それなら私との契約を楽しみにしていなさい。大精霊との契約だから、お望みどおり実感が伴う演出があるわよ」

「えっ、なにそれ、すごいの？　どんな演出？」

「ふふ、内緒よ。知りたかったら頑張ってレベルを上げなさい」

ふむ、隠されると知りたくなる。掌（てのひら）の上で転がされてる感じだけど、頑張ってレベルを上げるか。

「気合を入れて頑張るよ」

戯（たわむ）れてくるレインを撫でて落ち着かせながらペットボトルに水をくみ、ディーネと別れて井戸の階段を上る。

＊＊＊

長い階段を上って外に出てから、大きな岩で再び井戸を封鎖する。作成しておいたかまどで、袋ラーメンのミソ味を作る。

ドンブリに麺とお湯を入れて粉末スープを混ぜ合わせる。日本にいた頃だったら、刻んだネギと卵を追加するところだけど、残念なことにそんな物はここにはない。

……ご馳走様でした。噛みしめて食べないといけないのに、空腹とラーメンの香りにやられて一気に食べてしまった。

「よっぽどお腹が空いていたのね」

「あはは、まあね」

ちょっと恥ずかしい。ペットボトルの水をゴクゴクと飲む。水の残量を気にしないでいいのって素敵(すてき)だ。次は海で大量に食料をゲットして、毎日お腹いっぱいに食べられるようにしよう。さあ、海に向かって出発だ。

＊＊＊

「シルフィ、ありがとね」

「突然どうしたの？」

ただ、お礼を言いたくなっただけなんだけど、この子大丈夫かしらって目で見られると凹む。

「いや、今も海まで案内してもらってるし、シルフィのおかげでディーネとレインにも会えたんだから、感謝を伝えたかっただけだよ」

「ああ、そういうことね。突然だったからびっくりしたわ。まあ、私も楽しんでいるから気にしないで、でも、どうしてもお礼がしたいのなら……そうね。面白い人生を送ってくれればいいわ」

「……面白い人生って……ハプニング続きの、気の休まらない人生のこと？　だったら断固拒否するよ」

「ふふ、それも楽しそうね。まあ、好きに生きるといいわ。異世界人で精霊が見えるんだもの、なにかしらハプニングに巻き込まれるわよ。期待しているわね」

「そんな期待はいらないよ」

平穏無事な人生に憧れる訳じゃないけど、苦労ばかりの人生は遠慮したい。死の大地で生き抜くだけで十分なハプニングだ。この苦境を切り抜けられたら趣味に生きよう。


「うみー」「キュー」

シルフィと話しながら歩いていると、ベルとレインが海がすぐそこだと教えてくれた。

「おっ、海が見えたみたいだね。少し急ごうか。食料を大量に手に入れて、井戸の整備も頑張らないとね」

「そうね。あっ、井戸に戻る前にここら辺の岩山から石材を確保しておいたら？」

「ん？　ああ、そうだね。井戸周辺は岩山が少なかったし、井戸の整備で大量の石材が必要になるね」

「ええ、それに泉になる場所を中心に広めのスペースを取って、大きく岩で囲んだらどうかしら。ゴーストやレイスは防げないけど、他の魔物が入ってこない広いスペースがあれば、なにかと便利よ」

「なるほど、水が出たんだから、あの井戸一帯を拠点にすると暮らしやすいよね」

「ええ、それにせっかくできた水場が、魔物に荒らされたら気分が悪いもの」

岩で井戸一帯を囲むのならあんまり狭いと息苦しい。大きめの体育館くらいの広さがあれば、リッチな感じで暮らしやすいかも。水が沢山あるのなら、耕せば畑とかできないかな？　土が死んでいるし、耕して水をまいたくらいじゃ駄目か。

生きている土地に行くことができれば、森に入って大量の腐葉土や土が手に入るけど、町に行けるのなら畑を作る必要もない気がする。

いずれにせよ、石材は簡単に切りだせるんだし、魔法の鞄があれば設置も簡単だ。広めのスペースを確保してもいいだろう。

「うん、食料と石材を大量に手に入れて戻ろうか」

「それがいいと思うわ」

少し速足で進み、砂浜に到着する。

「海だー」「うみだー」「キュー」

水確保のために、せっかくたどりついた海に背を向けた悔しさ。今こそリベンジの時。人の手が入っていない、豊かな海の海産物をこれでもかと乱獲してやる。

「さて、ベル隊員。レイン隊員。君達に重大任務を与える」

「うっ？」

ヤバい、ベルが話についてこられなくて、首を傾げている。日本のノリでやったら理解できないのは当然だよな。でも、ここで急に冷静になるのも恥ずかしい。力業で押し通すしかないいな。

「ベル隊員。返事はイエッサーだ。分かるな？」

「いえっさー」

「よろしい。では改めて任務を申し渡す。ベル隊員はレイン隊員と協力して、この海の海産物を確保するのだ。魚は言わずもがな、エビやカニの確保も忘れるな。なに、遠慮することはない。容量無制限で時間停止の魔法の鞄がある。捕れるだけ捕ってこい。いいな」

「いえっさー」「キュー」

「よし。行け」

楽しそうに海に突撃していくベルとレインを見送り冷汗を拭う。危なかったがなんとかなったな。


安心しているとシルフィから、呆れた視線が飛んできた。

「いきなり、なにをやってるのよ」

「……聞かないで」

シルフィの視線がグサグサと突きささる。こっちを見ないでほしい。

「俺は貝や海藻を集めるけど、シルフィはどうする？」

「……はぁ、質問に答える気はないのね？」

「シルフィはどうする？」

恥ずかしくて冷静に説明できない。絶対にしらを切り通す。

「はぁ、分かったわよ。もう聞かないから、その覚悟を決めたぜって顔をやめなさい。無駄にキリッとしていて気持ち悪いわ」

失礼な！　でもなんとか切り抜けられた。海は恐ろしいな。大人になっても童心に帰ってしまう。

「私は契約していないから食料の確保に協力はできないわ。のんびりしているから、裕太は頑張って食料を集めてきなさい」

「いえっさー」

シルフィと別れて服を脱ぎ、パンイチになる。トランクス派でよかった。流石にブリーフで海は恥ずかしい。軽く体を解して海に入る。水温は少し冷(ひや)っとする程度、なかなか快適だ。遠浅の海に潜ると高い透明度で美しい世界が広がる。

ゆらゆらと揺れる海藻、美しい珊瑚(さんご)、色鮮やかな小魚達。まるで南国の海だな。しばらく食料の確保も忘れて海の中を漂う。こういう行為を命の洗濯って言うのかな？　幸せだ。

＊＊＊

いかん、素晴らしい光景にレジャーを楽しんでしまった。目的の食料確保に邁進(まいしん)しなければ。

食料目的で海の中を探すと、地球でも見たことのあるような貝がちらほらと見つかる。名前は違うかもしれないが、シャコガイ、サザエ、アワビ。砂を掘り返してみるとアサリやハマグリも発見できた。

ただ、このタイミングで最大の誤算が判明する。魔法の鞄には生き物が入らないようだ。頑張って集めた沢山の貝……貝殻を割って殺すと調理がし辛い。この場で調理するしかないな。

アサリとハマグリは砂抜きして酒蒸しだな。アワビとサザエは……流石に生は怖いから焼くか。シャコガイも食べ方が分からないから焼いておこう。

そもそも見た目が同じでも食べられるとは限らない、シルフィなら知っているかな？

「シルフィ、貝を捕ったんだけど、食べられるか分かる？」

「あー、そうね。そこにあるのは港で売っていたのを見たことがあるから、食べられると思うわ」

よかった。頑張ったのに食べられなかったら辛い。砂抜きを待つ間に海藻を捕ってこよう。海藻のことはよく分からないので、ワカメとコンブを重点的に採取する。

しかし、まるで南国の海なのに、コンブっぽい海藻があると違和感があるよね。まあ、コンブ出汁（だし）が作れるなら、食生活が豊かになる。浜辺に干しておこう。

本当はもっと沢山捕りたかったけど、調理が必要ならこれくらいが限界だな。あとはベル隊員とレイン隊員に期待しよう。縦横無尽に跳ねまわるベル隊員とレイン隊員が遠くに見える。とっても楽しそうだ。ちゃんと魚を捕まえてくれてるよね？

さて、まずは……コンブを砂浜に並べる。次は……酒蒸しだから蒸すために、シャベルの形に合わせた蓋が必要だな。岩で作るか。シャベルの形に合うように岩を加工する。うん、大体こんな感じだ。あとは完成した酒蒸しを入れる器も必要だな。ドンブリがあるけど、それに入れたら他の食事がしたい時に困る。もう少し器を作っておくか。木を取りだし朝と同じ手順でサクサクと器を完成させる。

よし、完成。そろそろ調理しよう。かまどを準備して火をおこす。ずいぶん手慣れてきたな。

次はシャベルに洗浄をかけて、かまどの上にセット。アサリとハマグリを載せて、日本酒をぶっかけて蓋をする。しばらく待って、貴重な醤油をキャップ2杯分振りかけてもう一度軽く蒸す。

たまらん匂いだ。身もプリプリだし、貝の出汁が出まくった酒蒸しのスープは、とてつもなく美味しいからな。今すぐしゃぶりつきたい。

「いい匂いね。裕太の故郷の料理？」

「うん、単純な料理だけど、故郷の酒と故郷の調味料を使った自信作だ。1つ食べてみて」

シルフィがお酒のところで、ピクッてしたような……気のせいか？

「いいわよ、貴重な食料でしょ。裕太が食べなさい」

「使った調味料は少しだし、食材は海で捕れたものだよ。遠慮しないで試してみて」

「……そうね、美味しそうだし異世界の調味料にも興味があるから、1ついただくわね」

「うん、どうせならその大きいのがいいよ。俺の世界だとそのハマグリは人気食材なんだ。

手掴みでいけるけど熱いから気をつけて」

「えぇっと、これね。精霊にとってこの程度の熱は関係ないわよ。じゃあいただくわね」

シルフィがハマグリを口に含む姿をドキドキしながら見守る。

「あら、いいわね。磯の香りと貝の旨み、あとは裕太の故郷の調味料かしら。それらが合わさって、とても美味しいわ」

いい笑顔をいただきました。味覚が違うかもしれないと心配だったけど、美味しいってことはこの世界の人達の味覚も、日本人と似た感じなんだろう。町に行くのが楽しみだな。

「気に入ってもらえたのならよかった。その貝殻で底に溜まっているスープを、すくって飲んでみて」

「こうかしら？　……あっ、美味しいわね。貝の出汁が出ているし、調味料とお酒のコクも利いているのかしら？　とにかく美味しいわ」

高評価だな。俺も１つ食べる。ハマグリを手に取り口に含む。肉厚な貝の身を噛みしめる度にあふれる貝の旨み。最高だな。スープも１口……酒が飲みたい。このまま貝と酒を交互に繰り返して、グデングデンになりたい。

でも駄目だ。ゾンビに食われる。未練を振り切り、酒蒸しを新しいドンブリに移して収納する。次は貝を焼こう。アワビとサザエ、刺身で食いたいけど焼いておこう。死の大地で体調を崩したら地獄だ。

すべての貝を焼き終わった頃、ベルとレインが戻ってきた。隊員ゴッコはなかったことにしよう。

「たくさんとってきたー」「キュー」

ベルとレインがフヨフヨとゆっくり飛んでくる。大きな水の塊を浮かべていて、その中には大量の魚介が泳いでいる。なんで逃げださないのか不思議だ。

「おー、大漁だね。偉いぞ2人とも」

全力で2人を撫でくり回す。さて魚も下処理をしないと。山盛りに積み重なっているから急がないと悪くなる。シメて内臓を取って収納でいいか。その前にベルにお願いをしておこう。

「ベル、あそこに並べてある海藻に、優しく風を吹きかけて乾かしてほしいんだけど、できる？」

「いえっさー」「キュー」

ベル、隊員ゴッコを忘れてなかったんだね。シルフィが変なことを教えるんじゃないわよって目で見ているけど、気がつかないふりをしよう。魚をさばかなきゃ。

「シルフィ、この魚の山の中に危険な魚や食べられない魚はあるかな？」

「うーん、市場に出ている魚は分かるけど、見たことがない魚も結構いるわ。知っているのは教えるから、それ以外はシメるだけにして、ディーネに聞いた方がいいわね」

シルフィって頼りになる。

「分かった、お願い」

シルフィの許可が下りた魚はシメて内臓を取って収納。お願いしたとおりエビとカニも交ざっている。問題は、エビとカニのシメ方が分からないことだな。伊勢海老みたいなエビやタラバガニみたいなカニもいる。しょうがないのでエビは頭をひねってすぐに収納。カニは茹でて収納した。

＊＊＊

「ふー、終わった。これだけあれば当分大丈夫だ。餓死する心配はなくなったよ」

魔法の鞄の中には新鮮な魚介が満載だ。

「ふふ、よかったわね。魔力が上がるまで食料が足りるのなら、大きな失敗をしなければ生き延びられるわね」

そうなんだよな。日本と違って死が身近にありすぎる。気を引き締めて頑張ろう。

「うん、生活環境を整えながら地道にレベル上げを頑張るよ」

「それがいいわね。そろそろ拠点に戻る？」

「そうだね。コンブを回収して、あっ、砂も大量に必要だったんだ。ついでに採取してくるよ」

　砂とコンブを回収しに行くと、ベルがレインにまたがり風を吹かしている。レインが移動するとベルも移動するので、広範囲に優しい風が吹き渡ることになる。あの子達は天才かもしれない。

「ベル、レイン、ご苦労様。とってもよく乾いているよ。ありがとう」

「えらいー？」「キュー？」

「2人ともとっても偉いよ。とってもいい子だ」

　2人の頭を撫でまくりの褒めまくりだ。

　ニコニコしながらコンブを回収して、砂浜の砂も大量に収納する。これだけあればベッドの2つや3つは作成可能だろう。

「よし、回収完了。拠点に戻るよー」

「いえっさー」「キュー」

「裕太、ベルの返事のしかたは、このまま続けさせるの？　訂正するなら早い方がいいわよ」

　イエッサーは特別な返事で、特別任務を受けた時専用の返事だとベルとレインに説明した。少し残念そうだったがなんとか納得してくれたので一安心だ。テンションにかまけて余計なことをすると苦労が増えるな。

＊＊＊

海で食材と砂を大量に手に入れて、岩山の上に作った拠点に移動する。

さて、晩ご飯は待望の海鮮バーベキューだ。まあ、シャベルに魚介類を載せて、軽く海水をかけて焼くだけだけど。余ったら収納すればいいので、大量に焼いて燃料の節約だ。

焼いている間にみんなの分のお皿と、お箸は使うのが難しいだろうから、木でナイフとフォークを作る。魚を押さえるのは木のナイフでも十分だろう。お肉が手に入ったら、木のナイフだと無理だよな。もし鉱石なんかが手に入っても加工ができないし、大変だな。そもそも死の大地では食べられるお肉が手に入りそうにないし、当分先の話か。

「みんなーできたよー」

シルフィ、ベル、レインが集まってくる。

「あー、べるがとったおさかなー」「キュー」

「あら、沢山焼いたのね」

「うん、余ったら収納するから沢山焼いたんだ。みんなで食べよう」

「ふふ、山盛りになっていたものね。いただくわ」

貴重な異世界の食料でなかったら、シルフィは食事につき合ってくれるようだ。今度は異世界のお菓子をご馳走してみよう。食事よりは受け取ってもらえる気がする。

「たべるー」「キュー」

「ベル、レイン、食べたい物があったら言ってね」

「はーい」「キュー」

「じゃあ、いただきます」

「ゆーた、べるはこれたべる」

ベルは先ほど自分で捕ったと自慢していた、大きなクロダイを選んだ。

「キュー、キュキュー」

レインは大きな伊勢海老だ。それぞれのお皿に取り分ける。レインに伊勢海老の殻を剝こうかと聞いたが、殻ごと食べるらしい。シルフィはアジを選んだ。

俺はなにを食べようかな。このカラフルな魚を試してみよう。食べたことないけど沖縄の魚に似ている。たしかハタの仲間で、美味しいお魚だってテレビでやってたな。箸で解すのも面倒だし、この雰囲気で上品に食べるのも味気ない。よし、言い訳完了。思いっきりかぶりつこう。

おっ、美味(うま)いなこれ。白身魚で、焼いた影響なのか身がしまり、いい歯ごたえだ。皮の部分が特に美味しい。脂はくどくなく上品だ。

煮つけにしても美味しそうだが、醬油と砂糖だけで上手く作れるかな？　たしか味醂(みりん)も必要だったよな。しかも魚の煮つけでご飯を食べないとか地獄だ。

米系のストックはレンジで温められるご飯、5個入りを2パックと冷凍チャーハン、冷凍ピラフ、冷凍ドライカレーだけか……我慢できる時は我慢しないと一瞬でなくなるな。考えたら食べたくなるので、今は魚介に集中しよう。

当分は魚介類中心の生活で、日本で買ってきた食料は限界まで我慢してからだな。穀物が手に入ればだいぶ違うんだが、雑草すら生えていない大地で穀物が見つかるはずもない。

あー、考えたら肉も食べたくなってきた。死の大地には美味しい魔物もいないだろうから、頑張って町に期待しよう。

＊＊＊

「ご馳走様でした」「でしたー」「キュー」

「美味しかったわ」

「よかった。俺も久しぶりに我慢しないで食べられて幸せだよ。この世界の魚介類も美味しいね」

「ふふ、気に入ったのならよかったわ」

「シルフィ、少し休憩したあと、レベル上げにつき合ってくれる？」

レベルを早く上げれば美味しい物に近づくと考えれば、大抵のことは頑張れる。

「ええ、いいわよ。いつもどおりゾンビとスケルトンを狙うのよね?」

「そうだね、ベルとレインの魔法を試したいから、最初はゾンビとスケルトンでお願い。そのあとは勝てない魔物以外は片っ端から討伐したいな」

「分かったわ。いろいろ歩きまわるから裕太は頑張って倒してね」

「うん、ああ、それと体中が日焼けでヒリヒリするんだ。回復魔法とかないの?」

「回復魔法はあるけど、ここにいるメンバーじゃ使えないわ」

「そうなの? 回復魔法って水とか聖のイメージだけど、レインでも使えないの?」

回復魔法のあるなしはかなりの違いだ。特に今は日焼けを治したい。

「どんなイメージを持ってるのか知らないけど、回復魔法は命の精霊の領分ね。通常の魔術だと教会が管理している術式があるくらいかしら。でも、教会の術式は貴重な力だから、厳重に管理されているわね。だから一般人はポーション頼みね」

教会が管理とか利権の臭いがプンプンだ。でも、ポーションって響きはテンションが上がる。ファンタジーな薬品がある世界。上級ポーション、万能薬、エリクサー、夢が広がるな。

「ポーションか……ここでは作れないよね?」

「そもそも材料がないわね。まず薬草を育てないと」

スタートが難しすぎる。

「命の精霊を連れてきてもらうことは可能？」

「うーん、あんまり気が進まないわ」

「どうして？」

「死の大地は命の精霊にとって、とても辛い場所よ。せめて周囲に生命力があふれる場所がないと、心がもたないわ。特に裕太でも契約できる下級精霊だと、すぐに耐えられなくなるわね」

俺と契約すれば魔力の供給は問題ないけど、常に精神を削られてしまうってことか？　たしかに辛いな。

「契約が難しいのは分かったよ。周囲に生きている人間が増えないと難しいんだね」

「人間である必要はないわ。植物や動物にも命があるもの。ただ魔物は瘴気にまみれているから駄目よ」

「命の精霊の協力を得たいのなら、緑があって動物がいるくらいには、環境を整える必要があるんだね」

「ええ、せめてそれくらいは用意してほしいところね」

植物が生えて動物が住む場所。それって死の大地で可能なの？　環境が整う頃には、町に移動できる気がする。

「難しいのは分かったよ。今の状況じゃどうしようもないから、怪我(けが)をしないように注意するよ」

「それが一番ね。レベルが上がれば体も強くなるんだから、コツコツ努力しましょう。まずはレベル上げよ」

「そうだね。できることから始めるよ」

ベルとレインを呼び、日焼けの痛みを我慢しながらレベル上げに向かう。地味に辛いな。

＊＊＊

「ゾンビが6体か……ベル、レイン、一度に倒すんじゃなくて、別々の魔法を使って1体ずつ倒せる？」

「できるー」「キュー」

2人とも自信があるみたいだ。

「じゃあ、お願いするね。右側の3体をベルが、左側の3体をレインが倒して」

「はーい」「キュキュー」

ベルとレインが魔法を使う。ベルが風刃と唱えると風の刃が飛びだし、ゾンビを真っ二つに、レインがキューッと声をあげると、水の玉が猛スピードで発射されゾンビの頭が弾け飛んだ。

すべてのゾンビを倒したあと、ほめてーっと突撃してきたベルとレインを撫でくりまわしながら、魔法の威力を考える。

ベルが使ったのは3種類の風魔法。
風刃　風の刃で敵を切り裂く。
風弾　圧縮された空気の玉が敵を貫く。
小竜巻　小さな竜巻が敵を飲み込み切り刻む。

レインもベルと同じような魔法を使った。鳴き声しか分からないので、ベルの魔法に合わせて名前をつけると、水刃、水弾、小渦巻って感じか。

そのあともゾンビやスケルトンを討伐しながら、様々な魔法を試す。正直、俺はいらない気がするが、幼女やイルカに戦闘を任せっぱなしは精神的に辛い。俺もできるだけ戦闘に加わろう。

シルフィに頼んで様々な魔物の所に案内してもらった。前回ビビってしまったデスリザードも、落ち着いて対処すれば問題なかった。

ベルとレインが本気で攻撃すればサクッと終わるんだろうけど、あえて補助に徹してもらっている。

「……サソリか？　シルフィ、初めて見るけど、どんな魔物なの？」

「デスコーピオンね。両手のハサミは鉄の盾も切り裂く力を持っているわ。他に注意すべきは尻尾の毒ね。かすっただけで動けなくなるわ」

「毒かー、毒は嫌だな。安全策でいくか。ベル、奇襲で尻尾を斬り落とせる？　レインは右側のハサミを水弾で攻撃してくれ。俺は左のハサミをハンマーで潰してから止めをさす」

「はーい」「キュー」

ベルもレインも問題なさそうだ。安全性を取るか、経験のためにわずかながらも毒を受けるリスクを負うか……経験を積むためにも手順を踏んで倒そう。絶対に安全なんてことはないんだ、自分で戦えるようにならないとな。

「じゃあ、ベルが攻撃したら突っ込むからお願いするね」

「りょーかいです」

ベルがふわりと浮かびデスコーピオンの真横に陣取る。精霊の気配を感じ取れる魔物もいると思うけど、最初から超隠密状態の精霊って、チートだよね。そもそも精霊に物理攻撃が通じるんだろうか？　あとで確認しておこう。

ベルが両手を前に出して風の刃を放つと、尻尾が切り離されて宙を舞う。タイミングを見計らい、ハンマーを振りかぶって突撃する。

あっ、……突然の攻撃に驚いたデススコーピオンが後ろを振り向いてしまった。……予定を変更して背中をハンマーで叩き潰す。

「キュキュー」

レインがハサミを攻撃できなかったことを謝るように、頭をすりつけてくる。

「俺の作戦ミスなんだ。レインはなにも悪くないから気にしないで」

頭を撫でてレインを慰める。いつのまにかベルも隣にいて、一緒にレインを撫でている。いい子だよね。

しかし、尻尾を斬り飛ばされたなら、後方を警戒するのは当たり前だ。戦闘経験がないと、少し考えれば分かるようなことも見逃してしまう。

安全を担保しながらも、できるだけいろいろなシチュエーションで戦闘を経験しないと危険だな。

＊＊＊

現在、岩山から石材をひたすら切りだしている。今朝は昨晩余って収納した魚介類をお腹いっぱい食べて、気力も充実、レベルも上がって体力も力もついたし、大きな岩山をサクサクと解体する。移動拠点用に特別大きな岩も確保したし順調だ。

「ふぅ、これだけあれば足りるよね。あとは戻って井戸周りの整備と住居を作ろう」

「足りるでしょうね、でも岩山を3つも更地にするのはやりすぎじゃない？」

苦笑いしながらシルフィが話しかけてきた。たしかにちょっと調子に乗ったことは否めないが、多すぎて困ることもないだろう。

「まあ、なにかしらの使い道はあるから大丈夫だよ。余ったらスペースの拡張に使えばいい」

遠くで遊んでいるベルとレインを呼び、井戸に向かって出発する。

＊＊＊

レベルアップのおかげで、2時間ほどで井戸に到着した。とりあえず井戸を封鎖していた大岩を収納しよう。

「シルフィ、この井戸の底にディーネはいるんだよね？」

「ええ、水脈をつたって別の場所に移動している可能性もあるけど、たぶんいると思うわ」

水の精霊は水脈をつたって移動できるのか。便利……なのか？　飛べるから意味がない気もする。

「じゃあ、帰ってきたって伝えた方がいいよね？」

「伝言でいいわよ。ベルとレインに頼めばすぐよ」

おお、そんな方法が。階段の上り下りが面倒だなって思ってたんだけど、それは楽だ。

「ベルー、レインー。ちょっときてー」

「なーにー」「キュー」

嬉しそうに飛んでくる幼女とイルカ。ファンタジーだ。

「井戸の底にいるディーネに、帰ってきました、明日工事をするねって伝えてくれる？　いなかったらそのまま戻ってきてね」

「にんむー？」

「……うん……任務だよ」

「いえっさー」「キュー」

嬉しそうに井戸に飛び込んでいく2人を見送る。ぐふっ、海でのハイテンションが……いずれ2人とも任務のことを忘れてくれると信じたい。

「シルフィ、可哀想な人を見るような目はやめてくれる？」

「そんな目はしてないわ。裕太の被害妄想よ」

そうかな？　気にしすぎか？

「それより、これからどうするの？」

「まずはスペースの確保だね。２メートルの正六面体を２００個用意してあるから。あとは並べるだけだよ」

一辺に49個置けば１９２個で十分な大きさの正方形ができる。

「高さ2メートルあれば、アンデッドは大丈夫だけど、デスリザードとかは入ってくる可能性があるわよ？」

「うーん、とりあえず作ってから様子を見るよ。駄目だったらその時考えるね」

岩は2メートルの幅があるから、上に積み重ねても大丈夫だろう。

「まあ、試してみるのが1番ね」

「うん、じゃあ井戸が中心になるように岩を並べるよ」

起点を決めて岩を置く。

「こうして見ると大きいわね。こんなに厚みが必要なの？」

たしかに１つ置いただけなのに妙な迫力を感じる。

「うん、建築なんて関わったことすらないから、頑丈さで勝負だね」

地面が岩の重みで陥没しても、岩を収納して対処すればいいから簡単だ。

「たしかに脆(もろ)いより、頑丈すぎる方がマシね」

「そういうこと。酷い凹凸があるところだけ均(なら)して、岩を置いていくね」

ズン、ズンっと順調に岩を置き、突起している所はスコップでサクッと削り、凹んでいる場所は土で埋めてハンマーで叩き固める。


「ただいまー」「キュー」

おっ、ベルとレインが戻ってきた。

「2人ともありがとう。ディーネには会えた？」

「あえたー、にんむかんりょーほめられたー」

「キュキューキュイ」

2人ともやり遂げたって雰囲気だ。お礼を言って。撫でくりまわす。

「ありがとう。今のところ他に用事はないから2人は遊んでおいで」

「はーい」「キューイ」

飛び去る2人を見送ったけど、レインの返事が微妙に進歩していたような気がするな。

＊＊＊

隙間なくグルッと一周囲めた。少しズレはあったが、余っている岩で調整したので、魔物の侵入を防ぐという意味では問題ないだろう。

「これくらいの広さがあれば十分だよね」

赤茶けて乾いた地面しかない場所でも、周囲を囲んで自分の領域だと認識すると、愛着がわくのが不思議だ。

「そうね、かなり広いと思うわ。これだけのことが短時間でできるって、やっぱりすごい能力よね」

「うん、道具としては破格の性能だね。まあ、空が飛べたら簡単に町にたどりつけたんだけどね」

スイッと飛んで町に到着。とっても楽だ。

「私と契約したら飛べるんだから、今の能力の方が絶対にいいわよ」

たしかにどれだけ苦労しても、開拓ツールを手に入れるのは難しいだろうな。

「それもそうだね。よし、やる気が出た。次は移動拠点を作るね」

移動拠点用に確保した一番大きな岩を取りだして、仮の拠点に作ったような2部屋の家を作る。今回は囲いを作ったので、キッチンにはいくつかの窓を作るか。

寝室には、ゴーストとかが入ってきたら嫌なので窓はなしだ。テーブル用の岩とベンチ用の岩を設置。かまどを置けばキッチンが完成。

寝室は部屋の中央に大きな岩を置き、箱状にくり抜く。砂浜で収納した砂に洗浄をかけて、岩のくり抜いた部分に流し込めば完成だ。

寝たら砂で汚れるけど洗浄の魔法で対処できるし、岩の上に直に寝るよりはマシになるだろう。

「よし、これで移動住居が完成した。今日の作業はこれくらいにして、晩ご飯にしようか」

「今晩はなんにするの？」

連続で魚介類を焼いただけというのは辛いな。でも、煮魚は米がほしくなる。夜は少し気温が下がるとはいえ、鍋も辛い。フライはいろいろと材料が足りない。そういえば野菜もない、海藻を食べれば何とかなるのか？　いかん不安しかない。野菜ジュースくらい買っておくべきだった。栄養不足で体を壊す前にさっさとレベルを上げないと、大変なことになる。

「今日は……蒸し魚かな」

「微妙に変わってはいるけど……大丈夫なの？」

「いろいろと魚料理は考えついたんだけど、野菜や調味料が足りないんだ。日本の料理に魚介を添えれば贅沢にはなるんだけど……」

調味料がほしい、ハーブがほしい、野菜がほしい、肉がほしい、なにより米がほしい。

「ねえ、ベルに人里に行って、買い物してもらうことは可能かな？」

「実体化できないから無理ね。精霊が実体化できるのは、かなり高位の精霊でも短時間か、特別な場所でだけなの。魔力を使って物を掴むことはできるけど、厳密に言えば触っているのとは違うから、そんな状況で買い物はほぼ不可能ね」

魚を捕ってくれたから、物は持てると思ってたけど違うんだ。微妙にややこしいな。

「植物を採取してもらうのはどう？」

「可能ではあるわね」

希望が広がった。

「おお、植物が手に入るだけでもだいぶ違うよ」

「でも、物を持つ魔力を維持したまま長距離を飛んでくるのは、ベルでは時間がかかるし辛いわ。レインに補助してもらっても結局負荷がかかっちゃうし……」

シルフィがため息をつきながら申し訳なさそうに話す。そういえばベルと契約したら町まで運んでもらえるかって聞いたら、無理だって言ってたな。植物よりも断然重いから当然か。

「契約した精霊は離れていてもすぐに召喚できるって言ってたよね。その力を使えばすぐに戻ってこられない？」

「残念だけど、移動できるのは精霊だけなのよ」

「おうふ、なんか雁字搦め（がんじがら）めに縛られているような気がする」

上手くいきそうでも、微妙に何かが足りない。神様がいるとしたらかなりの意地悪だ。

なんとか上手くいきそうな方法は、幼女とイルカに多大な負担をかける。罪悪感がハンパない。

「私くらい力があればなんの問題もないんだけど」

「シルフィと契約できたら、町に連れていってもらえるもんね」

「ふふ、そうよね。いままで気にしたこともなかったけど、なかなか上手くいかないのね」

精霊とこれだけ意思疎通ができるのは、かなり珍しいみたいだからな。いろいろと新しい発見もあるんだろう。

「まあ、ベルとレインに頼るのは最終手段にして、自力でできることを頑張るよ」

まずはワガママを言わずに、ご飯を食べてレベル上げだ。魚介オンリーな生活から抜け出すために頑張ろう。

＊＊＊

ゴリゴリとハンドオーガーで岩に穴を開ける。今回のハンドオーガーのサイズは直径1メートル40センチ。外側は直径2メートルを基本に円形に加工すると、井戸にぴったりと合う岩のパイプが完成する。とりあえず沢山作らないと。

昨日は微妙になにかが足りないままならなさを、魔物に八つ当たりして晴らした。今朝も焼き魚を食べたが、毎日焼き魚って最高。俺、焼き魚が大好きって思い込めばなんて事はない。グルグルひたすらハンドオーガーを回す。

「裕太ちゃん、今日、井戸の整備をするのよね？」

ディーネが井戸から出てきた。相変わらず素晴らしい物をお持ちですな。

「うん、そのために井戸に設置するパイプを作っているんだ。数が揃ったら魔法の鞄で運んで下から設置するね」

「そうなの。あら、周りに壁を作ったのね」

「夜中にゾンビやスケルトンが入ってこないように、シルフィのアドバイスで作ったんだ」

「ふふ、裕太ちゃんはすごいわね」

褒めながら俺の頭を撫でるディーネ。なんとか素晴らしい物に目線を送らないように耐える。これだけは言いたい。俺が紳士だから耐えるのであって、決してシルフィのジト目が怖い訳ではない。

「道具が高性能だからね。昼までにはパイプを揃えて泉にするためのスペースを掘り始める予定だよ。それで相談なんだけど、泉になる部分はすり鉢状でなければ駄目かな？　丸いと岩が設置し辛いんだ」

「水が十分にためられればいいから、裕太ちゃんの好きにしてちょうだい。楽しみにしているわね」

「はは、期待に沿えるように頑張るよ」

頑張ると言っても単純に逆ピラミッド状に穴を掘って、岩を設置するだけなんだが……素人の俺が凝った物を作っても失敗するだけだ。

話が終わり、俺は再びハンドオーガーを回す。ディーネはベルとレインと戯れながらシルフィと話している。

＊＊＊

よし、パイプは作り終わった。次は泉にするスペース掘りか。能力上仕方がないが土木工事が多いな。俺の異世界生活ってどうなの？　アニメや漫画とずいぶん違う気がする。

シャベルでサクッと穴を掘り土を収納する。この道具があれば遺跡の発掘とかですごい活躍ができそうだ。町に行ったらどんな仕事がいいかな？　やっぱり異世界の基本は冒険者ギルドだよな。町に行けるってことはシルフィと契約している訳だし、大活躍できるかも。

華やかな活躍をして大金を稼いでウハウハ生活。俺の場合は精霊術師とかかな？　パーティーを組んだとしたら、ハンマー持って前衛も務める精霊術師か……カッコいいのか悪いのか、分からない。

妄想をしながらサクサクと掘り続ける。…………掘り終わる頃には、妄想の中で最強の俺は冒険者で大金持ちで、ハーレムを作っていた。


「掘り終わったの？」

「あっ、シルフィにディーネ、うん、掘り終わったよ」

「裕太ちゃん、一心不乱に掘り進んでいて、とっても素敵だったわよ」

「そう？　なんか途中でニヤニヤしていたわよ？」

ニヤニヤしていた時は、たぶんハーレム展開で妄想絶好調だった時だな。顔に出るのなら注意しないと。最近気持ちが中学生の頃に戻っているようだ。下手したらこの歳で黒歴史の増産を再開してしまう。

「ニヤニヤしていた？　泉が完成した時のことを想像したら嬉しくなってたから、その時かな？」

「たしかに泉ができたら綺麗でしょうね」

「そうねー、私も楽しみだわ」

なんとか誤魔化せたか？

「あとは岩を設置するだけだから、そんなに時間はかからないよ」

1メートルサイズの正六面体をドスドスと並べる。直径30メートルを目安にしたから、結構大きな泉になるな。

＊＊＊

逆ピラミッド状の穴に岩を敷き詰め、上で見ていた精霊達を呼ぶ。

「終わったよー」

「お疲れ様」

「頑張ったわね裕太ちゃん」

「えらいー」「キュー」

「あはは、ありがとう。あとは井戸からパイプを引けば完成だ。みんなも下にくる？」

全員が頷いたので一緒に井戸の底まで下りる。泉ができたらこの階段を上り下りすることもなくなるのかな？　一応螺旋階段の部分は残るんだけど、隙間があると岩がズレるかも。螺旋階段を埋めながらパイプを設置するか。

「ディーネ、このまま水の上にパイプを置いていいの？」

「ええ、砂が巻き起こっても私が静めるから大丈夫よ。そのまま置いちゃって」

「了解」

よし、パイプを設置するか。井戸の幅に上手くハマるかちょっとドキドキする。収納から出すと水を跳ね飛ばしながらピタリとハマった。なんか気持ちいい。螺旋階段部分に鞄から土を流し込み踏み固める。ハンマーで叩けば完璧なんだけど、崩落が怖い。たまにパイプが壁に引っかかると、その部分を削り、微調整をしながら設置を進める。

＊＊＊

「これで最後、完成ー」

最後のパイプを設置して、螺旋階段部分に土を流し込むと、ベルとレインが胸に飛び込んできて、頑張ったねと褒めてくれる。逆ピラミッド状の泉予定地を出て井戸を見下ろす。短期間で作ったとはいえ、感慨深い物があるな。

「裕太ちゃんが頑張ったんだもの、お姉ちゃんも頑張るわよー」

……お姉ちゃんって……突っ込むべきなのか？　疑問に思ってシルフィを見ると、ツイッと目を逸らされた。ディーネはちょっと天然なのかもしれない。

「いくわよー」

ふわりと浮きあがったディーネが両手を広げて胸を張る。……ご馳走様です。シルフィの、これだから男はって声が聞こえるけど、これぱっかりは男の本能だからしょうがない。

「水の大精霊ディーネが水の精霊王に申しあげます。この地に千年の水の祝福を……」

　普段はのんびりした雰囲気のディーネが、祝詞みたいなのを唱えだすと、凛とした雰囲気を身にまとい、まるで女神のような神々しさを感じる。

「えーい」

　次の瞬間いきなり元のディーネに戻り、気の抜けた声と同時に両手を井戸に突きだした。なにがどうなったんだ？

「あのバカ。カッコつけたのに、途中で言葉が思いつかなくて諦めたわね」

「はっ？　ちょっとシルフィ、どういうこと？」

　聞き捨てならない言葉が聞こえた。シルフィを問い詰めようとすると、井戸からゴゴゴゴと異音が聞こえ、ドーンっと水の柱が打ちあがった。なんだこれ。大事な場面なはずなのに、あちこちに気が散って集中できない。

「ふおおおおお、しゅご――――い」「キュイ――――――」

　ベルとレインが大はしゃぎしている。俺が作った泉に勢いよく水が満ちていき、あふれるギリギリのところでピタリとその増加が止まる。勢いよく噴きだしたにも拘らず、泉に満たされた水は綺麗に澄んでいて、キラキラと輝いている。

「すごいな」

柄にもなく感動している。しばらく泉を眺め達成感をゆっくりと味わう。

「……さてシルフィ、聞きたいことがあるんだけど、続きを思いつかなかったってなに？大事な祝詞を失敗したとかじゃないんだよね？」

「……そもそも小さな泉を作るのに、精霊王に申しあげることなんてないの。仮にも大精霊なんだから、それくらいのことは自己判断でできるわよ。だいたい千年の祝福とかも、なんとなく響きがカッコいいとかで言ってみただけね」

頭が痛いとでも言うように額に手を当てるシルフィ。俺は心が痛いよ、そんなこととは知らずにまるで女神のようだって感動していたんだから。

「えーっと、じゃあ、あの大仰な呪文は単なる演出で、えーいのかけ声と身振りだけでよかったの？」

「いいえ、全部が不必要ね。お姉ちゃん頑張るって言ってたからカッコつけてみたんでしょ。途中で諦めてたけど」

ディーネを見ると、ベルとレインに褒められまくってふんぞり返っている。

「ねえシルフィ、できればディーネをキック叱っておいてくれる？」

「私、無駄なことはしない主義なの」

そうなのか、叱っても無駄なのか。

「裕太ちゃん見てたー。お姉ちゃんすごかったでしょー」

ニコニコと自慢げに近寄ってくる。説教をしたい気持ちが湧きあがるが、無駄なことで神経を疲れさせたくない。すごかったのは事実なんだから、その一点で頑張って褒めよう。泉を作ってもらって助かったのは俺なんだから……。

「ああ、とってもすごかったよ。さすがディーネ、大精霊の名は伊達じゃないな」

「でしょー」

ご機嫌だ。近くで飛びまわってはしゃいでいるベルとレインに、精霊の心得らしきものを語っている。2人の将来が心配になるからやめてほしい。

過程には問題があったが、目の前にはキラキラと輝く泉がある。開拓ツールの力を借りたとはいえ、結構すごいことだよな。泉に近づき手で水をすくってみる。ひんやりとして濁りのない綺麗な水だ。

「ディーネ、この水はこのまま飲んでも大丈夫？」

「大丈夫よー、とっても綺麗で美味しいお水。水の大精霊のお墨つきよ」

ちょっと不安だけど飲んでみるか。ゆっくりと水を口に含む。おかしな味はしないな。手に残った水をゴクゴクと流し込む。美味いような気がするな。

「裕太ちゃん、美味しいでしょ？」

「う、うん、美味いな」

ごめん、正直水の味とか全然分かりません。でも目の前に溺れるほどの水がある。渇き死にを恐れていた時と比べたら天国だ。

「ゆーた、おみずであそんでいい？」「キュー？」

おうふ。2人とも小首を傾げて上目遣いとは、どこでそんな高等テクニックを覚えたんだ。

「ディーネ、この子達が泉で遊びたいそうなんだけど問題ないかな？」

「精霊が水を汚すなんてことはないから問題ないわ。ベルちゃんもレインちゃんも、気にしないで遊んでいいわよー」

俺も頷いてやると、2人は大喜びで泉に飛び込んでいった。レインはともかくベルは風の精霊なのに水遊びも好きなんだな。空を飛んだり水にもぐったり、楽しそうにはしゃぐベルとレインを見て、なんとなくこの先も大丈夫な気がした。

完成した泉で遊ぶベルとレインを見守りながら、これからのことを考える。レベル上げをするのは当然として、余った時間はなにをしよう？

「裕太、泉が完成したのに、難しい顔をしてどうしたの？」

「これからどうしようかと思ってね。水と食料は確保できたし、レベル上げは夜の方が効率がいいよね。朝起きる時間を遅くして、レベル上げの時間を長く取るのもいいけど、昼間になにをやるかなって思って」

「生活環境を整えるって言ってたし、不満がある部分を手直しすれば？」

不満かー。一番の不満は食事のバリエーションなんだけど、こればっかりは解決方法が見いだせない。お風呂もほしいけど、お湯を沸かすのに貴重な木材を消費してしまう。洗浄の魔法が使えるんだから、今すぐは必要ないよな。

「うーん、ねえシルフィ。水が潤沢にあるんだから、地面に水をまきながら畑を耕して、森の精霊にきてもらえれば、一気に植物を育てられたりしない？」

「……それは難しいわね。たしかに森の精霊なら植物を生長させることは可能だけど、そもそも地面に栄養がないと駄目なの。死の大地だとかなりの土壌改良をしないと、普通に植物を育てることすら無理ね」

「そっかー、土壌改良って簡単にはできないよね」

「土の精霊ではないから、詳しくは分からないけど、豊かな土は自然の様々な要因が積み重なってできる物なの。水と土だけあっても難しいでしょうね」

豊かな土壌か……農作業は畑の土を作ることから始まるって聞いたことがある。まずはそこからなのか。

「土の精霊に大地を豊かにしてもらうとか無理かな？」

「ふふ、それが可能なら死の大地なんてないわね。精霊はあくまで自然の補助が仕事で、神様ではないの」

精霊パワーで万々歳とはいかないみたいだ。土の栄養不足、スケルトンの骨を砕いてカルシウムとか……さすがに人骨まみれの畑は嫌だ。

理由は分からないけど、畑に灰をまくって聞いたことがあるな。燃料の木材を燃やした灰を畑にまけばいいか？　それに昔は小魚を肥料にして綿花を育てたって話も聞いたことがある。海産物も肥料にできるのかも。……そのままいたら腐るだろうし、乾燥させて細かく砕くとかかな？　やることないし試してみるか。ついでに海藻も洗ってよく干せば植物なんだしいいかも。

「シルフィ、俺の世界では畑に乾燥させた小魚をまいて肥料にしていたんだけど、ここでやったら少しは栄養になるかな？　上手くいきそうだったら土の精霊を呼んでほしいんだけど」

「小魚を肥料にして畑にまくの？　聞いたことがないから分からないけど、ある程度形になれば呼んでくるのは構わないわ」

それだったら試してみるか。小魚、海藻、灰、細かくしてまけば、なにかが変わるかもしれない。

「よし、試してみるよ。実験だから5メートル四方くらいの小さな畑を作るね」

「ふふ、頑張ってね。でも今日はもう暗くなるから明日にしたら？」
空を見あげると、すでに日が暮れかけている。泉を作っていたから、かなり時間がすぎていたみたいだ。魚介を食べてレベル上げだな。

名前　森園　裕太
レベル　18
体力　C
魔力　D
力　D
知力　C
器用さ　B
運　B

ユニークスキル
言語理解
開拓ツール

スキル
生活魔法

この数日でレベルは6上がったが、その他の能力の上昇ペースは緩やかだ。シルフィいわく、上がり辛くなったら、ゾンビやスケルトンの巣に突っ込めばいいとのことだ。強い魔物がいてレベルがぐっと上がるらしい。怖いです。レベルが6上がって体力もランクアップした。魔力も伸びていると信じたいけど……どうなんだろう？

＊＊＊

……朝か？　目が覚めても光がないと時間が読めない。体を起こすと、おお、体の痛みがかなり少ない。

背中の砂がパラパラと落ちる。でも、砂のベッドは岩の上に寝るのに比べたら最高だ。砂が落ちるくらいのデメリットは許容範囲だな。

体中に洗浄をかけて寝室を出ると、窓から明るい光が射し込んでいる。うーん、今朝は蒸し魚にするか、岩のベンチに座りテーブルに蒸し魚を出す。

「ゆーたー、おはよー」「キュー」

「ああ、ベル、レイン、おはよう。朝ご飯を食べる？」

「たべるー」「キュー」

ベルとレインの前にも蒸し魚を出して3人で朝食を取る。ベルはフォークを突き刺して不器用にかぶりついている。レインはパクリと丸のみだ。

レインはともかく、ベルには俺が食べ方を教えるべきなのかな？　他の誰からも見えないんだから、好きに食べさせてもいい気がするがどうしたものか。


食事が終わり、外に出るとシルフィとディーネがいた。

「裕太、おはよう」

「裕太ちゃん、おはよう」

美人2人との朝の挨拶。幸せだな。

「シルフィ、ディーネ、おはよう」

「裕太、さっそく畑を作るの？」

「うん、そのつもり」

緑の物が食べたいんです。

「あらー、裕太ちゃん畑を作るの？」

「そうなんだ、水をある程度使うと思うけど大丈夫だよね？」

「ええ、水脈は豊富だから大丈夫よ。畑を作るのなら、お姉ちゃんからアドバイスがあるけどいるー？」

ディーネはお姉ちゃんってフレーズが気に入ったのかな？　微妙に対応に困るんだけど。

「俺はまったくの素人だから、アドバイスがもらえるなら助かるな」

「むふー、しょうがないなー。お姉ちゃんからのアドバイスは、死の大地は水を際限なく吸い込むから、畑になる場所は、深く穴を掘って岩を敷き詰めておくといいのよー。あと、完全に水をためるのもよくないから、岩には穴をいくつか開けておくことー」

何気に役に立つアドバイスがもらえた。驚きだな。

「考えてなかったよ、ありがとうディーネ」

「どういたしましてー」

さて畑を作るか、魚をまくから臭いが怖い。泉と住居から離れた場所がいいな。はしゃぐベルとレインは遊んでおいでと送りだし、作業を始める。

とりあえず5メートル四方でいいな。穴の深さも深い方がいいって言ってたから、5メートル掘っておくか。岩を置く部分が必要だから50センチ余分に掘ろう。

魔法のシャベルでサクサクと掘る。普通のシャベルで掘れば、何日かかるか分からない作業も、魔法のシャベルと魔法の鞄があれば20分もかからない。地味だけど、まさしくチートだ。

掘り終わった穴に岩を敷き詰める。あとはハンドオーガーを直径3センチに変えて、岩にちょこちょこと穴を開ける。これで十分だろう。土を戻そうと思ったが、肥料を作って混ぜてからがいいな。あとにしよう。


穴から出ようと思ったら、高い壁が……階段を作るのは簡単だけど、ベルに出してもらうのも楽しそうだ。

「シルフィ、ベルは近くにいる？」

「泉で遊んでいるわ」

「この穴から出してもらいたいから、ベルを呼んできてくれる？　これくらいならそんなに負担はかからないよね？」

「それなら、裕太がベルを召喚すればいいのよ。持ちあげるのは長時間でなければ負担もかからないわ」

負担がかからないのならよかった。じゃあ、召喚を試してみるか。

「ベル、こっちにきて」

ぽんっと擬音がつきそうな感じでベルが目の前に現れた。

「なにー」

急に呼ばれることは驚くべきことではないのか、平常運転だ。

「ベル、ここから出たいんだけど上まで運んでくれる？」

「はーい」

なぜか俺の腕の中に収まるベル。おっ、ふわりと体が浮きあがりゆっくりと上昇する。なかなか楽しい。5メートルの穴からゆるりと脱出。

「ベル、ありがとう。おかげで助かったよ」

お礼の気持ちを込めて頭を撫でる。

「ふきゃー」

あっ、飛んで行ってしまった。撫でくりまわしすぎたか？　いまから海に行くんだけどな……まあいい、サクッと準備して出発しよう。

＊＊＊

「ベルとレインには小魚を沢山捕ってきてほしいんだけど、できる？」

コテンと首を傾げるベルとレイン。どうしたんだ？

「にんむー？」

なにかを期待する表情でこちらを見るベルとレイン。前回のことを覚えていたか……。

どうしよう。くっ……無垢な視線が痛い。

「あー、ゴホン。ベル隊員！　レイン隊員！　重大任務を与える。海で小魚を捕ってくるのだ。できるな？」

「いえっさー」「キュッキュー」

「必ず任務を達成せよ。出撃ー」

わーっと海に突撃するベルとレイン。

「裕太、その設定まだ続けるのね」

「ちょっと後悔しているけど、ベルとレインが気に入っちゃったんだもん。やるしかないよ」

「意外と子煩悩なのね。まあ、あの子達も喜んでいるから問題ないのかしら？」

父性が芽生えかけていることは否定できない。この設定はシルフィとしても、いいのか悪いのか判断がつかないらしい。どうせなら敬礼も教えてしまうか？　２人がこの設定を忘れる可能性もあるから、もう少し様子を見よう。

「俺は海藻を集めてくるよ」

ざっと砂浜を見てみるが流木はないようだ。海が荒れないと駄目なのかも。パンイチになり海に入る。また日焼けでヒリヒリするんだろうな。

海で泳ぐのは楽しいんだが日焼けは困る。どうにかして命の精霊にきてもらいたいな。

肥料にする海藻に、食べられるか食べられないかは関係ないから、生えている海藻を片っ端から採取しよう。ん？　海藻も乾燥させたら燃料になるかな？　これもあとで試すべきだな。沢山海藻を集めて、栄養満点の土を作るぞ！

＊＊＊

海でひたすら海藻を集めると結構な量になった。これだけあれば小さな畑なら十分だろう。砂浜で干そうかとも思ったが、海水がついているので真水で洗ってからの方がいいはずだ。

塩害って聞いたことがあるし、畑に塩はよくないはずだ。ここは休み辛いし井戸に戻って加工するか。小魚も真水で洗った方がいいな。なんとなくでやっているから不安でしょうがない。携帯が繋がればネットで調べられるのに。

「たいりょー」「キュー」

「おお、大量だね。ありがとう」

2人がちょっともの足りなさそうにしている。またやらないと駄目なんだな。

「ゴホン。ベル隊員、レイン隊員、任務完了ご苦労であった。小魚を岩の上に置いたのち、休憩を与える」

「いえっさー」「キュッキュー」

元気に返事をしたあと、小魚の山を岩の上に置き海に遊びに行った。さて、生きている小魚は収納できないからな……食べるわけじゃないんだし、首を折って収納するか。必要な行為とはいえ、次々と小魚の首を折る行為は、精神にくる。

「やっと終わったー」

「お疲れ様、そろそろ日が暮れるけど岩山の拠点に向かう？」

「そうだね、岩山の拠点で休憩して夕食を取ろう。夜になったらレベル上げをしながら井戸の拠点に戻ろうか」

ベルとレインを呼び、シルフィと一緒に岩山の拠点に向かう。岩山の拠点とか井戸の拠点とか言い辛いな。岩山の拠点を海の家、井戸の拠点を泉の家にしよう。みんなにもちゃんと伝えておかないとな。

＊＊＊

「みんなおはよう」

泉の家に戻って翌朝、みんなに挨拶して作業開始だ。

「ベル、レイン、今日はいろいろお手伝いしてほしいんだけど大丈夫？」

「おてつだいするー」「キュー」

元気いっぱいの返事は気持ちがいい。思わず頭を撫でてしまう。

「なにするー？」「キュー？」

「まずはレインにお願いだね。これを綺麗に洗ってほしいんだ、泉の水を使って綺麗にできる？」

魔法の鞄から取りだした大量の小魚と海藻を指差しながら言う。レインは自信満々な様子で、任せてとヒレで自分の胸を叩く……芸が細かくなってるな。

「キュイーー」

レインが鳴くと泉から大きな水の玉が浮き、小魚を包み込んだ。おお、すごいな。水の中で小魚がグルグル回って、まるで洗濯機だ。

「あっ……ディーネ、海の魚を洗った水を地面にまくのは土によくないよね。あの水ってレインで綺麗にできる？」

「んー、中級精霊になれば、塩分や魚の汚れの分離くらいはできるようになるけど、レインだと難しいわねー」

水の中級精霊と契約できれば塩が使い放題ってこと？　すごいな。いや、今は水の処理をどうするかだ。そもそも海藻に洗浄をかけておけばよかった気が……量が量だし、丸洗いの方が早いか。

「そこら辺に塩水をまくのもよくないし、どうしよう？」

「魔法の鞄に収納しておけば？」

シルフィがあっさり解決策を提示してくれた。今思ったんだけど、泉の水を大量に収納して魚も大量に収納すれば、移動拠点もあるんだし、人里まで行けるんじゃ……。

楽しそうに畑の準備を手伝ってくれている2人を見る……まあ、100日以上も歩き続けるのは辛い。泉の家でレベル上げをして、シルフィと契約して飛んでいった方が断然楽だ。魔力がどうしてもBに上がらなかったら歩くことを考えよう。

「盲点だった、シルフィありがとう」

洗い終わった小魚を岩の上に出して、魚を洗った水は鞄に収納する。海藻でも同じ作業を繰り返す。

「ゆーた、べるも！」

自分の番をワクワクして待っていたが、待ちきれなかったらしい。

「そうだね、ベルにはこの小魚に風を当てて乾かしてほしいんだ」

乾燥した死の大地。強い日差しとベルの風があれば、すぐにカラカラになるだろう。洗い終わった海藻も隣に並べ、こちらも乾かしてもらう。

「あの小魚と海藻を粉にして土と混ぜるの？」

シルフィは半信半疑のようだ。

「うん、分量とか海藻でいいのかとか、不安でいっぱいなんだ。聞きかじり程度の知識で挑戦しているから、失敗するかも」

日本で家庭菜園くらい挑戦しておけばよかったな。

「まあ、他にいい案も思いつかないんでしょ？　失敗して元々なんだから、やりたいようにやってみなさい」

「うん、やれるだけやってみるよ」

乾かしている小魚を手に取って確認する。まだ時間がかかりそうだな。

「ベル、レイン、疲れたら休んでいいから。無理しないようにね」

「はーい」「キュー」

ベルはレインにまたがり、小魚と海藻を広げた岩の上をグルグル回り風を吹かせている。とっても楽しそうだ。

……小魚を見るとなにかが頭の中に引っかかる。なんだろう？　もう一度じっくり観察する。あっ、干物だ。魚の干物を作ればいいんだ。干物も米がほしくなるけど、目先を変えるには十分だ。

干物って塩水に浸けて乾かせばいいんだよな？　海水に浸して天日で乾かせばいいのか？　いやたしかもっと濃い塩分濃度だった気がする。

うーん、魔法の鞄に収納するから日持ちは気にしなくていい。なら海水でも減塩干物っぽくて問題ないかも……挑戦してみるか。

焼いても美味しかった魚を開き海水で丹念に洗ったあと、新しい海水を用意して魚を浸す。うーん、どれくらい浸けておけばいいんだ？

魚に塩分が染み込まないと駄目だし、10分、30分、1時間でそれぞれ作ってみるか。これは風に当てて急速に乾かすより、天日で時間をかけた方が美味しそうだな。

……干し台がない。これも岩で作るか。岩を3センチくらいの厚みで板のように切りだし、ノミの先を軽く伸ばして、無数の穴を開ける。細かい作業で地味に面倒だ。

岩を2つ出して、板状に切って穴を開けた岩を橋になるように置いて完成。10分ほど浸けた魚を干し台に置く。

他の魚はそれぞれ時間になったら干し台に移せばいいな。海藻や小魚が乾くのもまだ時間がかかりそうだし、どうしよう。ベルやレインに作業を頼んでいるのに、のんびり休憩するのも気が引ける。

小魚や海藻を粉にする方法を考えるか。石臼……形は分かるけど、噛み合わせに微妙な調整が必要だし無理っぽい。

単純に考えると、すり鉢みたいな物を岩で作って、ハンマーでゴリゴリ粉にすればいいか。食べ物じゃないんだし、多少岩が削れても問題ないだろう。小魚も海藻も大量にあるし大きいのが必要だ。一辺が2メートルの正六面体の岩を取りだし、すり鉢状になるようにシャベルをさし込む。

微妙な凹凸はすり潰すのに役立つから修正しなくてもいいな。サバイバルナイフで素材を切り刻んだあと、ハンマーですり潰せばなんとかなるだろう。

30分海水に浸けた魚を干し台に移し、再び手持無沙汰になる。楽でいいんだが効率がよすぎるのも考えものだな。

……食器を増やすか。久しぶりにコーヒーも飲みたいし、マグカップも作っておこう。インスタントコーヒーだから、たまに飲むくらいなら、すぐにはなくならないはずだ。夕食のあとに優雅にコーヒーブレイク、悪くないな。気合を入れてマグカップを作り、平皿、スープ皿、箸、スプーン、思いつく限りの物を作成する。

熱中しすぎて1時間で魚を干し台に移すのを忘れてしまった。シルフィが注意してくれなかったら失敗するところだった。そのまま物作りに熱中していると、ベルとレインが飛んできた。

「かわいたー」「キュー」

「おっ、2人ともお手伝いありがとう。とっても助かるよ」

「ふひ、えらいー?」「キュー?」

「ああ、2人ともとってもいい子だ。俺、大助かり」

わーいって感じでベルとレインがじゃれ始める。ボーっとその光景を眺める。可愛いな。

「裕太、完全に慈愛に満ちた表情をしているわよ」

はっと正気に戻る俺。子供と動物の組み合わせは卑怯だ。どう考えても可愛い。

「あー、乾いた小魚と海藻を切らないとね。行こうか」

シルフィから目を逸らし誤魔化しながら魚と海藻を見に行く。触ってみるとカラカラに乾いていて、粉々にできそうだ。まずは小さく切るか。サバイバルナイフを伸ばし海藻を切ると、スパッっと下の岩まで切れた。

……そうだよね。岩とかこれで加工したことがあるもん。岩が切れるのも当然だよね。町に行ったら普通の刃物も入手しよう。今回は岩を切らないように注意して切るしかない。

慎重に海藻や小魚を切り刻んで巨大すり鉢に移し、ハンマーを50センチほどの大きさにして、すり潰すように掻き混ぜる。

「こなごなー」「キュキューー」

「うん、2人がしっかり乾かしてくれたから、粉々になるよ」

ベルとレインが興味深そうにすり鉢の中をのぞいている。

落ちたら危ないと注意しようとしたが、飛べることを思い出しやめる。そもそも巻き込まれたとして、精霊に物理攻撃が効くのか？

あれ？　普通の人には見えないし触れないから攻撃することもできない。でも、俺は見えるし触れるんだよな。これってあとで確認しとかないと不味い。戦闘時はでっかいハンマーを振りまわしているんだ、巻き込んだりしたら洒落にならない。

ゴリゴリとハンマーを回しながら、確認する項目を考える。もし精霊を攻撃できるようなら、俺って危険人物になるんじゃ？

ここで精霊達に見捨てられたら辛い。黙っておくべきか……無理だな、ベルとレインを巻き込んだら、それはそれで俺の精神が死んでしまう気がする。

ちょっと嫌なことを思いついてしまったが、とりあえず今は肥料を作ろう。ゴリゴリと1時間ほど掻き混ぜると、細かい砂のように粉々になった。

ふう、結構大変だ。次は土と混ぜ合わせるか。水をかけたら上から下に栄養分が流れそうだし、土の下の部分は肥料少なめにしよう。

「終わったのね、次はどうするの？」

「次は土と肥料を掻き混ぜるんだ。まあ、掻き混ぜるだけだからそんなに時間はかからないよ」

「頑張ってね」

簡単な励ましでも気合が入る俺はチョロイのか？　まあ、お手軽にいい気分になれるんだし、得な性格だと思おう。

一度すり鉢の中の肥料を収納して、代わりに土をすり鉢の中に入れる。それからさっき作った肥料を追加投入。畑の一番底の部分になるし、肥料はかなり少なめにする。

土と肥料を混ぜ合わせるように、すり鉢の中でハンマーを回す。ゴロッと固まった土はハンマーで軽く叩けば、簡単に粉々になるからやりやすい。しっかりと混ぜ合わせたあとは、すり鉢の中の土をシャベルで畑予定地に投げ入れる。

「ベル、風で畑の中の土を平らにできる？」

「できるー」

「じゃあ、お願いね」

「わかったー」

畑予定地にドンドン土を投げ入れると、ベルが風を操り土を平らに均す。

「キュー」

ん？　レインどうしたんだ？

「キュキュー」

ベルの方を向いたり、穴の中に頭を向けたりよく分からん。

「れいんもおてつだいしたいってー」

ベルの通訳にレインが嬉しそうに頭を上下する。ベルはレインの言葉が分かるんだな。

俺は契約してても全然分からないよ。

「そっかー、じゃあレインには土に水をまいてもらおうかな。ほんの少し土を湿らせるくらいでいいんだけど、できる？」

「キュイキュイ」

できるみたいだ。最後に上から沢山水をまこうと思っていたけど、湿らす程度に水を含ませておけば、上からまく水の量は少なくてすむよね。

「じゃあ、レインもお願いね」

「キュイーー」

レインが鳴き声をあげると、霧が生まれ土の中に吸い込まれる。なんかすごいな。俺が土を何度か投げ入れると、ベルが風で土を平らにして、レインが霧で土を湿らす。いいコンビネーションだな。

「これで終わりだ。レイン、上から多めに水を撒いてくれ。土がしっかりと濡れるくらいにお願いね」

「キュー」

水が雨のように畑に降りそそぎ、じっとりと畑が湿った頃合いでレインが水を止める。

「2人ともありがとう。おかげで畑が完成したよ」

「がんばったー」「キュー」

2人が胸に飛び込んできたので、しっかり感謝の言葉をかけながら頭を撫でる。グリグリと頭を手に押しつけてくるベルとレイン。こうなったら俺が撫でているのか、2人が頭をこすりつけているのかよく分からない。


シルフィとディーネが傍にきたので、畑について確認する。

「シルフィ、ディーネ、この畑がどんな感じか分かる？　上手くいってるかな？」

「ちょっと私には分からないわ」

「裕太ちゃん、お姉ちゃんには水がしっかり土を潤しているのが分かるわ」

「そうか、土の精霊が滞在できるくらいの土になっていればいいんだけど……どうなるかな？」

やれることはやったつもりだけど、まったくのド素人のなんとなくの土壌改良だ。不安でしょうがない。

「明日の朝、土の精霊を呼んでくるから待ってなさい。考えたって分からないわよ」

そういわれても、自信がないテストの返却を待つ気持ちだ。せめて赤点だけは回避したい。

「分かってるけど考えちゃうんだよね。うーん、じゃあちょっと早いけど夕食の準備でもして気を紛らわせるよ」

なにを食べようかな。干物は干しが足りないから、今日はカニにしよう。カニに集中すれば、余計なことを考えなくてすむからな。

＊＊＊

一心不乱にカニの身をほじった夕食が終わる。食後はコーヒーを飲むつもりだったけど、今日は難しい話があるからやめておこう。せっかくのコーヒーだ、気持ちよく飲みたい。

「シルフィ、ディーネ、少し話があるんだけど、いい？」

「なによ難しい顔して、なにかあったの？」

少し心配そうに聞いてくれる。シルフィって優しいよね。もし今回の話で別れる事になっても感謝は忘れないようにしないとな。

「裕太ちゃん大丈夫？」

「ちょっと嫌なことに気がついちゃったよ。話はそのことなんだけど聞いてくれる？」

「……いいわ、話して」

「うん、よく分からないけど俺って精霊との親和性が高いよね。姿が見えたり触れたりできるし」

「ええ、私が聞いたことがないくらい高いわ。普通は気配が分かるとか、本当にごく稀に声が聞こえるくらいで、触れる人は多分初めてね」

「お姉ちゃんもビックリしたわー」

なんだかディーネが話すと緊張感が薄れるな。

「それで気になったのが、俺の道具が精霊を巻き込む可能性なんだ。俺の道具は威力が強いから万が一が起これば酷いことになる」

「前にも言ったけど、道具には実体のない物を攻撃する能力はないわ。だから精霊にとって脅威にはならないの」

「俺もそう思ってたけど、俺は精霊に触れるんだ。それに、ベルは俺の服をしっかりつかんでいたぞ。道具が当たらないとは言えない気がする。もしもベルとレインを巻き込んだりしたら、寝覚めが悪いよ」

言っちゃった。シルフィとディーネの顔色が変わっちゃったよ、どうなる?

「……たしかにそうね。ちょっと試してみましょう。裕太、ハンマーを出して」

シルフィに言われた通りにハンマーを出す。

「じゃあ、触ってみるわね」

「う、うん」

シルフィがハンマーの頭の部分に手を触れると、スルっと通り抜けた。おお、当たらない。

「今度は裕太が私の手に当てるつもりで軽くハンマーを触れさせてみて。本当に触れるくらいでお願いね」

「わ、分かった」

慎重にハンマーを動かし、シルフィの手に触れるようにしてみる。ゆっくり、本当にゆっくり触れさせると、なんの反応もなくシルフィの腕を通り抜けた。

「大丈夫だったわね。ちょっと緊張しちゃったわ」

シルフィとディーネ、そして俺も大きく息を吐く。

「よかったー」

本気で安心した。

「裕太の話に、もしかしてと思ってあせっちゃったわ。でも裕太、精霊に通用する能力とかあったら、それはすごいことなのよ。通用しなくて喜ぶなんて変わってるわね」

「変わってるもなにも、俺の知り合いは精霊しかいないんだ。これで警戒されて精霊に嫌われたら、寂しすぎるよ」

「あら、私は通用しても注意するだけで、あなたから離れたりしないわよ」

「お姉ちゃんもよー」

「まあ、2人はそうかもしれないけど、話したこともない精霊は俺を警戒するだろ。危険視されるかもしれない。そんな状況になる力は、ない方が面倒がなくていいよ」

「裕太ちゃんいい子ね。お姉ちゃん感激よー」

ディーネに褒められる。本気で精霊に嫌われたら完全に詰むからな。敵に回したらいけない相手の、弱みを握るなんて最悪だ。

「たしかに警戒する精霊もいるでしょうね。そう考えると裕太の懸念もあながち間違ってないわ。まあ、裕太は素手なら私達を捕まえられるんだけどね」

「素手の俺が戦えば、なんとかなるのか？」

「……浮遊精霊ならなんとかなるかしら。まあ、捕まえたとしても碌なことにはならないから、やめておきなさい」

「特に精霊を捕まえたいと思った事はないよ。迷惑をかけないならそれでいいんだ」

「ふふ、そう思ってくれるなら嬉しいわ」

シルフィも笑ってくれたしホッとしたな。結果的に無駄な悩みでストレスもたまったから、今夜は魔物を潰して憂さを晴らそう。

＊＊＊

「おはようみんな、あれ？　シルフィは？」

目が覚めてみんなに挨拶をするが、いつもは必ず返事をしてくれるシルフィがいない。

「シルフィちゃんは精霊を迎えに行ったわ。誰を連れてくるつもりなのかしら、楽しみね」

新しい精霊か、どんな土の精霊なんだろう？　母なる大地とか言うし、妖艶でお色気満載のお姉さんだと嬉しいな。ディーネもいい物を持ってはいるが、色気の点では落第だ。土の精霊に期待しよう。

「裕太ちゃん、なにか悪いことを考えてない？」

ディーネが目を細めて聞いてくる。天然なのにこういうことには鋭いのか？　なんて迷惑な。

「いや、考えてないよ」

「ほんとにー？」

いつになくシツコイ。

「ああ、どんな精霊がくるのかと、畑がどう判断されるのかを考えていただけだよ」

「そうなんだー、おかしいな。お姉ちゃんの勘はめったに外れないのに」

……ディーネって本能で生きてそうだから、本当っぽくて怖い。今も当たってたし、余計なことは考えないようにしよう。

「あっ、裕太ちゃん。戻ってきたわよ」

ディーネが指差す方向を見ると、初めて見る精霊2人がシルフィと共にこちらに向かって飛んでくる……ドワーフの親子じゃん。

「なんじゃい気ぃ悪いの。人の顔見たとたんにガッカリした顔をしよって。頼まれたからきてやったんじゃぞ。もう帰るわい」

ヤバい、顔に出ていたらしい。

「あっ、ちょっと待ってくれ。俺が勝手に美女の精霊がくるって思い込んで、ガッカリしたんだ。申し訳ない」

頭を直角に下げる。レインはイルカだったのに、次にくる精霊を、勝手に美女と決めつけてガッカリしてしまった。怒るのも当然だ。

「おぬし、裕太と言ったかの？ 美女の精霊を期待しておったのか？ 相手は精霊じゃぞ？」

心底驚いた表情でドワーフが聞いてくる。

「そう言われても、俺はこの世界ではシルフィとディーネにしか大精霊には会ったことがなかったんだ。俺にとっては大精霊は普通に見えて触れるから、精霊っていう、一種族の美女だとしか思ってなかったんだ」

「ぶはは、美女、美女かよかったのシルフィ、ディーネ、おぬし達にも春がくるかもしれんぞ。ぶはははは」

ヤバい、普通に美女とか恥ずかしいことを言ってしまった。シルフィはちょっと恥ずかしそうな顔をして怒っている。ディーネはお姉ちゃん困っちゃうわーって言いながらクネクネしている。ディーネはちょっと違うと言いたいが、言ったら危険な気がするからやめておこう。

「い、いや。そういう意味ではなくて……とにかく申し訳ない」

「ふむ、美女を期待しておったというのならしょうがない。髭面のおっさんがきたからガッカリしたんじゃな。ぶふふ、まあ笑わしてもらったし勘弁してやろう。儂は土の大精霊ノモスじゃ。こやつは下級精霊で名前はない。よろしくしてやってくれ」

なにがツボにはまったのか分からないが、笑って許してくれた。あと親子じゃないんだ。2人とも大きさは違うが、ズングリムックリで顔も似ている気がするんだが。

ノモスの方がズングリムックリの酒樽体形で、身長1メートル20くらいか？　お髭がふさふさだ。土の下級精霊の方は、身長80センチくらいでズングリムックリだが、お髭がなくて幼い印象がある。

「森園裕太です。ノモスさん、土の下級精霊さん。よろしくお願いします」

「シルフィ達も言っておったろうが、儂も敬語やさん付けはいらん。面倒なだけじゃわい。話は聞いておる、まずは土壌改良した畑とやらを見せてもらうぞい」

俺も気を遣わなくていいのは助かるが、本当に精霊は敬語とか嫌いなんだな。

「分かった、俺のことも裕太と呼んでくれ。畑はこっちだ」

昨日作った畑に案内すると、ノモスと土の下級精霊が畑に入り、念入りに何かを確認している。大丈夫かな？

「裕太、面白いことをやっておるの。じゃがこのままじゃと、儂らはここに滞在する事はできんな」

素人の土壌改良では駄目だったか。野菜が……。

「そうか、残念だ。なにが駄目なの教えてくれるか？」

「ふむ、それくらいならええじゃろ。この土はいろいろな物を混ぜ込んでおって、土を豊かにする物も入っておる。じゃが、この土には益虫はおろか微生物すらおらん。このまま此処におったら儂らは力を失うだけじゃ」

……死の大地、恐るべし。微生物すら死滅しているのか。どうしようもないな。

「対策はなにかないのか？」

「生きておる土を持ってきて混ぜ込めばなんとかなるかの？　この土は養分的にバランスは悪いが、微生物がおれば整えられる範囲じゃ」

養分のバランスも悪かったのか。生きている土……土が持ってこられるくらいなら、野菜を確保してるよ。詰んじゃったか。レベル上げを頑張るしかないな。

「裕太、ちょっと思い出したんだけど、井戸の底近くの土は生きていた気がするわ。収納していないの？」

シルフィから思わぬアドバイスが……そういえば収納したな。あの土は生きている土っぽかった。

「ノモス、これを見てくれ」

井戸掘りで手に入れた土を見せる。もしこの土でよかったら、小魚や海藻は必要なかったかも。そのまま生きている土を運んで、畑に入れればよかったんだ。かなり遠回りしたな。

「ほう、たいして量は多くないがたしかに微生物がおるの。この土を混ぜ込んで寝かせればなんとかなるかもしれん」

あれ？　駄目だと思ったら逆転しちゃった？　そもそも魔法の鞄には生き物は入らないと思ってたけど、微生物は普通に入っていたのか。菌とかごくごく小さな生き物は、魔法の鞄の制限を突破できるのかな。

「量はこれで足りる？」

井戸の底で手に入れた、生きている土を更に取りだす。地層がすぐに砂地に変わったから小山になるくらいの量しかない。

「ふむ、まあなんとかなるじゃろう。この土を畑に混ぜて、毎日軽く湿らす程度に保っておけ、乾かすなよ。では10日後にまたくる」

サクッと帰ろうとするノモスと下級精霊。展開が速いよ。

「そうじゃ、畑を拡張するために、この畑の周囲も掘って岩を敷き詰めておけ。土は入れんでいい。面積は今の4倍は必要じゃぞ。じゃあの」

……飛んでいっちゃった。どういうことだ？

「えーっと……10日後に再審査ってことでいいのかな？」

「そうね、また来るんだから言われたことをやっておくといいわ」

シルフィも半信半疑っぽい気がするんだけど、大丈夫かな？

「生きている土と畑の土を混ぜ合わせて、毎日湿った状態を維持するんだね。レイン、毎日土を湿らせるのをお願いしてもいい？」

「キュー」

ヒレを高々と上げてレインが鳴いた。任せてって合図だと思う。

「よろしくね。でも、あの下級精霊の子はまったく話さなかったね。ここが嫌だったのかな？」

「お姉ちゃんが思うに、あの子はただ無口なだけよ。周りを興味深そうに観察していたから、嫌ってことはないと思うわ」

「それならよかった。じゃあまずは土を混ぜ込まないとね」

畑から土を掘り起こし、すり鉢の中で生きている土と混ぜ合わせる。

ハンマーでゴリゴリ掻き混ぜようかとも思ったが、微生物が死滅しそうで怖い。微生物ってなにをしても大丈夫なのか、なにをしたら危険なのかまったく分からなくて不安だ。

「ふいー、これで全部混ぜ終わったね。畑に戻して完了だ」

全部の土が均一に混ざった。昨日は上の方に肥料が多くなるように、頑張って調整したのに……なんか泣ける。

土を戻そうと畑に近づくと、ベルとレインが中で追いかけっこをしていた。狭いスペースがなんだか楽しいようだ。

「ベル、レイン、土を戻すから上がってきて」

「はーい」「キュー」

2人ともワガママを言わない、とってもいい子達だから助かる。2人が出た畑に、混ぜ込んだ土を魔法の鞄から直接流し込む。生きている土を混ぜ合わせた分、小山のように盛りあがった。岩で囲っておこう。さっそくレインが水をまいてくれる。死の大地は日差しが強いから、こまめに湿らさないとね。すごく助かる。

あっ、干物を干しておかないとな。昨日作った干し台の上に、浸け時間毎に分けて干物を並べる。

「かわかすー?」

ベルがお仕事キターって感じで聞いてきた。

「ベル、この魚は乾かさなくてもいいんだよ。天日でゆっくり干すつもりなんだ」

あっ、分かりやすくガッカリしている。心が痛い。なにかお手伝いをしてもらわないと……。

「あー、暑いなー。とっても暑くてたいへんだなー。誰か優しく風を吹かしてくれると助かるなー」

チラッとベルを見る。

「べるできるー」

「おお、そうだね。ベルは風の精霊だもんね。お願いしていいかな？」

「まかせてー」

満面の笑みで優しい風を俺に送ってくれるベル。可愛い。シルフィとディーネの、微笑(ほほえ)ましい物を見るような目が気になるが……ここで文句を言ったら台なしだ。我慢しよう。

しかし、いい風だな。この風にレインの霧をまとわせたら相当涼しい気がする。問題は幼女精霊とイルカの精霊を利用して、涼を取ることに自分の良心が耐えられるかだ……できるだけ我慢しよう。

「ふぅ、とても涼しくなったよ。暑くなったらまたお願いするね」

「まかせてー」

お手伝いに満足したのか、ベルは機嫌よくレインのところに飛んでいった。

「裕太ちゃんはいい子ねー。お姉ちゃん感動したわ」

「いいお父さんになれるわね」

なんだかものすごく恥ずかしい。でも、ディーネもシルフィも悪気がなく、善意で褒めてくれているんだから文句も言えない。素直に受け止められないのは自分の心が汚れているからだろう。

「はは……ありがとう。じゃあ次は畑の拡張だから行ってくるよ」

えーっと、確か4倍以上って言ってたな。縦、15メートル。横、10メートル。深さ5メートルでいいか。面積が6倍になるから十分だろう。

範囲を決めて魔法のシャベルでサクサクと掘り進める。完全に慣れた作業だ。作業開始の時点で完成した姿が予想できる。なにかに開眼したのかもしれない。

スキルでも生えたかと思ってステータスを確認するが、なにも生えていない。単に慣れただけだったらしい。ちょっとガッカリしながらも、手早く畑になるスペースを掘り、岩を敷き詰める。この手際、スキルが生えてもおかしくないけどな。

＊＊＊

畑も拡張したし時間がポッカリと空いた。……生活環境を整えるにしても、なにをしたらいいのか思いつかない。

……今作れるのは、岩を使った物がメインになるよな。木材もあるが燃料のために取っておきたい。岩で生活がよくなる物……そうだ、プールを作ろう。

このくそ暑い死の大地。泉で泳ぐことも考えたが、飲料水に利用している場所で泳ぐのは躊躇われる。プールに使用した水はレインに死の大地にまいてもらえばいい。気化熱で少しは涼しくなるはずだ。

「ディーネ、暑いから水に浸かれる場所を作りたいんだけど、水量は大丈夫だよね？」

「裕太ちゃんが少しくらい無駄遣いしても、全然余裕があるわよ」

水量は問題ない。ならやるしかないな。どうせなら拘って作ろう。浅く作るとすぐに水が温くなる。深さ1メートル50は必要だな。

そうなると水の中に寝転ぶスペースもほしいから、深さ30センチくらいの浅い場所も必要だ。プール全体の大きさは……縦横5メートルもあればいいか。大きなお風呂くらいの大きさにしかならないが、水に浸かれるだけでもずいぶん違うだろう。

よし、楽しくなってきた。畑は更に拡張するかもしれないから、畑の反対側のスペースに作ろう。ついでだから水路も作るか。魔法の鞄を使った水の出し入れでも対応できるが、水路があった方がカッコいい。

　畑がある位置から対角の地面に穴を掘り、できるだけ大きな岩を張りつける。少しくらいの水漏れはしょうがない。ハッキリと隙間がある場所には岩を重ねておこう。あとは……岩の台を置いて、寝転ぶことができるスペースも完成。

「ふふ、裕太、なんだか楽しそうね」

「ん？　ああ、シルフィ、たしかに楽しいかも。今までは生き残るためになにを作るかだったから必死だったけど、プールは娯楽だからね。失敗してもいいから気楽なんだ」

「ふふ、娯楽設備を作る余裕ができたのね。よかったわ」

「うん、なんとか生き残れそうだよね」

　衣食住にプールが加わった。正直足りない物はまだまだ多いが、希望はある。水路のために岩を切りだしU字に加工する。他の場所にも必要になるかもしれないから、少し多めに作っておこう。

　十分な量が揃ったので、プールから泉まで軽く角度をつけながら土を掘り、U字に加工した岩をはめ込む。泉と水路の接続部分にはストッパーを設置して完成。


「水を流すよー」

「みずー」「キュー」

泉のストッパーを外すと、勢いよく水が水路に流れだす。テンションが上がって水を追いかけてしまった。一緒についてきたベルとレインも楽しそうにはしゃいでいる。

水がプールに流れ込み、バシャバシャと結構な勢いで水がたまっていく。死の大地にプールが生まれる瞬間だ。もしかしてこれって歴史的な出来事なのかも？

「ぷーる？」「キュー？」

「そう、プール。ここにたまった水に浸かって遊ぶんだ。涼しくてのんびりできて楽しいよ」

「いずみはー？」

「あの泉は水を飲んだりするからね。プールはただ遊ぶための場所なんだ」

ベルが首を傾げている。まあ、ベルとレインが泉で遊ぶのは、当たり前のことなので理解が難しいだろう。

「いいわねー、死の大地に水路ができるなんてすごいわー」

「そうね、畑も上手くいきそうだし、死の大地がここまで変わるなんて、裕太はすごいわ」

なんだか褒められてるな。確かに赤茶けた大地に流れる水路は綺麗だけど、それほどのことか？　俺的には泉を作った事の方がすごいと思うんだが。

「俺がすごいって言うか、道具がすごいんだけどね」

開拓ツールと精霊に出会ってなかったら、もう死んでる自信がある。

「開拓ツールもすごいと思うけど、裕太もいろいろ考えて頑張ってるんだから胸を張りなさい」

「日本人は謙譲を美徳としているんだよ。俺スゲーは性格的に無理」

妄想では無双しまくってるけどね。

「そんな美徳を持っていたら、この世界ではやっていけないわよ」

「日本人の美徳が……」

異世界……世知辛（せちがら）いな。まあ、外国だと謙譲の美徳は通じないらしいから、似たような感じなのかも。

「裕太ちゃん、遠慮していると手柄を持って行かれるから頑張ってね」

天然のディーネにまで心配されている。それだけ遠慮する事が致命的になる世界なのか。

「分かった、町に行けたら強気で行動するよ」

「ええ、その方がいいわ。喧嘩（けんか）を売られたら全部買っちゃいなさい。町に行けるってことは私と契約しているってことだもの。すべて薙ぎ払ってあげるわ」

「べるもなぎはらうー」「キュー」

「お姉ちゃんも頑張るわね」

なんだか精霊が物騒です。そして俺はディーネとも契約することになってるのか？

「いや、そんなに簡単に喧嘩を買っても大丈夫なの？」

「裕太はよく分かっていないみたいだけど、大精霊との契約なんて奇跡的な出来事なのよ。自信を持っていいわ。なにがあろうと泣きを見るのは相手の方よ」

なに？　シルフィって武闘派なの？　ちょっと暴れたくてワクワクしてない？　絡まれたら相手が悲惨なことになりそうだ。できるだけ強そうな雰囲気でいれば、喧嘩を売ってくる相手も少ないだろう。モヒカンヘルムとトゲつき肩パッドでも買うか？

しかし、大精霊と契約って奇跡的なことなのか。シルフィはともかくディーネとか、単なる巨乳のお姉さんにしか見えないんだが……。

異世界に迷い込んでから、精霊以外と会ったことがないから、世間の感覚とズレているのかもしれないな。

「みずー」

「ん？　水がたまったんだ。ベル、ありがとう」

「えへー」

プールを見ると水が十分にたまり、日差しを反射して眩しいくらいだ。……忘れてた、このまま遊ぶと日焼けがヤバい。簡単な日よけを寝転がる場所に作ろう。

プールの浅い部分斜めに横切るように岩を置く。岩を削って窪みを作り、流木や竹で簡単な日陰を作る。これで大分マシになるはずだ。

「さてプール開きだ」

「だー」「キュー」

ベルとレインが意味も分かっていないのに、テンションを上げている。まあ、俺もちょっとワクワクしているんだけどね。落ち着いて海の時のような失敗はしないようにしないとな。さっさとパンイチになりプールに飛び込む。うん気持ちいい。

「わーい」「キュー」

「わぷっ」

ベルとレインが隣に飛び込んできて水が跳ねる。水に触れられるってことは魔力を込めているんだろうが、遊びで魔力を消費して大丈夫なのか？　まあ、危険だったらシルフィとディーネが止めるか。

「そりゃ」

水をかけるとベルとレインが騒ぎながら逃げだす。追いかけてガンガン水をかけると、魔法で応戦してきた。

「ちょ、ちょっと待て。それ反則」

「ふうだん」

風の玉が水を掻き分け飛んできたので、潜って回避する。ホッとしながら水面から顔を出すと、水弾が顔に当たる。結構な威力だ。時間差攻撃か……レイン、恐るべし。

「こら、遊びで魔法を使っちゃ駄目でしょ。こっちにきなさい」

シルフィとディーネがベルとレインを呼んで叱ってくれる。助かった。

「裕太もはしゃぎすぎよ。あなたが興奮しているから、つられてこの子達も魔法を使っちゃったんだからね」

「面目次第もない」

プールってテンションが上がっちゃうよね。お説教も終わり、プールの寝台に寝転がる。いいなこれ。日陰で水に浸かったまま目を閉じる。

「気持ちよさそうね」

「うん、なかなかいいプールが作れたよ。シルフィも入れば？」

「ふふ、今はいいわ。気が向いたら入らせてもらうわね」

ちょっと残念だ。そういえば精霊って水着を着ないのかな？　ベルも葉っぱのような服を着たまま水に飛び込んでるし、服も普通の服とは別物っぽいな。

「シルフィ、精霊が着ている服は、そのまま水に浸かっても大丈夫なの？」

「服？　ああ、私達の服は魔力を変化させたものだから、水に浸かっても問題ないわ」

「へー、自由に変化させられるの？」

「イメージがしっかりできれば変化させられるわね」

ふむ、そうなると、日本で見たことがある服を正確に伝えられれば、あれやこれやのファッションショーも可能な訳か……余裕ができたら、頑張って伝えてみよう。

「じゃーん」

プールの中からディーネが飛びだしてきた。こちらが驚くことを微塵も疑っていない表情だ。

「うわー、とってもおどろいたぞー」

「でしょー」

満面の笑みで頷く水の大精霊、得な性格だよね。シルフィに目を向けると、相変わらずツイっと目を逸らす。シルフィはディーネをどうにかすることを完全に諦めてるな。

騒ぐディーネをなだめてのんびりする。水の大精霊とプールだからって、いきなり水の素晴らしさを称えられても困るよな。水の大切さは井戸ができるまでの間に十分認識した。水分を一口飲む度に、死が近づいている感覚。お酒生活になると行動も辛くなるから、実際にかなりギリギリだった気がする。

ベルの笑い声が聞こえたので顔を向けると、水路の上を滑るように移動してこちらに向かってくる。バシャーンッとプールに飛び込んできたベルを見ると、レインにまたがっていた。

なるほど、水路をレインに乗って滑ってたんだな。なかなか楽しそうな遊びだ。キャハハと笑いながら2人で戯れている。

「ベル、レイン、楽しい？」

「たのしー」「キューー」

ベルは両手を上げて満面の笑みだ。レインもバチャバチャと水を叩きながら喜びを表現している。プールを作ってよかったな。

水に揺られながら周りを見る。このまま少しずつ環境を整えれば、死の大地も楽園になるのかもしれない。

プールから出て、干しておいた干物を回収する。なんかチョット優雅な気分を味わったら、気持ちが楽になった。

夕食は干物を試して、プレミアムなビールを1本飲んじゃおうかな？　あっ、コーヒーも飲む予定だったんだ。ワクワクしてきた。

……いかん、完全に気持ちがおおらかになっている。暑い死の大地、プールを作ったのは間違っていないが、だからと言って気を緩めるのは間違っている。

いまだに魚介類生活だし、魔力もまだCランクにすら上がっていない。テンションを上げてビールを1本とか言っている場合じゃない。状況をしっかりと把握しろ。

このペースでいくと魔力がBに上がるのはいつ頃になるんだろう。少しでもレベルを上げておいて、いざとなったらゾンビやスケルトンの巣に突っ込むか。ゾンビやスケルトンの強いバージョンがいるって言っていたからレベルも上がるだろう。

＊＊＊

かまどに木材を投入して火をつける。上にフライパン代わりのシャベルを載せて、10分、30分、1時間に分けて海水に浸けておいた干物を焼く。

干物が上手くいけば、わずかな違いだが食事のバリエーションが増える。流木が集まれば燻製なんかにも手を出せるかもしれない。小さなことからコツコツと生活をよくしていこう。

ベルとレインも干物を食べると言っていたが、とりあえず試食が終わるまでは待ってもらう。

焼いた干物を皿に載せそれぞれをじっくりと味わってみる。10分浸けた干物に箸をつける。……微かに塩味を感じる気がする。塩がまったく利いてないな。腐ってなくてよかった。

30分浸けた干物……さっきのに比べると、まだまだ味は薄いが身がしまっていて、干物っぽい感じにはなっている。

1時間浸けた干物……減塩された干物より塩が利いていないが、干して旨味が凝縮され、薄味で悪くない。贅沢を言えばもう少し味が濃い方が嬉しい。

今後は海水の塩分濃度を上げてみよう。もしくはつける時間を1時間30分くらいに延ばすかだな。次に作る時は浸け時間を延ばす方向で挑戦してみるか。

「ベル、レイン、この1時間浸けた干物は美味しいから食べてごらん」

「やったー」「キュー」

ベルとレインが、美味しい美味しいと干物を食べてくれる。シルフィとディーネは魚はしばらくいらないそうだ。食べなくても平気なのが、最近少し羨ましい。

夕食を終えて慢心した自分を戒めるために、予定していたコーヒーを延期する。この悲しみはレベル上げで発散しよう。

「シルフィ、作れるものは大体作ったから、前に言ったように、夜のレベル上げの時間を大幅に延ばしてみたいんだ」

「私は構わないわ、どれくらいまで頑張るの？」

うーん、昼間は畑ができるまで本当にやることがないんだよな。プールでだらけて暑さをしのぐのが関の山だから、夜のレベル上げに全力投入しよう。

「夕飯を食べたらレベル上げに行って、夜が明けるまでかな。起きるのはお昼すぎになって、生活のリズムが変わるけどみんなは大丈夫？」

「私達は精霊だから問題ないけど、裕太は大丈夫なの？　体を壊したら元も子もないわよ？」

「無理そうだったら元に戻すけど、起きている時間をズラすだけで睡眠時間は変わらないから、なんとかなるよ」

「分かったわ、でも無理はしないようにね」

「うん、生き残るためにレベルを上げようってのに、そのレベル上げで死ぬのは馬鹿げているからね。最大限注意するよ」

＊＊＊

それからは朝に寝て昼すぎに起きる生活が始まった。ベルとレインをそんな不規則な生活につき合わせることに戸惑いを覚えたが、シルフィとディーネから精霊にそんな心配はいらないと言われてからは割り切った。

でも、真夜中に幼女精霊とイルカの精霊を働かせるって、傍目（はため）には虐待事案だよね。

夕食後から夜明けまでレベル上げをして帰ってきて休む。昼すぎに起きたら畑の様子を確認してプールに浸かって涼を取るか、思いついた物を作成する。

そんな中で大騒ぎになったのは竹トンボだ。食事の支度の時に破損した竹を見つけ、昼間に何となく作って飛ばしたら精霊全員の注目を集めた。あの時は結構な騒ぎになったな。

「ちょっと裕太、なにをしたの？　魔力は使ってなかったわよね？」

「ん？　今のは俺の故郷に古くからある玩具(おもちゃ)だよ。作ってみたら上手くいったんだ。面白いだろ」

「玩具なの？」

なんでそんなに驚いた顔をしてるんだ？　でも美人は驚いた顔をしても美人なのは、ズルい。

「ゆーた、もういっかい。もういっかいやって」「キュイキュー」

竹トンボを飛ばす時にベルとレインを呼んで見せたんだけど大興奮だ。落ちた竹トンボを拾って飛ばそうとしていたが、無理だったみたいだな。

「おう、こうやってな」

「裕太ちょっとみせて」

手から竹トンボが奪い取られた。自分が空を飛べるのになんで竹トンボにそんなに驚くんだ？　シルフィは竹トンボを様々な角度から観察して首をひねっている。

「なんでこんな物が空を飛ぶのかしら？　ディーネ、間違いなくこれが飛んでいたわよね」

「ええ、間違いないわね。不思議よね。これって板に棒をはめ込んだだけみたいだし、板の削ってある部分に秘密があるのかしら？」

シルフィはともかく、ディーネが真面目な表情で竹トンボを観察している姿には正直ビビった。シルフィとディーネの真剣な議論が続く。

「ゆーた……」

「あー、ベル、ごめんね。なにかものすごく真面目に話しているから、もう少し待ってあげようね」

「はーい」「キュー」

ベルとレインがとても残念そうにしている。心が痛い。今すぐ竹トンボを奪い返して飛ばしてやりたくなったが、シルフィとディーネの真面目な表情にストップをかけられる。

しばらく議論を続けたあと、グリンとこちらを向くシルフィとディーネ、怖い。

「ねえ、裕太、これって玩具なのよね？　もしかして玩具じゃなくて人が空を飛ぶ乗り物とかもあったりしない？」

「裕太ちゃん、大事な事なの。お姉ちゃんに正直に答えて」

「どういうことかよく分かんないけど、その原理を利用した空を飛ぶ乗り物はあるよ」

プロペラ飛行機が竹トンボを参考にしたのかどうかは分かんないけど。原理は似たようなものだよね？　ライト兄弟ってどこの国の人だっけ？　竹トンボはあったのかな？　でもなにがそんなに問題なんだ？

「そうなの、あるのね。ねえ裕太、この玩具はここ以外では使わないって約束してくれない？　絶対に人には見せないようにしてほしいの」

「別に構わないけど、なんでそんなに深刻そうなの？」

「裕太ちゃん、これはたしかに玩具かもしれないけど、たしかに空を飛んだわ。この玩具から閃(ひらめ)きを得て空飛ぶ道具を開発されると、と――――っても面倒な事になるの」

「見たとしても、そんなにすぐに飛行機が作れるとは思えないが……」

「裕太、仮にそうだとしても時間をかければ分からないでしょ？　わずかな可能性も出したくないの。お願い」

「まあ、シルフィがそこまで言うなら、人には絶対に見せないようにするよ。知識も教えない。でも人が空を飛んだら不味いの？　魔法でだって空は飛べるだろ？」

「まだよく分かっていないようだから説明するけど、風の上級精霊と契約でもしない限り、自由に空を飛ぶことなんてできないの。でも、上級精霊と契約を交わす事は至難なのよ。中級精霊と契約すれば国が頭を下げて迎えにくるわ」

あれ？　シルフィ達って上級精霊より上の大精霊だよな。なんか俺Ｔｕｅｅｅｅが現実味を帯びてきた気がする。

「空を飛ぶことがとても難しいって話は理解したよ」

「分かってくれて嬉しいわ。今でさえ人間はいたる所で戦争をしているのに、それで空が飛べるようになったりしたら迷惑なの」

……なるほど、空を飛ぶことにつながることを、玩具と言えど秘密にしたがる理由は分かった。地球でも戦争に飛行機が使われるようになって、被害が桁違いに大きくなったもんな。知識チートもよく考えてやらないと怒られそうだ。

「ああ、俺の世界でも飛行機は戦争に使われた。言いたいことはよく分かったから安心してくれ。絶対に秘密にする」

「そう、ありがとう」

「裕太ちゃん、お姉ちゃんは信じてたわ」

ディーネは放っておいて、シルフィとの約束は必ず守ろう。袖をクイッっと引かれたので下を見ると、ベルとレインが待ちくたびれていた。

「ここでは遊んでいいんだよね。ベル、レイン、今から飛ばすよ」

「はーい」「キュー」

竹トンボを飛ばしてやり、飛ばし方も教える。ベルとレインはとても楽しそうに遊んでいた。手がちっちゃいから、飛ばすのは苦手そうにしてたけどね。

しかし竹トンボでシリアスっぽい空気になるとは予想外だったな。

予想外なことはあるが昼間はこんな風に過ごして、夜はレベル上げをする。そんな生活を土の大精霊ノモスがくる日まで続けた結果。

名前　森園　裕太
レベル　25
体力　C
魔力　C
力　C
知力　B
器用さ　A
運　B

ユニークスキル
言語理解
開拓ツール

スキル
生活魔法
ハンマー術

ある程度全体的に上がり、一番大事な魔力はCになった。あともう1つランクが上がればシルフィと契約できる。でも、レベル24〜25になってから、レベルの上がり方が鈍くなってきている。

このレベルになると、死の大地でうろついている魔物では経験にならないそうだ。いよいよ魔物の巣に突入するという話が現実味をおびてきた……というよりほぼ確定だ。嫌だ。あと、ハンマー術を覚えたことに狂喜したが、覚えた技をスキルなしでも普通に出せることが分かって、本気で凹んだ。魔法のハンマーだと重さを感じないから、スキルの技以上のことが簡単にできるんだよな……。

まあいい、今は土の大精霊ノモスの出迎えが大事だ。悲しいことは忘れよう。

三章　土の精霊と森の精霊

徹夜明けのハイテンションでノモスを出迎えるのもなんなので、キッチンで仮眠を取る。

ノモス達が到着したら、シルフィが起こしてくれる約束なので大丈夫なはずだ。


「裕太、裕太、きたわよ起きて」

「ん？　なに？」

「ノモスがもうすぐ到着するわ」

「あぅ、ああ、そうだった。ありがとうシルフィ」

急いで体中に洗浄をかけて、外に出る。

「ゆーた、おはよー」「キュー」

「おはよう2人とも。ノモスは？」

「あそこー」

ベルの指さす方向を見ると、豆粒みたいななにかが飛んでくる。あれがノモス達か。すごいスピードだな。あの調子なら、すぐに到着するだろう。


「おう、裕太、待たせたか？」

「いや、大丈夫だ。わざわざきてもらってすまんな」

「気にするな、死の大地に畑ができるとあれば、むしろ儂の領分じゃからの。さっそく畑を見せてもらおうか」

そう言ってノモスは土の下級精霊と共にスタスタと畑に向かう。

「あっ、すぐに岩をどけるから、ちょっと待ってくれ」

畑の前に到着し、囲んでおいた岩の1つを収納する。ノモスが畑の中に入り、土を手に取りじっと観察する。前回が赤点だったから、言われた通りに作業はしたが結構ドキドキする。

「ふむ、足らん物も多いが、なんとかなると言ったところかの」

「それは合格ということでいいのか？」

「まあ、儂らの力を削らん最低限のできじゃがの。場所が死の大地であることを考えれば、褒めてやってもいいくらいじゃ。しかし、最低限じゃからの。いろいろと頑張らんと儂も見限る」

合格したー。なんかお情けの合格っぽいけど、合格したのならいろいろと変わってくるはずだ。

「分かった。努力はするが土のことはまったく分からないから、アドバイスを頼む」

「うむ、まずはさっさとこの土を混ぜてしまうかの」

「うん？　なにに混ぜるんだ？」

「そんなもん、お主に言っておいた畑の拡張のために、死の大地の土と畑の土を混ぜるに決まっておろうが。さっさと壁になっておる岩をどけて、畑に土を出さんか」

決まってねえよ。ヤバい、ノモスって言葉が足りないタイプだ。このタイプは、みんなが分かってると思って話をドンドン先に進めるから、注意しておかないとなにがなんだか分からなくなるぞ。

「分かった、ここに全部出せばいいのか？　結構な量だぞ？」

「構わん、その方が混ぜやすい」

畑を囲んでいた岩を収納し、魔法の鞄から畑で使う土を取りだす。結構大きな山になったが、どうするんだ？

ノモスが右手を軽く振り下ろすと、畑の土と放出した山になった土がうねうねと動きだし、回転して混じり合いながら竜巻のように空中に登って行く。全部の土が竜巻状になり、そのまま俺が拡張した畑予定地になんの音もなく入る。意味が分からんが精霊ってすごい。

「これでよいじゃろう。あとはこの土壌を基盤に少しずつ広げて行けばええ」

「ありがとう。でも、契約してないのにこんなにしてもらっていいの？　契約していない相手のために直接力を振るうのは駄目って聞いてるんだけど」

「ああ、そういう決まりもあるの。じゃが今回は死の大地の土が復活する案件じゃ。儂が裕太に協力したのではなく、裕太が儂に協力したんじゃ。なんの問題もないわい」

そうなのか？　なんかどこぞの政治家が言いそうな、論理のすり替えが行われている気もするんだが……まあいい。俺にとってはいいことなんだから、気にしないでおこう。

「分かった、よろしく頼む」

「おう、そうじゃ忘れておった。裕太、そこの下級精霊と契約しておけ」

俺も忘れてたよ。土の下級精霊を手招きする。

「あー、君は俺と契約して構わないの？」

コクンと頷く。なんだろう、まだ幼いはずなんだが、熟練の職人のような雰囲気を感じる。この子もいずれお髭がふさふさになるのかな？

「名前をつければいいの？」

再びコクンと頷く。ブレないな。さてどんな名前がいいんだろう。目的が収穫だからハーベスト。なんか厳つい感じがする。寡黙な精霊なのに、厳つい名前だとちょっと堅苦しいかも。

……ひねりがないけど、大地でアースはどうだろう？　そのまんますぎるか。じゃあ肥沃……ファートゥル。うん、これがいい。

「決めたよ。君の名前はファートゥル。俺の世界の言葉で肥沃、つまり豊かな土地って意味だ。これからトゥルって呼ぶけど構わない？」

コクンと頷く。これで契約成立したんだよな。毎回思うんだけど拍子抜けだ。

「ファートゥルのトゥル。いい名前、ありがとう」

「お、おう。よろしくな」

初めて声を聞いたが意外と可愛い声だった。厳つい名前にしなくてよかったな。

あっ、様子を見ていたベルとレインが契約が完了したからか、トゥルに突撃した。キャイキャイ。キューキュー言いながら自己紹介をしている。トゥルも嫌がっていないし、仲よくやれそうだな。

「うむ、ファートゥルか、いい名前じゃ。これで契約成立じゃな。基本的にこの土の管理はトゥルがする。トゥルは要求があったら裕太に言え、いいな」

コクンと頷くトゥル。そして俺をジッと見る。ベルとレインが戯れてくるのに、気にせずこちらを見ているな。

「えーっと、なにか必要な物がある？」

「……できるだけはやく、森の精霊のきょうりょくがほしい」

いきなり精霊のリクエストがきました。森の精霊か……植物を育ててくれそうだからいいのか？

「ここには森の精霊が滞在する環境は整っているかな？」

「だいじょうぶ……だとおもう」

おうふ、なんか自信なさげ。

「この地には森がひつよう」

まあ、たしかに森があれば土壌は豊かになる。でも、いきなり森を作るのか？　流石にこの場所にそんなスペースはないぞ。

「ぶあはは、トゥルよ、流石になんの植物も生えておらん場所に、森の精霊は厳しいぞ」

やっぱりそうなんだ。土がちょっとよくなったからって、流石に無理があるよね。

「だめ？」

くっ、そんな目で見られると困る。下級精霊って純粋なのか、瞳で訴える力が強いんだよな。

「ノモス、森の精霊にきてもらうには、最低限植物が生えていないと難しいよね？」

「まあ、そうじゃの。この畑を管理して整え、種を植えれば芽くらいは生えるはずじゃ。最低限そこまでは必要じゃな」

管理はトゥルがやってくれるとして、植物の種が必要なんだな。どうしたものか。しかし土の精霊がきてくれたと思ったら、すぐに次の精霊か……精霊が次々に増えるな。

「シルフィ、どう考えても植物の種が必要みたいだ。植物の種だけをベル達に運んでもらうとしたらどうなる？」

「うーん、種だけなら負担は少ないけど、行くのは半日程度で帰りは3日から4日かかるわね」

おうふ、幼女精霊とイルカの精霊に4日間も旅をさせるの？

「それはキツイね。どうしよう」

「まあ、それくらいなら精霊にとってはたいしたことではないし、試しにやらせてみたら？」

シルフィが気軽に言う。採取の時は反対してたのに、種だけで4日間なら許容範囲なのか？　いや、でもなー、俺が悩んでいると、シルフィが耳元に口をよせ小声で話しかけてきた。

（そういえば森の精霊と話がしたいと思っていたのよね。私も森に行ってくるわ。少しゆっくり

してくるから数日戻ってこないわね）

これは……シルフィがこっそりついて行ってくれるってことだよな？　初めて子供がお使いに出る時に、親がこっそりついて行く的な……それなら大丈夫か。

（ありがとう）

（ただ散歩がてら、昔馴染みに会ってくるだけよ）

パチンとウインクして離れるシルフィ。ちょっと子供っぽいとか思ってたけど、マジすいませんでした。

……そうなるとトゥルには土の管理をしてもらって、ベルとレインにお使いに行ってもらうことになる。恥ずかしいけどこういう場合、任務で気合をいれるか。

「ベル、レイン、話があるからちょっとこっちにおいで」

トゥルと戯れているベルとレインを呼ぶ。

「なにー」「キュー」

キャッキャッと楽しそうに飛んでくるベルとレイン。うう、こんな可愛い子達を過酷な旅に出すのか？　ヤバい心が折れそうだ。シルフィを見ると頷いている。こうなったらしょうがないか。

「ゴホン。ベル隊員！　レイン隊員！　重大任務を申し渡す！　これまでとは比べ物にならない過酷な任務だが、達成する覚悟はあるか？」

「いえっさー」「キュキュー」

素早く返事をするベルとレイン。たぶん反射で答えているから、意味は分かってないんだろうな。

「そうか、ではシルフィに森の場所を教えてもらい、そこで植物の種を入手してくるのだ。できれば食べられる植物の種が望ましい」

いかん、大変な旅だとか心配だとか思ってたはずなのに、いざとなったら自分の欲望も追加してしまった。シルフィを見ると苦笑いしている。申し訳ない。

「いえっさー」「キュキュー」

「本当に大変な旅になるけど大丈夫？」

心配で素が出てしまった。

「だいじょうぶー」「キュー」

「よし、見事任務を達成してみせよ。いいな！」

「いえっさー」「キュキュー」

ベルとレインがシルフィに突撃して情報収集している。しばらく話をして情報が集まったのか、こちらに手を振りながら飛び去るベルとレイン。少し時間を空けてシルフィがあとを追って飛び去る。

「裕太ちゃんも心配性ね。荷物が多いのならともかく、種くらいなら時間がかかるだけでケロリと帰ってくるわよー」

心配げにベル達が飛び去った空を見る俺を、ディーネが元気づけてくれる。

「シルフィもそう言ってたけど、あの子達は見るからに幼いから心配なんだ」

「ふふ、裕太ちゃんの方がベルちゃんやレインちゃんより年下なのよ。2人を信じてどっしり待っているといいわ」

なん……だと……いや、浮遊精霊から下級精霊に進化したことを考えれば、その可能性もあるのか？

「たとえそうでも、精神的に幼いから心配するのは当然だよね」

「ふふ、そうね」

ディーネから慈愛のこもった視線を向けられる……不覚。

＊＊＊

ふぅ、裕太も心配性ね。精霊が傷つくことなんてめったにないのに。精霊の存在を揺るがすほどの危険なことがあるとしたら、それは力を使いすぎて消滅すること。

ベルとレインが重い荷物を持って何十日も旅したら、消滅の危険がある。だから採取には反対したけど、種を運ぶくらいならなんの問題もないわ。

裕太はどうも見た目で精霊の事を判断しているようね。完全にベルとレインを保護すべき対象として見ている。その上で討伐に力を貸してもらっているから、ジレンマに陥っている様子がちょっと面白い。

今回のことも物質を抱えているから速く飛べないだけで、能力的にも精神的にもなんの問題もないと説明したのに、幼い子供を心配するようにオロオロしていた。

あの時、気分のままに空を飛んでいたら、ベルが私を呼びにきたから驚いたわ。精霊が見えて話せて触れる人間がいるなんて、実際に確認するまで信じられなかったもの。

あら、ベルとレインが追いかけっこを始めちゃったわ。あっちこっちに行ったりきたり、遠回りしているわね。

4日で帰れるって言ったのは間違いだったかしら？　4日をすぎたら裕太の心配が爆発しそうで怖いわ。

楽しそうに遊びながら空を飛ぶ2人。私がついていると分かると、あの子達の経験にならないから、できれば口出ししたくないんだけど……どうしようかしら？

ハラハラしながらベルとレインを追跡する。遊びながらでも方向は分かっているのか少し遠回りした程度ね。下級精霊の動向なんて裕太と行動を共にするまで、気にもしていなかったのだけど自由奔放なのね。私が下級精霊だった頃もあんな感じだったのかしら？

……もう少し知的だったはずよね？

＊＊＊

はしゃいだ2人が逆走したり、なぜかグングンと上昇したりと、振りまわされながらもなんとか目的の森に到着した。

ここ数百年で一番大変だった気がするわ。あの子達ってなんであんなに落ち着きがないのかしら？　森に到着したベルとレインが大きな声で、私が訪ねるように言った森の大精霊の名前を連呼する。

「どりー」

「キュー」

「どりー。いるー？」

「キュー？」

「どりー。あそびにきたー」

「キュイキュイキュー」

ベル、レイン、あなた達は遊びにきたんじゃないのよ。お使いにきたの、忘れないでね。

「あら、可愛い子達ね。遊びにきてくれたの？」

「そー。しるふぃいってたー」「キュー」

「あら、シルフィのお使いなのかしら？」

「んー、ちがうー。ゆーたのにんむー」

あれね、しっちゃかめっちゃかって奴ね。これからどうなるのかしら？　驚くほど不安だわ。いけない、私に気づいたドリーがこっちを見ている。

なんとか私がいることを話さないように、身振り手振りで伝える。軽く頷いてくれたので大丈夫よね。

「任務なのね、どんな任務できたのかしら？」

「たねー。たべれるやつっていってたー」

「キュー」

「食べられる種がほしいのかしら？」

おしいけど違うわ。食べられる植物が生える種でしょ。困った表情でドリーがこちらを見るので、違うと首を横に振る。

「そう？」

なんで疑問形なのよ。違うわよ。ちゃんと教えたでしょ。聞いてなかったの？　いいえ。復唱させたし聞いていたのは間違いないわ。ここにくるまでに忘れちゃったのかしら？

同じ下級精霊なのにベルとトゥルの違いが気になるわ。環境が違うのかしら？　属性の違いだとは信じたくないわね。

「もう一度ちゃんと思い出してみて。シルフィはなんて言ってたの」

「どりーにあうー」「キュー」

「そう、それから?」

「んー、たべれるくさがはえるたねー」

そう、よく覚えてたわね。ドリーがこっちを見たから、正解だと頷く。

「そうなのね。食べられる植物の種がほしいのね」

「ほしいー」「キュー」

「じゃあ案内してあげるわ。こっちにいらっしゃい」

「やったー、ありがとー」「キュー」

「ふふ、ちゃんとお礼が言えて偉いわね。そういえばお名前はなんて言うのかしら?」

「べるっていうのー」

「キュキュー」

「れいんはれいんっていうのー」

「そう、ベルちゃんとレインちゃんね。どこで植物を育てるのかしら?」

「しのだいちー」

驚いてドリーがこちらを見たので頷く。驚くのは分かるけど、バレないようにしてほしいわ。

「そ、そうなの。じゃあ暑さに強い植物の種を選びましょうね」

「はーい」「キュー」

ドリーにアドバイスをもらいながら、いくつかの種類の種を葉っぱに包んで持たせてもらう2人。これで最大の試練は乗り越えたわね。

「持てる？　死の大地は遠いわよ。ちゃんと帰れるかしら？」

「だいじょうぶー」「キュー」

「そう、気をつけてね」

「またねー」「キュイー」

ベルとレインが手を振りながら飛び去る。ゆっくり飛んで行くからすぐに追いつけるわね。ドリーと話してから追いかけましょう。

「ごめんねドリー、迷惑をかけたわね」

「ふふ、大丈夫ですよ。元気で可愛い子供達でしたから。それでなにがどうなっているんですか？　死の大地と言ってましたけど大丈夫なんですか？」

相変わらず真面目な話し方ね。ベル達には崩した言葉だったけど、ドリーは精霊には珍しく敬語が基本だ。もう少し気楽に話してくれたら嬉しいんだけど、性格なのか無理なのよね。

「ええ、そのことでドリーに話があるのよ。実は今、死の大地で異世界人と行動を共にしているの」

「あら、異世界人なんて珍しいですね。でもなんで死の大地に行ったんですか？　あそこにはなにもありませんよね？」

「それが違うのよ。死の大地に行ったんじゃなくて、死の大地に転移したみたいなの。しかもかなりの奥深くにね。その異世界人をベルが見つけて、私を呼びにきたのよ」

「そうだったんですか。あんな所に転移したら大変でしょうね。でも、精霊と親和性が高くてよかったです。ベルちゃんとレインちゃんと契約しているみたいですし、なんとか生き抜けそうですね」

「それが親和性が高いどころじゃないのよ。私達が見えて、話せて、触ることができるの。それに特殊な力を持っているから、現在死の大地を開拓中よ。あの植物の種は育てるためにもらいにきたの」

「精霊に触れるなんて……聞いたことないですが本当なんですか？　しかも死の大地を開拓？　シルフィ、私を担いでいませんか？」

「疑う気持ちも分かるけど、全部本当のことよ」

私も自分で言ってて嘘くさいと思っちゃうから辛いのよね。

「そんなことが可能なんですか？　シルフィの言うことでも信じられません」

「まあ、私でもあなたの立場だったら、同じ反応をすると思うわ。でも事実なの。今のところ魔力の問題で私とは契約できないから、簡単なアドバイスしかしてないけど、異世界人、裕太って言うんだけど、裕太は頑張って開拓しているわ」

「大精霊のあなたが、異世界人とは言え人間と契約する気なんですか？」

「ええ。私だけじゃなくてディーネも契約する気ね」

「ディーネもいるんですか？」

「ええ、契約するかどうか分からないけど、ノモスもいるわ」

「大精霊が3人も……いったいなにがどうなってるんでしょう？」

「うーん、簡単に言うと、まずは裕太が頑張って死の大地で井戸を掘って、私がディーネを呼んだの」

「まず、死の大地で井戸を掘ったことが信じられないのですが」

「特殊な力を持ってるって言ったでしょ。開拓に特化した力なのよ。まあ、物理攻撃にも特化しているけど」

あの攻撃力はすごいわね。この世界のトップクラスの魔法や技には及ばないけど、切れ味や破壊力を考えると、範囲攻撃以外の攻撃力はトップとかなり近いところにいるわ。本人は理解してないけど。

「そうなんですか」

「ええ、そのあと、掘り出した水を利用して畑を作ったの。いろいろやって畑をなんとかして、ギリギリだけどノモスに合格点をもらったのよ」

「死の大地に畑を……しかもギリギリとは言えノモスが認める畑……夢なのかしら？」

「夢じゃないわよ。それで畑で植物を育てるために、裕太が契約しているベルとレインが種をもらいにきたの。私は裕太があまりにも心配するから、ついてきたのよ」

「ふふ、精霊の心配を人間がするんですか」

「ええ、過保護なくらいに2人を猫可愛がりしているわ。それで、ドリーからもらった植物の種の芽が出たら、呼びにくるからあなたもどう？　できたら、すぐに裕太と契約できる下級精霊も連れてきてほしいわ」

「……とても信じられない話ですが、シルフィが自信満々に言うってことは本当なんでしょうね。行くのは構いませんが、滞在するかは現地を確認してから決めますよ？」

「それで問題ないわ、ノモスも一度目はまだ駄目だって言って帰ったもの。二度目でなんとか合格したんだけどね。でもまあ、死の大地にあなたが森を復活させるのよ。ちょっと面白いと思わない？」

「それはとても素晴らしいことですね。次にシルフィが呼びにくるのを期待して待っています」

「芽が出たら迎えにくる予定だけど、ドリーが渡した種だと最短でどれくらいで芽が出るの？」

「比較的早いのが葉野菜の類いで、土の状態がよければ3日で発芽する種を持たせていますね」

「そう、さすがに死の大地だからそこまで早くはないでしょうけど、失敗しない限りある程度早く迎えにくることになりそうね」

「ふふ、分かりました。準備しておきますね」

「ええ、お願いね。そろそろあの子達を追いかけるわ。じゃあまたね」

「ではまた。お待ちしています」

ノモスと違って結構早く納得してくれて助かったわ。さてあの子達を捜さないと。最短ルートを飛んでいてくれれば見つけやすいんだけど……あの子達の場合、それが期待できないのよね。


結局、あの子達を見つけだすのにはかなり苦労したわ。やっと見つけたと思ったら、はしゃぐあの子達にハラハラして、落とした種を捜すあの子達をバレないように導くのは大変だった。拠点が見えた時は心底ホッとしたわ。あの子達のお使いには、もう当分付き添いたくないわね。

＊＊＊

落ち着かない。ベルとレインがお使いに旅立ってから、気持ちがまったく落ち着かない。まさか自分がここまで心配性だったとは。驚きの発見だ。

「なあディーネ、大丈夫だよな？」

「ベルちゃんとレインちゃんのこと？　種を運ぶだけなら疲労も少ないし、シルフィちゃんもついて行ってるんだから大丈夫よ」

「そうか、そうだよな。ありがとうディーネ」

「ふふ、どういたしましてー」

お姉ちゃんが優しく見守ってますみたいなディーネの視線が若干気に触るが、お世話になっているので、ここは流しておこう。

「えーい！　鬱陶(うっとう)しいわい。ウロウロしとらんでなにか作業でもしておれ」

「あー、悪いノモス。だが水まきも終わったし今のところやることが見つからなくて」

「植物の種をもらって、いずれは森の精霊を呼ぶんじゃろ。森を作る場所でも整備しておけ」

……森を作るのか？　俺が？　そういえばトゥルが森の精霊の協力が必要だって言ってたな。そうか、森を作るのか……生活環境をよくしたいって思っていただけなのに、ドンドン大袈裟(おおげさ)なことになっている。

逆に考えると大袈裟なことをしないと、死の大地での生活環境はよくならないということか。なんで転移先がこんな地獄なんだよ。納得がいかない。


「森を作るのか……。もしかしてこの場所って狭い？」

94メートル四方のスペースには、大きな泉にプール。拡張した畑、移動式の家がある。畑には食べられる植物を植えたいし、森まで作ったら手狭な気がする。

「狭いぞ、やることが見つかってよかったな。さっさと拡張してこい」

「お姉ちゃんも森があると嬉しいわ。裕太ちゃん頑張ってね」

なんか俺の思っている異世界生活と違うが、まあいい。手持無沙汰も解消されるし気も紛れる。いっちょ頑張ってみるか。

まずは岩で四角く囲んだ拠点の隣に、拠点と同じ大きさのスペースを作るか。森を作るんだから畑を作ったみたいに、地面を掘り返して岩を敷き詰めないと駄目だろう……大工事だ。

まず岩が足りない。外に出て岩山を確保しないといけないんだが……昼間でも1人で出かけるのは不用心だよな。トゥルには一緒にきてもらうとして、シルフィの代わりにディーネかノモスについてきてもらいたい。

……やっぱノモスだな。ディーネは悪い精霊ではないんだが……天然部分がどう作用するのか分からなくて怖い。

「ノモス、岩の確保で外に行くんだが、一緒にきてくれないか？」

「むー、裕太ちゃん、なんでノモスちゃんに頼むの？　シルフィちゃんがいないならお姉ちゃんの出番でしょ？」

できれば避けたかった水の大精霊が関わってきた。しかも、ノモスもちゃん付けなんだな。衝撃だよ。

「トゥルとは初めて外に出るし、同じ系統のノモスの方がトゥルも安心だろ？」

「お姉ちゃんに任せれば大丈夫！　シルフィちゃんに頼まれたのは私なんだから、私が行くの」

いつ頼まれたんだ？　シルフィが出発前にディーネと少し話していたけど、その時かな？

……なにが大丈夫なのかまったく分からないが、引く気はないようだ。契約していないからアドバイスしかもらえないんだよな。そこを天然に任せるとなると、激しく不安なんだが……まあ、岩を切りだしに行くだけだし問題ないか。

「トゥルはディーネが一緒で大丈夫か？」

「……だいじょうぶ」

契約してから少し話してくれるようにはなったが、相変わらず寡黙だ。でも、やる気はあるみたいだからいいか。

「じゃあ行くか。ディーネ、トゥル、よろしくな」

拠点を出て岩山に向かう。この拠点の不便なところは、昔は湿地帯だったから、近くに岩山がないことだ。まとめて石材を切り出しておけばいいので、たまにの不便なんだが、切りだしに行く時には不満を覚えてしまう。テクテク岩山を目指して歩いていると、目の前にデスリザードが現れた。

「ディーネ、魔物が出るなら教えてくれよ」

「え？」

不思議そうな顔をしているディーネは放っておこう。慌ててハンマーを大きくして構える。幸い、いきなり突っ込んでくることもなく、ジリジリと威嚇しながら近づいてくる。これなら余裕があるな。

「トゥルの使える魔法が見たい。あいつを倒せる？」

トゥルを見るとコクンと頷き、両手を前に出した。

「土葬」

トゥルが呟くと、デスリザードの周辺の土が盛りあがり、あっという間にデスリザードを飲み込んだ。

「トゥルの魔法もすごいね。でもトゥル、今度から魔石を確保したいから、できるだけ魔物の死骸を残して倒してくれる？　でも、俺がピンチの時は魔石とか気にしないで倒してね」

「……わかった、次からはだいじょうぶ」

トゥルは俺が言ったことを忘れないように呟きながら復唱している。真面目な子だな。

「それでディーネ、なんで魔物の接近を教えてくれなかったの？　まあ、俺も油断して気を抜いていたけど、できれば接近前に教えてほしいんだけど」

「お姉ちゃん魔物の接近なんて分からないわよ？」

首をコテンと傾げてディーネが言う。美人だからグラッとくるが、今はそれよりも、たしかめることがある。

「えーっと、ディーネ。ディーネは索敵できないの？」

「うーん、水があればできるけど、地上はお姉ちゃん分からないわ。だって水の精霊だもの」

なるほど納得はできるが納得したくない。

「じゃあ、なんのためについてきたの？」

「シルフィちゃんに言われたから？」

駄目だ、自分がなにができるとか、まったく考えずについてきてる。あれだ、シルフィに言われたから、お姉ちゃん頑張らないと的な発想でついてきただけだ。

「そ、そうか。分かった、ありがとう」

シルフィが説教を諦めた気持ちが分かった。さて、索敵ができないなら、岩を切りだす間も周りには注意を払わないとな。ペースは落ちるが安全が第一だ。気を引き締めるぞ。

不意に袖を引かれたので下を見ると、トゥルが俺を見あげている。

「どうしたの？」

「じめんの上ならさくてきできる」

「おお、トゥルは索敵ができるんだ。死の大地で飛ぶ魔物はゴーストやレイスくらいだから、昼間ならそれでなんの問題もないよ。トゥル、魔物が出たら教えてね」

嬉しくてベルやレインにするように頭を撫でてしまった。トゥルは一瞬ビクッとしたが、すぐに力を抜いて撫でられてくれた。別に頭を撫でられるのは嫌じゃないみたいだ。

「わかった」

それからは偶（たま）に現れる魔物を俺がハンマーで潰したり、トゥルが魔法で倒したりしながら、6つの岩山を半日かけて綺麗に切りだした。これで足りるかな？　まあ足りなかったらまた切りだしにこよう。

ちなみにトゥルに見せてもらった魔法は。

鉱弾(こうだん)　土の中の鉱物をすごい勢いで飛ばす。
鉱槍(こうそう)　地面から鉱物の槍が飛びだし敵を貫く。
土葬　地面を隆起させ敵を飲み込む。

土というより地面全部が魔法の対象みたいだ。鉱物を分離して取りだすことができるか聞いたら、今はできないと言われた。鉱弾も鉱槍も敵を倒したら消えてしまうし……もったいないよな。

鉱物を抽出できるようになるのは、中級精霊かららしい。ただ、トゥルでも鉱脈の場所は特定できるそうなので、いずれ採取に行くのもいいな。今は加工できないから後回しだ。

＊＊＊

ふあー、昨日は午前中に仮眠を取っただけだったから、夜すぐに寝て生活リズムが元に戻ってしまった。夜中のレベル上げも行き詰まってたし、土の精霊もきたからちょうどよかったかもな。

朝食にノモスとトゥルも誘ってみたが、ノモスは不参加だそうだ。大精霊クラスになると焼いた魚介類なんかは食べ飽きているらしい。

トゥルは寡黙ながらも、時折笑顔を見せながら食べてくれたのでホッコリする。ベルとレインがいればもっと賑やかになるだろう。ちょっと寂しいな。

レインがお出かけ中なので、畑に水をまいてから拠点の拡張を始める。まずは南側を拡張するか。南側に今の拠点と同じ大きさの正方形のスペースを作る。スペースが足りなくなったら、同じように正方形を継ぎ足していって、最終的には泉を中心とした大きな正方形の形にしよう。まあ、その前に町にたどりつきたいな。さて、まずは魔物の侵入対策のための壁の設置だな。トゥルを連れて外に出る。

「ねえトゥル、今までは地盤沈下とか考えてなかったけど、土魔法でなにか方法はない？」

「いわの下の土をかためることはできる」

固まった場所は沈まないか……ドミノ倒しみたいにその下が沈む気もするが……やらないよりはやった方がいいだろう。

「なら、トゥルが地面を固めた場所に岩を置くから、お願いね。それと、俺は岩を置くだけだから疲れないけど、トゥルは魔法を使うんだ。辛くなったら無理をしないで休んでね」

「わかった」

コクリと頷くトゥル。なんか心配だな、寡黙な子でとても真面目……うん、無理をするタイプだな。無理していないかの確認は頻繁にしよう。

トゥルが固めた地面の上に岩をドンドン並べ、拠点と同じ広さのスペースを確保する。

トゥルはなんの問題もなさそうだ。次に行くか。今回は森を作るそうなので、新たに出来上がったスペースを5メートル50センチ掘る。

開拓ツールがあっても時間がかかりそうだ。俺はひたすら地面を掘り、トゥルは俺が掘ったあとの地面を岩を設置しやすいように、しっかり平らに均してくれる。

……結局俺の方が精神的に疲れて先に休憩を取る。トゥルの様子を見るとまったく疲れていないようだ。下級精霊でも能力はすごいんだな。日が暮れる頃には、なんとか掘り抜いたスペースに岩を敷き終えて、穴を開けて終了。これなら土を入れれば畑と同じ状況だし、森も作れるだろう。

土を入れるのはノモスと相談して、畑の状態を見ながらにするそうだ。畑に微生物が増えて、しっかり馴染んでからでないと、死の大地の土に負けるらしい。相変わらず怖いよ死の大地。

＊＊＊

森用のスペースも作ったし、今日は大量の干物を作成しよう。やることがないとベルとレインが心配になってくるし、ノモスには鬱陶しいと怒られるからな。大量の魚を捌き海水に浸け込む。今回は1時間半、これなら塩味バッチリなはずだ。たぶんだけど。

魚を漬け込む間にトゥルと一緒に畑に水をまき、ノモスに土の様子を確認してもらう。問題なく混ざり合ったようで、微生物が徐々に増えているそうだ。元々小魚や海藻を砕いて大量に混ぜておいたので、かなり正常な状態に近づいていると言われた。森用スペースに土を入れる時は、もう一度同じ肥料を作れと言われた。

まあ、小魚を取るにはベルとレインの協力が必要だから、2人が帰ってきてからだな。植物の種が手に入れば、死の大地に緑が生えるかもしれない。楽しみだ。お野菜食べたい。

魚を海水に浸けて1時間半が経過したので、干し台に移動して魚を並べる。美味しい干物ができれば、次はタコとかイカを加工するのもいいな。回復魔法が使えれば、食あたりも気にせずに生の魚にも挑戦できるんだが……命の精霊と契約するまでは無理か……死の大地だと難題が多すぎるよ。

森ができたら木も草も命なはずだから、命の精霊も大丈夫にならないかな? 動物が必要だとかなり厳しい。森ができても、死の大地を通って野生動物が自力でここまでたどりつくとか無理だよね。

＊＊＊

細々とした物を作ったり、プールで涼を取ったり、ディーネやノモス、トゥルと語り合ったりしながら日々を過ごしていたら、ベルとレインが帰ってくる予定日になった。

ちなみにディーネは毎日、自分がどれだけ姉としての威厳と優しさを兼ね備えているのか力説していた。なぜ姉というポジションに拘るのか、疑問が尽きない。

なんとなくソワソワしながらベルとレイン、シルフィが戻ってくるのを待つ。時間が進むのが遅いな。

「裕太ちゃん、やることがないのなら水路を増やさない？」

「水路を増やす？　増やす分には構わないけど、どこに増やすの？」

プールまでの水路はあるし飲料用の水は収納している。トイレは穴を掘ってオガクズを敷き詰めただけなので、水を引く必要はない。

「森のスペースまで水路を引いてほしいの。森でも水は必要でしょ？　それに、森にある池って綺麗よね」

なるほど、水量は豊富らしいし問題ないか。森に木を植えても雨が降らない死の大地では、水がないと木が死んでしまう。

池があれば水もまきやすいし、どうしても水路のつなぎ目からは少し水が漏れる。地面がカラカラに乾くのを抑える効果もあるだろう。悪くない提案だ。

「分かった、水路は土を入れてから作るけど、池の部分は今から作っておくよ。森の中になるんだからプールくらいの大きさでいいだろ？」

「裕太ちゃん、ありがとー。形は丸い方がお姉ちゃん嬉しいなー」

「丸？　なんで？　加工が難しいだけだぞ？」

「そうかもしれないけど。裕太ちゃんも想像してみて。森の中を歩いていたら池がありました。その池はどんな形をしていますか？」

なんかクイズみたいだな。いや、性格診断テストの方が近そうだ。

「あー、たしかに四角より丸っぽい池を想像したけど、それにどんな意味があるんだ？」

「意味はないの。でもイメージって重要だと思うの」

殴りたい、なんだかとても殴りたい。だが、ディーネは善意でここにいるんだ。助けてもらっているのは俺で、助けているのはディーネ。……胃が痛い。

「わ、分かった。だけど、完全な真円は無理だぞ」

「十分よー、ありがとう裕太ちゃん」

俺の頭を撫でるディーネ、撫でられて少し気持ちが落ち着くことに屈辱を覚える俺。ディーネって頼りになる時もあるけど、天然がほとんどを占めているから、お姉さんぶられると違和感がすごいんだよな。

トゥルを連れて森用スペースに向かう。一番大きな岩を取りだしその中心にトゥルを立たせる。長い竹を持ってもらい、反対側の先端で俺が竹を持ちながら、サバイバルナイフを岩に突き刺しグルリと一周する。

やっぱり少し歪な円になっちゃったな。簡単なコンパスだから、回っている間にズレが出るのはしょうがない。あとは切れ目に沿って綺麗に岩を掘るだけだ。

池を作り終えて拠点に戻ると、ディーネが大喜びで近寄ってきた。

「ありがとう裕太ちゃん、とっても素敵だったわ。あの場所が森になったら最高のお昼寝スポットよ」

……そんな理由？　たしかに森に池があるのはいいことだし、ディーネに言われなくてもいずれ作ったのかもしれない。でも……ふんふんとご機嫌に鼻歌を歌うディーネを見て思う。神様、この天然精霊に天罰を与えてください。

＊＊＊

真夜中、もうとうに戻ってきてもいいはずなんだが、まだベルとレインは帰ってこない。シルフィも一緒なんだし、精霊だから大丈夫だとは分かっているが、あの子達の見た目だと必要以上に心配してしまう。

「裕太ちゃん、まだ起きているの？　帰ってきたら起こすから、少し寝たら？」

「うーん、寝ようとしたけど無理だったんだ。このまま起きているから話し相手になってよ」

「裕太ちゃんは心配性ね。しょうがないから、お姉ちゃんがお話し相手になってあげるわ」

「はは、助かるよ」

話をしながら、ベルとレインが戻るのを待つ。ディーネと話しながら、精霊の役割やこの世界のことをいろいろと教えてもらうが、意外とためになった。それにしてもこの世界、戦争多すぎ。町に行くのが怖いんですけど。

話に熱中しているうちに、気がついたら夜が明けていた。ディーネの話はなかなか面白い。特にディーネの大切な場所を占拠したシードラゴンを、水流を操って天高く打ちあげた話は面白かった。

その日からシードラゴンは、天に昇って神になったという伝説が生まれたらしい。ちなみにシードラゴンが神になるということはないそうだ。打ちあげられたシードラゴンの行方(ゆくえ)が非常に気になる。

朝日を浴びに家の外に出て体を伸ばす。体全体を洗浄して空を見あげると、こちらに向かって近づいてくる二つの点が見えた。

「なあ、ディーネ、よく見えないけど、あそこを飛んでいるのはベルとレイン？」

「あら……そうね。ベルちゃんとレインちゃんよ。とっても元気そうだから安心して」

「そうか」

無事に帰ってきたんだな。物を持っているとあんなに飛ぶのが遅くなるのか。なにも持っていない時のベルは、まさしく疾風（しっぷう）って感じなんだけど、こちらに向かう点はゆっくりと近づいてくる。もう少し時間がかかりそうだな。

「ただいま裕太」

いつの間にかシルフィが隣に立っていた。先回りして戻ってきたのか。

「シルフィ、お帰り。お疲れ様……って本当に疲れてるね。なにかあったの？」

「大きな問題はなかったわ。ただ、あの子達は本当にまだ子供ね。予想もつかない行動でずいぶん慌てさせられたわ。当分あの子達にお使いを頼むのはやめてね」

風の大精霊を誰が見ても分かるほど疲れさせるなんて……なにがあったのか聞くのが怖い。

「そうだったんだ、本当にお疲れ様。ありがとうシルフィ」

「どういたしまして。さあ、もうつくわよ。笑顔で出迎えてあげてね」

シルフィに言われて空を見ると、顔が見えるほど近づいていた。笑顔だし元気そうだな。

「ベルー、レインー。おかえりー」

大声で叫ぶと、聞こえたのかベルとレインもぶんぶんと手を振りながら飛んでくる。

「ただいまー」「キュー」

胸に飛び込んできたベルとレインを抱きしめ、褒めまくる。

「頑張ったねー。無事に帰ってきて偉いよベル、レイン」

「がんばったー」「キュー」

キャッキャッと笑いながら腕の中で騒ぐ2人を見て、安堵の気持ちが湧きあがる。次にお使いに出すのは、もう少し大きくなってからだな……精霊ってどう成長するんだ？

「あー！」

ベルがなにかに気づいたかのように声をあげ、飛びあがって俺の前に浮かぶ。なんだ？

「べるたいいん。にんむかんりょー」「キュキュキュー」

そう言って小さな葉っぱの包みを差しだす。ヤバいジンときた。なんか泣きそうだ。いや、泣いてないでちゃんと受け取らないと。

「ベル隊員！　レイン隊員！　重大任務達成ご苦労であった。困難な任務を見事達成し、無事帰還したベル隊員とレイン隊員を私は誇りに思う。本当にご苦労であった。これで任務は完了した。ゆっくりと休むがいい」

「いえっさー」「キュッキュー」

もう一度胸に飛び込んできたので、抱きしめて褒めまくる。ふと目線を上げると、いつの間にかノモスとトゥルも生温かい眼差しでこちらを見ている。さすがにちょっと恥ずかしい。

「ノモス、トゥル、おはよう。ベルとレインが種を持って戻ってきたんだ。さっそく畑に埋めよう」

「うむ、まあ、なんだ、よかったな」

「……よかった」

ヤバい、とても恥ずかしい。我が子をはしゃぎまくって称(たた)えまくる親バカを見て、関わり合いになりたくはないけど、義理として声をかけておこうって感じの言葉を送られた。

「あっ、ああ、ありがとう。あはははは」

なんかとても気まずい。シルフィは目を逸らすし、ディーネはなぜか感動して涙を流している。誰も頼りにならん。話を進めて全部を有耶無耶(うやむや)にしてしまおう。

「これがもらってきた種なんだけど、ノモスとトゥルは種類が分かる？」

「ふむ、食い物に興味がないから詳しくは分からんが、この種から育つ植物は葉っぱを食べておったはずじゃ。こちらは根っこを食べておったの」

土の精霊は植物に興味がないのか？　どんな植物かは分かるみたいだけど、食い物としては興味がないのか。まあいい、さっそく種をまこう。ビバ野菜。

いよいよ死の大地に植物の種をまくという、人が聞いたら頭が大丈夫かと心配されるレベルの、偉業を成し遂げる日がきた。

これはただ、死の大地にきたぜ、植物の種を持ってるしまいちゃう？っとかいう軽いノりではなく、井戸を掘り、岩で囲いを作り、肥料を作成するなど、真っ当に努力を重ねた結果、たどりついた偉業。しかもその種はベルとレインが一生懸命に運んできた物だ。俺は今、猛烈に感動している。

「ちょっと裕太、いきなり固まってどうしたのよ。種をまくんじゃなかったの？」

「ああ、すまないシルフィ。苦労して植物の種をまくところまでたどりついたかと思うと、ジーンときたんだ」

「そ、そうなの。そうよね。裕太は頑張ったんだもんね。でも、ここからが本番のはずよ。種をまいて育てて食べるの。そうでしょ？」

なんでシルフィは半信半疑な表情で、いいことを言っているんだ？　まあいい、シルフィが言っていることは間違っていない。これからが大事なんだ。

「そうだった、食べないとね。しっかり育てて食べてこそ、苦労が報われるんだよね」

「え、ええ。報われるのよ」

「むくわれるー」「キュー」

「よし、じゃあ種をまくぞ。ノモス、トゥル、指示をくれ」

「やれやれ。とんだ茶番劇を見せおって。日が暮れるかと思ったぞ。ほれトゥル、畝（うね）を四列作ってやれ、あとは適当に種を埋めろ」

ヤバい、俺とノモスの温度差が果てしなく広がっている。トゥルが前に出て、えいって感じで手を振ると、モコモコと土が動き。四列の畝ができ上がった。

「トゥル、種はどうやってまけばいいの？」

「ゆびのさきひとつぶんくらいの深さに種をひとつぶ。あとはかるく土をかぶせるだけ」

「そうか、ありがとう。さあ種をまくぞー」

せっかくなので、全員で種をまくことにした。契約していないから種をまけないとか、大精霊達に言われなくてよかった。

種をまいたベルとレインの喜びはすさまじく、自分がまいた種の場所をじーっと眺めている。

「ベル、レイン、じーっと見ててもすぐに芽は出ないよ。まだ沢山種があるんだから、手伝ってね」

「はーい」「キュー」

「ねーゆーた、めっていつでるの？」

「ん？　いつだろう？　ノモス、分かる？」

「ふむ、専門じゃないから断言はできんが、今埋めておる種は4日から5日くらいで芽が出そうじゃな。ちゃんとした場所ならもう少し早いんじゃが、この地じゃと少し遅れるじゃろう」

やっぱり、ちゃんとした場所には敵わないんだ。まあ、種がまける状態までたどりついたことを喜ぼう。

「ベル、4日から5日くらいで芽が出るんだって。楽しみだね」

「たのしみー」

全員で一粒一粒気持ちを込めて種をまく。1種類につき100粒ほど入っていたようで、4種類。およそ400粒の種を全員でまき終えた。仕上げはレインに湿らす程度に水をまいてもらう。

「よし、今日はめでたい日だ。豪華とは言えないけど、異世界のお菓子をみんなで食べよう」

「いいの裕太？　貴重な食料でしょ？」

「みんなのおかげで種をまけたんだ。みんなで分けるから少ししか食べられないけど、そこは勘弁してね」

「おかしー」「キュー」

「異世界のお菓子、ちょっと興味あるわねー」

今回はなにを出そう？　小分けにパッケージ分けされている、小さな枝を模したチョコレート菓子にしよう。あれは沢山入っているから、セコイけど半分はしまっておける。

大きな岩のテーブルを出し、お湯を沸かして大きなドンブリに入れる。そこに紅茶のティーバッグを投入。コーヒーより先に、紅茶を淹れることになるとは思わなかったな。

ティーバッグは淹れたあとにまだ使えるから収納する、何回まで再使用できるんだっけ？　……香りがなくなるまでは再使用してやる。

「あらこの香り……異世界にも紅茶があるのね」

「えっ？　この世界にも紅茶があるの？」

「ええ、一般的に飲まれているわよ」

一般的なんだ。そうなると紅茶は自由に楽しめるから、ティーバッグは比較的気軽に使う事ができるな。いい情報をもらった。さて、メインのチョコレートの登場だ。セコク半分残したから少しだけど、楽しんでもらえたら嬉しいな。

「これが異世界のお菓子？　食べられるの？」

「あっ、ベルちょっと待った」

シルフィの質問に答えようとしたら、ベルがパッケージごと口に入れようとしていた。

「ベル、ちょっと待ってね。これは袋だから食べられないんだよ。こうやって開いて中身を食べるんだ。1つ開けてあげるね。レインも少し待って」

「こうね。……裕太ちゃん、これって食べられるの？　なんだか黒い棒？　なんだけど」

「この世界にはチョコレートはないんだね。俺の故郷では人気のお菓子だから食べてみて。美味しいと思うよ」

チョコレートがないのなら、食べるのは勇気がいるかもな。シルフィもディーネも食べるのを躊躇っている。絶対に食べたら美味しーってなるはずなんだけど、食べてもらえなかったら悲しい。

「ゆーた、これおいしいのー？」

ベルがお菓子を持ったまま、首をコテンと傾げている。

「俺は大好きなお菓子なんだけどね。無理そうだったら食べなくてもいいからね」

「ゆーたがすきなら、べるもすきー」

そう言ってベルがチョコレートを口に入れた。理屈は分からんがベルの勇気に感謝だ。俺も含めて全員が、口をモムモムさせているベルに注目する。

「あまーい！　ゆーた、おいしー！」

満面の笑みでベルが叫ぶ。気に入ってくれたみたいでよかった。日本のお菓子のクオリティは信じていたけど、見た目の問題は考えてなかったからな。一番最初に小さな枝を模したチョコレートはハードルが高かったかも。

「キュキュキュー」

「あっ、ごめんレイン。今開けるからね。はいどうぞ」

チョコレートの袋を開けて、掌に乗せてレインの口の前に出すと、躊躇わずに食いついた。

「キュキュー、キューキュー」

「あはは、美味しかった?」

レインがコクコクと頷く。気に入ってくれたようだ。

「ベルちゃん、レインちゃん、そんなに美味しいの?」

「おいしー、べるだいすきー」

「そう、お姉ちゃんも食べてみるわね」

ディーネが気合を入れてチョコレートを口に運ぶ。ポキッっと半分だけ食べるディーネ。半分なところが恐怖心を表しているな。

「あらー、これ美味しいわー。サクサクで濃厚な甘さとわずかな苦み。たまらないわー」

不安そうな表情だったディーネの顔が笑顔に変わる。残りの半分を口に入れホッペに手を当てて幸せそうに微笑む。こういう姿を見るととても美人なんだよな。

「本当ね、とても美味しいわ」

いつの間にかシルフィとトゥルも食べている。トゥルは感想を言わないが、真剣に食べているので気に入ったんだろう。

「ふむ、不味いとは思わんが、儂は苦手じゃな」

「ノモスは甘い物が苦手だったか、悪いな」

「気にするな。珍しいもんが食えたんだ、感謝しておる」

「ノモス、食べないなら私が食べてあげるわ」

「べるがたべるー」「キュキュー」

シルフィがノモスの残りを食べようとしたところ、ベルとレインが参戦した。

「こういうもんは子供が優先じゃ」

ノモスはそう言って残り3本をベルとレインとトゥルの口に放り込んだ。なんてカッコいい解決法だ。ノモス恐るべし。

さて俺も食べよう。チョコレートを口に含み噛みしめると、久しぶりの甘さが全身に押し寄せる。生きるか死ぬかの状況で、嗜好品をまったく食べていなかったから、久しぶりのチョコレートは強烈だ。

チョコレートの余韻に浸っていると、レインに引っ張られた。次の袋を開けてほしいらしい。

「すぐに開けるよ」

袋を開けてレインに差しだすと、すぐにかぶりつく。美味しそうに喜んでいるレインを見て思う。チョコレートってイルカが食べていい物なのか？　……まあ、あれだ。イルカじゃなくて精霊だから大丈夫か。

「美味しかったわー」

「そうね、とても美味しかったわ」

ディーネとシルフィが幸せそうに微笑む。ノモス以外はみんな幸せそうだからよかった。まだお気に入りのお菓子はあるから、節目節目に出そう。

「ノモスには悪かったな。そうだ、ノモスはお酒は好きか？」

ドワーフっぽいからお酒は好きそうなんだが、どうだろう？

「酒か！　異世界の酒があるのか？」

「お酒！」

「お酒！」

ノモスだけではなく、シルフィとディーネも食いついた。精霊はお酒が好きなのか？

「うん、あるよ。そうだ、今の最大の目標はシルフィと契約することだから。契約できたら故郷のお酒をお祝いで出そう」

「ふむ、楽しみにしておる。裕太、頑張るのじゃぞ」

「裕太ちゃん、お姉ちゃんも飲んでいいのよね？」

「裕太、私と契約するんだから、私も飲んでいいわよね？」

「一升瓶だから。4人でそれぞれ何杯かくらいの量しかないけど、みんなで飲もう」

ケチケチしないで持っているお酒を全部放出すれば、喜んでもらえるだろう。でも、長生きする予定だから日本の物がなくなると辛い。お守り代わりにできるだけ残しておきたいから勘弁してね。

大精霊の3人がぼそぼそと囁き合っている。漏れ聞こえてくる言葉は微妙に物騒だ。

「シルフィ、もう精霊を連れてくるんじゃないぞ、取り分が減る」「もうドリーに声をかけちゃったわよ」「なんじゃと……4人になってしまうな」「裕太ちゃんは命の精霊にも興味を持っていたわよ」「ふむ、あやつがここにくるのは当分無理じゃろう」「火の精霊もきそうじゃない?」「断固阻止じゃ」

お酒のせいで助けを期待できそうな精霊を呼ぶのを拒否されそうだ。そんなことをしたらお酒はなしだと言ってやったら、冗談だと言っていたけど、不安だ。

＊＊＊

昨日はいい日だったな。ベルとレインがおつかい任務を達成。種まき。紅茶と日本のお菓子。一度に喜びを味わいすぎな気もするが、なかなかいい1日だった。

さて、今日はなにをしよう?　みんな帰ってきたし、そろそろ魔物の巣に特攻する事も考えるか。

「裕太、今日はなにか予定はあるのか?」

「レベル上げかなって考えてたけど、他になにかあるのか？」

「あれじゃ、小魚やら海藻やらを混ぜた肥料を作っておけ」

前に言ってたな。森を育てるためのスペースにまく分か。

「急ぎならすぐに海の家に行くけど、どうする？」

「うむ、量も必要じゃし早めに動いた方がよさそうじゃな。種の芽が出たら、シルフィが森の精霊を連れてくるから、すぐに必要になるじゃろう」

芽が出るのに4日から5日って言ってたな。すぐにくるってことは、それだけしか時間がないってことだ。芽が出ても、植物を育てる場所がないなら、森の精霊は帰ってしまうだろう。そうなると久々の野菜が遠のくことになる。気合入れないとな。

「広いスペースに混ぜるんだけど、量はどれくらい必要かな？」

「ふむ、畑に入っておった肥料の濃さを考えるとそれの最低5倍。できれば8倍と言ったところかの」

8倍……そんなに？　海の家に泊まって、ひたすら作ればなんとかなるかな？　ただ、今もベルとレインは自分がまいた種の様子を見ている。芽が出る前には戻ってきたいな。

「今から行って泊まりで作れば量は揃えられるけど、ベル達についてきてもらうと、水まきができなくなる。せっかくの種が台無しになると辛いな」

「そんなの簡単じゃろ、ディーネが水をやればいいんじゃ」

「契約していないから無理だよ」

「もっと頭を使え。水やりを頼むから駄目なんじゃ。ディーネが毎日拠点に水をまく気分になればいいだけじゃろうが」

そういうことか。でもそんなんでいいの？　言い訳にしても幼稚すぎる。面目さえ立てばいいって感じなのか？

「ディーネが毎日拠点に水をまく気分になればいいのか。それがたまたま畑に降りそそいでも、まったく問題にならないよな？」

隣で話を聞いているディーネにチラっと目線を向ける。露骨にやらないとディーネは天然だから伝わらないかもしれない。

「そうじゃ、ディーネが勝手に水をまく気分になればなんの問題もないんじゃ」

ノモスも声を張りあげたあとにチラッとディーネを見る。苦笑いしながらディーネが席を立ち、泉から水の塊を空に打ちあげ、少し経つと雨粒のように水が拠点に降りそそいだ。

「ふー、スッキリしたわー。死の大地って乾いているから、見ているとに気になるのよねー」

ディーネの白々しい声が聞こえる。空気を読んでくれてありがとう。

「問題は解決したけど、これでいいのか疑問になるな。こんなんで精霊は大丈夫なのか？」

「失礼な、そもそも前提が間違っておるんじゃ。お主以外の誰が普通に精霊と話せるんじゃ。契約を結んでおらん精霊と普通に会話。一緒にお茶。そもそもこんな状況、想定もされておらんわ」

なるほど、よくないことだけど、初めてのことなので法整備が整っていなくて、抜け道が沢山あるみたいな状況なんだな。

「あれ？　それならベルとレインをお使いに行かせなくても、種が畑に落ちていればいいなーって叫んでいれば、なんとかなったってこと？」

2人をお使いに出すのはとても心配だったし、気合も必要だったから……そうならもっと早く知りたかった。

「種は無理じゃ。森の精霊なら種を持っておっても不自然ではないが、ここにおる精霊が種をばらまけば完全に処罰対象じゃ。なんせ職分に関係ない物を持ち歩いた上に、不自然にばらまくんじゃからな。肝心なのは職分から逸脱していないことなんじゃ」

だからディーネが水まきなのか。もし俺がノモスに相談せずに、畑の種が心配だなーってノモスに聞こえるように呟いていれば、土の管理に必要だからとノモスに水をまいてもらえてたかもしれないな。あれ？　土の精霊が土地のために水をまくのは、職分的にどうなんだ？　……精霊っていろいろと複雑だな。

「なら、森の精霊がきたら、職分に関係するんだから種とか沢山持っているかな？」

「ふむ、大精霊なら負担にもならんから、種を持っていてもおかしくないな。そもそも種を生みだせるから違反にもならんだろう」

ということは……シルフィが今まで呼んできたのって大精霊ばかりだったし、森の精霊も当然大精霊だろう。種を持っていてもおかしくない大精霊。植物が生えてもおかしくない土地……白々しい呟きでなんとかなるかも。

「なあ、そもそも罰則ってあるの？」

「あるぞ。そもそも罰則は力を持つ精霊が好き勝手に行動できんように、神が定めたと言われておる。力を奪われて降格することや消滅もありえる。なにせ神が定めた罰則じゃからな、回避すらできん」

なんか思った以上に強烈だった。消滅とか怖すぎなんだけど。

「……なるべく無茶は言わないようにするよ」

「賢明じゃの」

「っということでシルフィ、海に肥料を作りに行くけどいい？」

「いいわよ」

小魚と海藻を洗うために真水を収納して、ベル達に声をかける。みんなー、海に行くぞー。

＊＊＊

「海だー」

「うみだー」「キュキュー」「……うみ」

ベルとレインはテンションが高く、トゥルは若干恥ずかしそうに小声で、俺の叫びに合わせてくれた。ちなみにシルフィは、しょうがないわねって感じで静観している。

「さて、ベル隊員、レイン隊員、トゥル隊員、任務を申し渡す」

「いえっさー」「キュキュー」「イ、イエッサー？」

「ベル隊員とレイン隊員は小魚の確保だ。今回は前回以上に大量の小魚が必要となる。できるな？」

「ゆーた、たくさんいる？」

「任務の時は隊長と言うように。いいな」

「いえっさー、たいちょー」

「とても沢山必要だから頑張ってね」

「いえっさー」「キュキュッキュー」

「よし、トゥル隊員は俺と一緒に海藻の確保だ。こちらも大量に必要となる。頑張ってくれたまえ」

「イ、イエッサー」

俺は開き直ったけど、トゥルはテレがあるようだ。

「では、いけ！」

ベルとレインは楽しそうに、トゥルは戸惑ったように海に向かう。ごめんねトゥル、もう少し事情を説明しておけばよかったね。

「裕太、あなた、このノリをやめるんじゃなかったの？」

シルフィが呆れている。その気持ちはとてもよく分かる。

「やめたかったけどベルとレインも気にいってるし、もう開き直ったよ。あれだね、人間恥を捨てると妙な爽快感があるよね」

「大事な物なんだから恥を捨てたら駄目よ。まあ、精霊達相手なら問題ないでしょうけど、人がいる場所では注意しなさい」

たしかに、せっかくたどりついた人里で、人に避けられたら悲しいもんね。

「……できるだけ迂闊な行動は取らないようにするよ」

「ええ、それがいいわ。じゃあ、頑張って沢山海藻を確保してきなさい」

そうだった。海藻を沢山集めないとな。

「うん、行ってくるよ」

パンイチになりトゥルと一緒に海藻を採取する。ベルとレインが魚を運んでくると、大きな岩を取りだし、その上に海藻と小魚を並べる。それをレインに真水で洗ってもらい、乾燥させつつ小魚と海藻を更に採取する。しかし魚の首を折る作業が地味に辛いな。

流れ作業の繰り返しで、海にきている感じがまったくない。透き通るような綺麗な海なんだけど、やっぱり水着で戯れる美女や屋台も必要だな。

ある程度量がたまると、小魚と海藻が乾燥するようにベルに風を吹かせてもらう。

「ふー、もう暗くなるから、海の家に戻ろうか」

「にんむかんりょー」「キュー」

「ベル、レイン、まだまだ必要だから任務完了じゃないぞ。明日と明後日も任務続行だ」

「にんむぞっこー」「キュー」

「トゥルも大変だろうけど頼むな」

「だいじょうぶ」

コクンと頷くトゥルを見て、思わず頭を撫でてしまう。それを見ていたベルとレインも参戦してきて、もみくちゃになって戯れる。なんか幸せかも。

海の家に戻ったら小魚と海藻の加工だ。洗って切り刻んですり鉢で粉にする。昼は採取。夜は加工を残り2日も繰り返し、なんとか要求通りの量を揃えることに成功した。同じ作業を続けるのって結構疲れるよね。

＊＊＊

なんとかノモスが要求した量の肥料を揃えて泉の家に帰ってきた。畑の様子がどうなっているのか、ちょっと心配だ。壁の中に入ると、「めがでてるかなー」「キューー」っと言いながらベルとレインが畑に向かって特攻する。

2人も自分がまいた種がどうなったのか、気になっているようだ。俺も気になるのでシルフィとトゥルを連れて畑に向かう。

「裕太ちゃん、おかえりー」

「ただいま、ディーネ。変わったことはなかった？」

「ゴーストがきたくらいで、他は特になにもなかったわー」

ゴーストか、偶に飛んでくるのが面倒だが、対策の取りようがない。すぐに退治できるからいいいか。

「でてないー」「キュー」

ベルが胸に飛び込んできた。芽が出ていないことにガッカリしているらしい。頭を撫でながら慰める。

「ノモスが、芽が出るのは明日くらいだろうって言ってたよ。明日を楽しみに待っているといい。明日なら芽が出る瞬間が見られるかもしれないぞ」

「おおー」

テンションが復活したようだ。レインに飛びつき、2人でトゥルに向かって突撃する。3人が戯れている姿もいいよな。トゥルは自分からはしゃがないから、ベルとレインの積極性がいい方向に働いている気がする。

「戻ったか、肥料は作れたのか？」

「ああ、ここに出す？」

「いや、出すのは森のスペースだ。やるのはトゥルにまかせるぞ」

「ん？　結構な広さだけど大丈夫なのか？」

「見た目は幼いとはいえ精霊なんじゃぞ、それくらいなんでもないわい」

その見た目が問題なんだけどね。ベルにいたっては幼女だもん。

「トゥル、ノモスはこう言ってるけど大丈夫？」

ベルとレインに抱きつかれたまま頷くトゥル。どう見ても子供とイルカが戯れているようにしか見えないんだよね。

「よし、行くぞ」

トゥルが頷いたのを見て、ノモスが森のスペースに接する壁に向かってさっさと移動する。帰ってくるなり速攻だな。俺、まだ畑も見ていないんだけど。

「裕太、ここに肥料と土を全部出すんじゃ。そこの壁は今は邪魔じゃから収納しておけ」

森のスペースに接する壁を収納して、その前に肥料と土を出す。肥料も土も大量で大きな山が5つもできた。

「よし、トゥル、畑の土を運んでくるんじゃ。種がまいてある場所を巻き込むなよ」

コクンと頷き、トゥルが畑の方を向いて手を前に出すと、畑の土がウネウネとこちらに向かってくる。ファンタジーだな。目の前の死の大地に畑の土と肥料が並んでいる。

「よし、お前の力ではまだ一度に処理するのは無理じゃ。自分でできる範囲で少しずつ混ぜ合わせて、森のスペースにドンドン注ぎ込め」

コクンと頷いたトゥルが土の山に手を向けると、目の前で畑の土と肥料と死の大地が動きだし、混ざり合う。ベルとレインは大喜びだ。

混ざり合った土が森のスペースに流し込まれる。真ん中に作った森用の池をちゃんと避ける技量に感心する。何度も繰り返すと森用のスペースが土でいっぱいになった。余った土は畑の方に移動していく。

「うむ、まあ上出来じゃの」

ノモスがトゥルを褒める。しかしこのコンビは親方と弟子って感じがするな。シルフィとディーネはベルとレインを放置気味だし、属性によって性格が違うのかもしれない。

「トゥル、すごかったよ。ありがとう」

「すごいー」「キュー」

俺とベルとレインが褒めると、少し顔を赤くしてありがとうと呟いた。ショタ好きがいたら攫われそうな表情だな。

「裕太ちゃん。トゥルちゃんすごかったわねー」

「ああ、ちゃんとできて偉いな。レインも下級精霊だし同じ規模の事ができるの？」

「そうね、水と土では比べようもないけれど、似たような力を持っているわ。それより森のスペースに土も入ったんだから、池もさっそく作っちゃいましょう」

まあいいんだけど、水の精霊ってテリトリーを広げるのに熱心なタイプなのか？　まだ森もできていないから、絶好のお昼寝スポットにはならないぞ。……まあいいか。

「分かった、トゥルは疲れてないか？　大丈夫ならもう少し手伝ってくれ」

「だいじょうぶ」

「助かるよ、水路を掘るから、あとから地面を固めてくれ」

トゥルが頷いたのを確認して、シャベルを取りだし水路を掘る。なにかトゥルに頼めば、水路も簡単に作ってくれそうな気がする。でも、自分でできることは自分でやろう。でないとなんか悲しくなる。

水路を掘り終えると、プールの時に余分に作っておいたU字の岩をはめ込み、サクッと完成。うん、精霊もすごいが開拓ツールも十分にチートだ。俺の需要はなくならないはずだ。たぶん。

水を遮っていた岩を収納すると、水が水路を進み森の池に流れ込んだ。森の池って言っても周りに木は生えてないんだけどね。手を引かれて下を見ると、トゥルがお願いをしてきた。


「……あたらしい土にみずをまいて」

「新しい土……ああ、森のスペースに入れた土に水をまくんだな」

「そう」

「分かった。おーい、レインー」


すでに新たな水路を試すように、ベルがレインに乗って爆走していたので大声で呼ぶ。ベルを乗せたままレインがやってきた。


「なーにー」「キュー」

「今回はレインに用事なんだ。レイン、森のスペースに入れた土に水をかけてほしいんだ。トゥルがもういいって言うまでお願いできる？」

「キュキュー」「まかせてっていってるー」

「じゃあ、お願いするね」

ベルを乗せたまま森の池に向かう。レインがキューっと鳴き声を上げると、水球が打ちあがり雨粒のように落ちてくる。水がまかれる範囲が狭い、ディーネがやったことの縮小版だな。レインに指示されて何度も水球を打ちあげている。

いつの間にかディーネもレインの隣に現れて応援している。指導ではなく応援ってところがディーネらしいな。

「シルフィ、シルフィはベルを指導したりしないの？」

「精霊は指導行為をあまりしないわね。下の子達が困っていたら助けてあげたり、分からないことがあったら向こうから聞きにきたりする事はあるけど、人間みたいに弟子にしたりはしないわ」

「へー、そうなのか。基本的に個人主義なんだな」

家族や学校からいろいろと教えられてきた身としては、結構大変そうに感じるな。

「まあ、浮遊精霊とかは、いつ自我を持つのかも分からないし、精霊は人型、動物型、虫型、植物型、様々なタイプで生まれるから、まとまりがないのかもしれないわね」

そういえばディーネとレインも、姿形は違うけど、同じ水の精霊なんだよな。バラエティに富んでいる分、まとまりにくいのか、ちょっと納得だな。

「そういえば大精霊は人型だけなの？　シルフィもディーネも人型だし、ノモスも一応人型だろ」

「なんでノモスに一応をつけたのか分からないけど違うわよ。人型じゃない大精霊もいるわ。ただ、私が人型だから人型の知り合いが多いだけよ」

「なるほど、そういえば生きるのに精いっぱいで、精霊のこともこの世界のことも、ちょっとディーネに話を聞いたくらいで、まだほとんど知らないな」

異世界にきたのにエルフ、ダークエルフ、獣人、サキュバスみたいな、異世界でのテンプレ的種族を確認していなかった。まあ、サキュバスは俺の願望なんだけどな。これまで死を身近に感じていたから、そういうことを考える余裕がなかったよ。

「そういえばそうね、時間がある夜にでもいろいろ話してあげるわ」

「頼む」

死が遠くなったんだ。これからはこの世界のことをもっと楽しもう。あっ、戦争が多いんだよな。でも、平和な街もあるはずだ。どこもかしこも殺伐としているなんてはずはないだろう。娯楽にあふれた場所もあるはずだ。そこで精いっぱい異世界を楽しめばいい。

＊＊＊

夜になり、さっそくシルフィにこの世界のことを聞こうとしたら、その前にこれからのレベル上げについて話しましょうと言われた。

「レベル上げの方針を決めたあとには、ちゃんと町の話をするんだから、そんなに残念そうな顔をしないの。今日だって普通にレベル上げに行ってばかりじゃ意味がないからってことで、休みにしたんでしょ。このままだとドンドン町に行くのが遅くなるだけよ」

たしかにそうだな。街に行って美味しい物を食べるんだ。柔らかいベッド、ちょっとHなお店、いろいろな楽しみが俺を待っている。

「そうだな、頑張るよ。たしか巣を攻撃するんだったよね」

「ええ、巣と言っても本当の巣ではないわ。昔の戦争で生まれた巨大な地割れや地下空間に、日光が苦手なアンデッドが集まっている場所ね」

「んー、迷宮（ダンジョン）って訳じゃないんだな」

「裕太の世界にも迷宮があるの？　魔物がいない世界なのに？」

「いや、実際にある訳じゃなくて、お話として空想の中に存在する感じかな。俺の世界にもってことはこの世界にも迷宮があるんだ。死の大地にもある？」

　ちょっとワクワクしてきた。

「ある訳ないでしょ。財宝や高価な魔道具で人をおびき寄せ、欲望ごと命を喰（く）らうのが迷宮よ。人がいない死の大地にあるはずがないわ」

　ちょっと現実が悲しい。死の大地って迷宮にも避けられてんのね。命を喰らうのが迷宮の目的だっていうなら、分からないでもない。

「それで巣の話に戻るけど、外でウロウロしているのはザコね。強いアンデッドは快適な地下の空間を支配しているの。アンデッド相手におかしな言い方だけど、生存競争を勝ち抜いてね」

たしかにアンデッドに生存競争って言葉は似合わないな。

「強い敵を倒したら、レベルも上がるんだよね？」

「ええそうよ、簡単でしょ。大きな巣ほど強いアンデッドがいるから、小さな巣から潰しましょう。ベル達がいれば問題ないとは思うけど、いきなり大きな巣に行って強いアンデッド達を相手にするのは嫌でしょ？」

「うん、段階を踏んでもらった方が助かるね」

「巣なら昼間に突入しても問題ないから、明日から頑張りましょうね。ちなみに愚者の裂け目っていう最大規模の巣に行けば、チマチマやらなくても一気にレベルを上げられるわよ？」

「……チマチマしたのでお願いします」

ちょっと心が動いたけど、蠢(うごめ)くアンデッドの群れなんて見たくない。

＊＊＊

目が覚めて寝室の扉代わりの岩を収納した途端、待ち構えていたらしいベルとレインが突進してきた。慌てて抱きとめると、ベルが興奮した様子で話しだした。

「ゆーた、あのねー、めがでたのー」「キュ―――」

なるほど、だからベルとレインはハイテンションなんだな。

「べるがうめたのも、れいんがうめたのもでてたー」「キュ―――」

「すごいな、さっそく見に行こうか」

「はやくー」「キュー」

ベルに手を引っ張られ、レインに背中を押されながら畑に向かう。畑に到着するとディーネ、ノモス、トゥルも畑を見ていた。

「あっ、裕太ちゃんおはよー。芽が出たわよー」

「おう、なかなか悪くない生長具合じゃぞ」

「……でた」

「みんなおはよう。俺にも見せてくれよ」

畑を見ると、小さいのに鮮烈に目立つ緑がある。まったく植物がない場所では、小さくてもすごく目立つんだな。しゃがんで、できるだけ間近で観察する。

薄く半透明にも見える頼りない茎と、ちょこんと2枚に分かれた小さな葉っぱが可愛らしい。植物を育てて感動するのなんていつ以来だ？　そういえば小学生の時に朝顔の花が咲いた時は嬉しかったな。

「うん、死の大地に間違いなく植物が生えてるね」

「ゆーた、これっ、べるがうめたの」「キュキュー」

ベルとレインが自分が埋めた種から出た芽を自慢げに見せる。発芽した喜びも含めて盛大に撫でまわした。

「しかし、本当に芽が出たんだね」

発芽するように願っていたけど、実際に芽が出ると驚くよね。

「裕太ちゃんが頑張ったからよ。長い時間の中で、たった一人で死の大地に緑を生やしたのは、裕太ちゃんが初めてだと思うわ」

「そうじゃの。大規模に資金と人材を投入して開拓しようとした者達で、やっと細々とした収穫を得ておったくらいじゃ。胸を張っていいぞ」

「……えらい」

ディーネ、ノモス、トゥルが褒めてくれる。結構嬉しい。

「ん？　そういえばシルフィは？」

いつもならすぐに褒めてくれるんだが。

「シルフィなら芽が出たのを確認して、すぐに森の精霊を迎えに行ったぞ。厳しい環境じゃから、このまま育つとは限らんからの。枯らしたくなかったのじゃろう」

おうふ。シルフィには助けられてばかりだ。お礼をしたいが……お酒以外思いつかない。他になにか喜びそうなことはないかな。

「そうか、ありがたいな。いつ頃戻ってくるか分かる?」

「ふむ、相手のこともあるし正確には分からんが、昼前には戻ってくるじゃろう」

「そうね、シルフィちゃんが張り切っていたから、もっと早いかもしれないわね」

シルフィも喜んでくれたんだな。素直に嬉しくなる。

「そういえばレイン、水やりは終わった?」

「キュイー」

レインが首を左右に振る。

「直接水の粒を当てると芽が折れそうだから、前の時みたいに霧状にして水をまいてくれる?」

「キュー」

頷いているから大丈夫だな。他の種類の種はまだ発芽していない、楽しみはまだまだ続く。

レインが水まきを終えたので、ベル達と一緒に朝食を取る。いつもと変わらない魚介類だが、野菜が現実味を帯びてきたのでテンションが上がるな。

森の精霊がきたら、急激に生長させてもらえるかもしれない。そうなると夕食には緑の野菜が！　ワクワクが止まらない。食事を終えてもう一度畑を見回っていると、シルフィが帰ってきたとベルが教えてくれた。早いな。畑の前で出迎えることにしよう。シルフィの姿を見つけ、大きく手を振る。

「ただいま、裕太」

「お帰りシルフィ、すぐに迎えに行ってくれて助かったよ。そちらの方が森の精霊なの？」

「ええ、そうよ。ドリーって言うの」

「お初にお目に掛かります。森の大精霊のドリーと申します。この子は今回ついてきてもらった森の下級精霊です。裕太さんでしたね。よろしくお願いします」

優雅に流れるようにお辞儀をする森の大精霊。緑色のサラサラストレートヘアー。優しそうな眼差しで微笑む儚げな美少女。深窓の令嬢って雰囲気だ。

そして連れてきた森の下級精霊もヤバい。反則的なふわふわモコモコの体毛。特に尻尾が素晴らしい。体毛の色は金に近く艶々で輝いている。つぶらな瞳でこちらを見あげる子狐。もはやあざといと言っていいほどの可愛らしさだ。抱きしめたい。

「裕太さん？」

「あっ、失礼しました。森園裕太と申します。裕太と呼んでください」

「ふふ、普通の話し方で構いませんよ。裕太さんのことはシルフィから聞いています。ド

リーで構いませんし敬語も必要ありません。私が敬語なのは癖なので気にしないでくださいね」

「そ、そう？　じゃあドリー、きてくれてありがとう。本当に助かるよ」

「どりー、またあったー」「キュー」

「いえいえ、シルフィの話を聞いて興味があったので構いません。ベルちゃん、レインちゃん、また会えましたね。おつかいを立派に務められたようで、とても偉いですね」

「えへー」「キュー」

おう、ベルとレインがデレデレだ。恐るべし深窓の令嬢パワー。もしくは森の精霊らしくマイナスイオン効果とかもありそうだな。子狐に興味が移ったベルとレインが突撃する。ふわふわーとか言いながら抱きしめている。羨ましい。

「ドリーちゃんお久しぶりね。元気だった？」

ディーネが突然現れて、ドリーに抱きついている。仲良しなのか？

「きたか、待っておったぞ」

ノモスとトゥルも現れた。トゥルが微妙に居辛そうにしているので、子狐の方に誘導する。トゥルは恐る恐る子狐に近づいて、ゆっくりモフモフを堪能（たんのう）している。いいなー。

「ディーネ、ノモス、お久しぶりです。私は元気でしたよ。話は聞きました、あなた達も楽しそうでよかったです」

「うふー、楽しいわよ。ドリーちゃんがきたからもっと楽しくなるわー」

「ふむ、退屈はせんの」

「ドリー、旧交を温めるのはあとにしてそろそろ畑を見てちょうだい。枯れたら困るから急いだんだから」

おお、そうだった。一番大事な事を忘れていた。

「ごめんなさい、そうだったわね」

そう言ってドリーが芽に優しく触れながら畑を確認する。見ているだけで緊張してきた。

「たしかにちゃんと育っていますね。土のバランスがあまりよくないですが、この子達は厳しい環境に強い品種です。無事に育つでしょう」

野菜が目前まで迫ってきた。あとどれくらいで食べられるのかな？　……さっきまで種から芽が出たことに感動していたのに、もう食べることしか考えられない。

「よかった、なにか注意点はない？」

俺が聞くと、少し考えたあとで答えてくれた。

「厳しい環境に強いとは言え、限界があります。土を乾かさず湿らせすぎないようにお願いします」

「水まきはレインにお願いしているんだ。霧状の水で湿らせてもらっているんだけど、あとで確認してもらえる？」

「分かりました。ご一緒しますね」

　水の分量とかまったく分からないから助かる。

「お願いね」

「それでドリーはここに留(とど)まれそう？」

「そうですね。植物が生える環境になっていますし、滞在する事は可能です。ただし、この畑だけではいずれ限界がきますので、植物を増やせる環境が必要です。もう1つ条件がありますが、それは植物を増やせる環境をお作り頂けたら、お話しいたしますね」

　さすがノモス、予測ピッタリだ。

「それならノモスに言われて、森のスペースを作ってある。確認してくれないか？」

「あら、もう作ってあるのですね。素晴らしいです」

　ドリーを案内して森予定地に案内する。

「ここなんだ。森としては狭いかもしれないけど、大丈夫かな？」

「まあ、中心に池があるんですね。しかもこの土は畑の物とよく似ています。微生物が少し少ないようですが……これならなんとかなりそうです」

　おお、好意的な反応だ。というかこれで駄目だったらどうしていいのか分からない。

「よかった。微生物は土を混ぜたばかりだから、時間が経てば増えると思う。問題がなければ最後の条件を教えてもらえるか？」

「そうですね。最後の条件はこの地の開拓を諦めないことです。シルフィの話を聞いていると、裕太さんは町に行ったらなかなか戻られないように感じました。ここまで頑張ったのですから是非とも開拓を続けてほしいのです。いかがですか？」

元々頑張って作ったんだ。手放すつもりはなかったが、開拓を諦めないってどういうことだ？　開拓に全力投球とかは無理だぞ。俺だって異世界を楽しみたい。

「なあ、シルフィ。町に行けるようになったら、片道どれくらいかかるんだ？」

「そうね。一番近い町で裕太を運びながらだと、3時間ってとこかしら。でもベル達はついてこれないわね。まあ、この大陸の中ならどこでも半日あれば行けるわ」

風の大精霊ってすごいんだな。お荷物の俺を抱えていてもベルより速いのか。でも最長で半日なら、いつでもここに戻ってこられるな。

「シルフィってすごいんだな」

「当然でしょ。風の大精霊を舐めたら駄目よ」

うん、このドヤ顔は許せるな。だってこの大陸内ならどこでも半日で移動できるってすごいもん。

「ドリー、俺はこの地を手放す気はないんだけど、開拓だけに全力を尽くすつもりもないんだ。異世界での生活を楽しみながら、この地に足りないところを補っていく予定だから、開拓ペースは緩やかになるし、必要がなければ範囲は増えないと思う。それでも大丈夫かな？」

「この地を捨てず、開拓を細々とでも続けて頂けるのであれば問題ありません。この地に滞在させて頂きますね」

深窓の大精霊令嬢と魅惑のモフモフ子狐精霊が仲間になりました。

「念を押すけど、俺は異世界を楽しむ予定だから、本当にコツコツとしか開拓しないと思うよ、いい？」

「ふふ、コツコツとでも開拓が進むのなら問題ありません。それにある程度はお願いを聞いてもらえますよね？」

「世話になるんだから、お願いを聞くのはなんの問題もないけど、無茶なお願いはやめてね」

「無茶は言いませんよ。すごい魔法の鞄を持っているそうなので、シルフィと契約して元気な森に行った時に、腐葉土や益虫を持って帰ってくだされば十分です。余裕があれば動物もお願いしますね」

それくらいなら大丈夫だよな。益虫は魔法の鞄に収納できるか分からないけど、袋に入れて持ち帰ることはできるだろう。動物は……いけるのか？　まあ、森の環境が整ってからだな。

「それくらいなら、シルフィの協力しだいだけど大丈夫だと思う」

「私もそれくらい構わないわよ」

「では問題ありませんね。よろしくお願いします」

「こちらこそよろしく。あっ、そうだ。これは切実な問題なんで、怒らないで聞いてほしいんだが。芽が出た植物はいつ頃食べられるようになる？　あと、森の精霊には植物の生長を早める力があると聞いたんだけど、その子狐と契約できたら、その力を行使してもらえるの？」

「食料が必要なのは分かっていますから怒ったりしませんよ。まず、あの野菜は30日程度で収穫可能です。生長を早める魔法はその子でも使うことができますが、まだ力が弱いので収穫時期を半分に短縮できたらいい方ですね」

30日、もしくは15日でお野菜が食卓に。テンションが上がってきた。

「ただ、今の畑では魔法の使用はお勧めできません。厳しい環境でバランスが整っていない土なので、急激な生長は土の力を奪います。もう少し土が馴染んでからがいいでしょう。土の感じだとあと5日ほど寝かせれば、少しは魔法を使っても構わないと思います。あの子に毎日少しだけ魔法を使ってもらえば、最終的に5日から10日は早く収穫できるかもしれません」

「それだけでもずいぶん助かるよ。野菜をまったく食べていないから、少し不安なんだ」

海藻は食べているんだが、それだけでいいのか疑問でしょうがない。海藻ってカロリーが少ないんだよな？　栄養はどうなんだ？　あとヨウ素とか入ってるって聞いた気が……そもそもヨウ素ってなんだよ。不安だ。

「あの子と協力して頑張ってください。そうすれば美味しいお野菜が食べられますよ。では、そろそろあの子と契約してくださいますか？」

「喜んでお願いします」

子狐を見ると、いつの間にかベルとレインとトゥルに加え、ディーネにシルフィまで参加してモフっている。

「ベル、その子と契約がしたいから連れてきてくれる？」

「はーい」

ふわふわと子狐を抱っこしたまま飛んでくるベル。……幼女と子狐か。幼女とイルカ並みにフォロワーがつきそうだ。スマホの電波が届かないことが悔やまれる。

「ベル、放してあげて」

「はーい」

ベルはとっても聞き分けがいいよね。子狐が俺の目の前にふわりと浮かびあがる。つぶらな瞳が俺を見つめる。ピンとたった三角の耳がたまらない。モフ……名前を考えないと。

うーん。イメージとしては、子狐だし森の精霊なんだよな。フォックス……子狐ってなんて言うんだ？　リトルフォックス？　名前に利用するのは難しそうだ。森はフォレストか……これも名前にし辛い。

　キツネに関する名前がいいよな。天狐とか空狐とか九尾とか……いかん玉藻（たまも）しか思いつかない。タマモ……響きは可愛いんだけど、妖狐なんだよな。でもすごい美女に……。

「決まったよ。君の名前はタマモ。俺の国の伝説に登場する有名な狐からもらった名前なんだけど、どうかな？」

「クー」

　受け入れてくれたみたいだ。これで契約成立だな。ちょっと欲望に流された気もするが、精いっぱいいい子になるように願おう。この世界ではタマモを善狐の名前にするんだ。

「契約が成立しましたね。仲良くしてあげてください」

「うん、これから一緒に生活するんだ。家族同然だよ。なっ、タマモ」

　問いかけると、クーっと鳴いてホッペをペロっと舐めてきた。ヤバい、レインといいタマモといい破壊力がありすぎる。

「ふふ、家族ですか。よい絆が結ばれることを願っています。ではタマモこちらに」

　ドリーがタマモを呼ぶ。

「私が連れてきた下級精霊が契約したんです。お祝いくらいよいでしょう。タマモ。これは契約のお祝いです。様々な木や草の種が入っています。裕太さんと相談してしっかり頑張りなさい」

「クー！」

嬉しそうに俺の拳2つ分くらいの包みを抱え尻尾を振るタマモ。可愛いな。しかしこのお祝いは、植物が足りない事を見越した上で、事前に準備してくれていたんだよな。

お祝いという形が罰則の抜け道になっているんだろう。ドリーの前で白々しいやり取りをしないでいいのはかなり助かる。戻ってきたタマモを抱き寄せドリーに質問する。

「ドリー、この種はすぐにここにまいても大丈夫なの？」

「先ほども言ったように、土がまだ、あまり馴染んでいません。こちらも水で湿らせながら5日ほど時間を空けた方がいいでしょう」

「分かった。タマモ、この種は俺が預かっておくけどいい？」

「クー」

うん、って頷いたからいいんだよね。よし、収納して戻るか。しかし契約精霊が幼女にイルカ、少年に子狐……混沌(こんとん)としているな。

四章　レベルアップと大精霊

「裕太、契約が無事にすんでよかったわね。もうレベル上げに行っちゃう？」

　シルフィが楽しそうに聞いてくる。んー、まだ午前中だし時間はあるな。しかし自分が戦う訳でもないのに、シルフィって戦闘関連のイベントが好きだよな。

「そうだね、でもその前にタマモがどれくらい戦えるのか確認しないと」

「あら……ごめんなさい裕太さん。タマモはまだ下級精霊なので、周りに緑がないと戦えません」

「そうなの？」

「クー」

　いかん、なんかタマモが落ち込んでいる。

「タマモ、落ち込まないで。植物を育ててくれるだけですごく助かるんだ。それに町に行ったら自然も近くにある。その時に力を貸してね」

俺の言葉に気を取り直したのか、タマモは顔を上げると凜々しい顔で尻尾を振ってくる。結構単純？

「よし、レベル上げに行こう。タマモはここで畑の様子を見てて。頼むね」

「クー！」

任せてって言っているようだ。

「よし、タマモ、お願いね。俺は少し話し合いがあるから、タマモはベル達と遊んでおいで。俺と契約している仲間達だよ。ベル、レイン、トゥル。タマモを頼むね」

「はーい」「キュー」「……さわる」

話し合いの最中だったからか、遠巻きにタマモを見守っていた精霊達が、許可を得て突撃してきた。しかしトゥルはモフラーだったのか？

「タマモはまだきたばかりだからな。あんまり無茶しないようにね」

ベルとレインの元気な返事が逆に気になる。構いすぎないといいけど。去っていく精霊達を見送り、話し合いに戻る。

「それでシルフィ、魔物の巣に行くんだよね。注意点とどんな魔物がいるのか教えて」

「そうね、最初に行くのは小さな巣だから、たいした魔物はいないわ。その巣を支配しているのはスケルトンナイトだから、ザコ以外はスケルトンが主体になっているわね」

「ん？　スケルトンナイト？　主体になっている？　詳しく説明してくれる？」

シルフィの説明によると。

ソルジャー、シーフ、アーチャー、メイジ、ナイト、ジェネラル、キングのどの魔物になるかは、生前の経験に左右されるらしい。スケルトンの場合はキングの場所にリッチが収まることもあるそうだ。主体になると言うのは、一番強い魔物が同種の魔物を集めて支配することで、上層部は同種の魔物で統一されていることが多いらしい。ただ、キングやリッチクラスになると、同種以外にも多くの魔物を配下に従え、巨大な群れを作るそうだ。


「それと注意しておくことがあるわ。裕太の武器は威力が強すぎるから、壁や地面に武器を当てないように気をつけなさい。生き埋めになるのは嫌でしょ？」

確かに地下空間でハンマーでドカンは怖いな。サバイバルナイフに変えるか？　でも、アンデッドは叩き潰した方が楽なんだよな。

「生き埋めになるって、トゥルがいればなんとかならない？」

「間に合えばなんとかなるわね。間に合えば」

二度言われた……。

「気をつけます」

「ふふ、じゃあそろそろ行くわよ」

巣の攻略か、レベル上げのためにはしょうがない、頑張ろう。

＊＊＊

大体の注意点も聞いたし、レベル上げに行く事にする。転がるようにじゃれ合っている、ベル達に声をかける。みんな一瞬で仲良くなったな。

「みんなー、出発するよー」

「はーい」「キュー」「……うん」

トゥルがなごり惜しそうにタマモから離れる。やっぱりトゥルはモフラーだったみたいだ。

「じゃあタマモ、畑のことは頼むね。シルフィ、案内してくれ」

ちょっと寂しそうに近づいてきたタマモの頭を撫でて出発する。小さな巣らしいけど初めての経験だから慎重に行動しよう。

「ここからだと歩いて30分くらいね」

「まったく気がつかなかったけど、意外と近くにあるんだね」

「巣がある場所には近づいてないもの。それにザコは夜にウロウロしているのを、だいぶ討伐しているから、数も少ないはずよ」

拠点の近くだから見つけたら問答無用で潰してたし、数が少なくなっているのか。初挑戦にちょうどいいかもな。あっ、ベル達にも注意しておかないと、いきなり風刃乱舞とか怖いもんね。

「ベル、レイン、トゥル、今回は地下で戦うから、できるだけ魔物以外に被害を与えないようにね」

「わかったー」「キュー」「うん」

頼めばちゃんと守ってくれる子達だから大丈夫だ。

＊＊＊

「ここよ」

シルフィが指差した場所を確認すると、地割れのような裂け目がある。ゾンビとかスケルトンが出入りしたような跡もあるな。

「ここは偶発的にできた空間だから中も狭いわ。すぐに魔物が出てくるから注意してね」

「偶発的って偶発的じゃない場所もあるの？」

「あるわよ。鉱山跡の洞窟とか土に飲み込まれた砦（とりで）とかいろいろあるけど、そっちの方が

人の手が入っているから厄介ね」

「そこを体験する前に契約できたらいいなー」

「それについてはなんとも言えないわ。頑張って魔力の伸び幅が大きくなるように祈るしかないわね」

頑張ってねって言うシルフィの笑顔が眩しい。だよね、体力の方が伸びがいいから、Bランクにたどりつけるのかも少し不安だ。


「ベル達は先に中に入って待機しててくれる？　俺が危なそうだったら助けてね」

はーいって感じで気軽に中に入っていくベル達……姿が見られないって本当にチートだよね。このまま中を殲滅してもらっても、俺に経験値は入るらしい。でも、子供と小動物に戦闘を任せっきりなのも心が痛い。

それに自分でも戦えないと、町に出た時に舐められるからな。戦争ばっかりしまくっているっていうから、俺なんか絡まれやすそうだし、全部ベル達に任せても異世界を楽しめない。

「じゃあ、行ってくる」

「楽勝だからって、油断して怪我をしないようにね」

楽勝なのは確定らしい。俺は強いのか？　比較する対象がいなくて、いまいちよく分かんないな。

「了解」

ハンマーを小さくして慎重に裂け目から中に入る。ゾンビやスケルトンが道を均したのか、意外と進みやすい。ちょっと急な坂道って感じだ。

「うわっ！」

裂け目から光が届かないスペースに、いきなりゾンビがいた。反射的にハンマーを大きくしてぶっ叩く。その音に反応したのか、ワラワラとゾンビやスケルトンが達が迫ってくる。数が少なくなってこれかよ、自力で増えてんじゃないの？


ハンマーを左右に振り、ゾンビやスケルトンを弾き飛ばす。……スケルトンとゾンビをまとめて潰しているから、もう魔石は諦めよう。あのぐちゃぐちゃを掻き分ける勇気はない。

数は多いが一振りで簡単に弾け飛ぶので、普段の討伐と変わりはない。変わりはないが……数が多いしすぐに戦闘が終わらないので、腐臭がハンパない。涙が出てきて吐きそうだ。後続が途切れたので奥に進むと、20メートル四方弱の空間に出た。あれだけの数がこの空間にひしめき合っていたのか……満員電車並みの込み具合だったんだろうな。ゾンビとスケルトンの満員電車……想像しただけで背筋がゾクッっとする。

奥の一段高くなった場所に、槍を持ちボロボロの革鎧を着たスケルトンが2体、それに挟まれる形で、剣を持ちボロボロの鎧を着たスケルトンが1体。あれがスケルトンナイトとスケルトンソルジャーなんだろう。

俺が近づくと、3体のスケルトンが、ゆっくりとした動作で降りてきた。なんか大物感を出しているんだけど……シルフィの話ではスケルトンナイトくらいなら、ザコと変わらないらしい。

ザッっと三方に分かれ、両サイドのスケルトンソルジャーが槍を構え、中央のスケルトンナイトがおもむろに剣を抜く。緊迫感がある場面のはずなんだが、ベル達の声援で力が抜ける。

左右のスケルトンソルジャーが同時に槍を突き出してきたので、ハンマーを振るって槍を弾く……槍と一緒に槍を握っていた骨も吹き飛んだ。

一瞬、キョトンとしてしまったが、真ん中のスケルトンナイトが突っ込んできたので、地面を叩かないように上から剣ごと叩き潰す。

両手を失ったスケルトンソルジャーに向き直ると、こちらもサクッと叩き潰す。思った以上に簡単だった。臭いが酷いから、スケルトンナイトとスケルトンソルジャーの魔石だけ取って脱出しよう。

「お疲れ様、ここで見ていたけど楽勝だったわね」

「ゆーた、つよいー」「キュー」「かんしょうだった」

「はは、まあ、なんとかなったよ。ただ臭いがきついのが辛いね」

体中に洗浄をかけるが、しつこい臭いが残っている気がして、ちょっとテンションが下がる。

「うーん、それぱっかりはどうしようもないわね。どこの巣もザコはスケルトンとゾンビが交ざっているもの」

ますます嫌になるが、楽しい異世界生活のためだ。ここが頑張りどころだろう。

「まあ、臭いだけだし我慢するよ。全然疲れていないし次に行こうか」

「分かったわ。近場から回るわね。一通り倒したら、明日からはもう少し規模の大きい巣を巡りましょう」

「ああ、それでお願い」

今日は日が暮れるまでの間に、更に4つの魔物の巣を潰した。ゴーストやレイスがいる場合もあったが、そこはベル達があっさり殲滅してしまうので問題ない。

一番の問題はゾンビナイトが支配している巣だ。経験値以外はまったく報酬がなくて臭いだけなので、心が萎（な）える。

ゾンビから魔石を取る気合があれば、数も多いので町に行った時の資金になるんだが、どうしても踏ん切りがつかない。

ジェネラルクラスからは価値がぐんと高くなるそうなので、もし倒したら感情を殺してでも取るつもりだが、ナイトクラスだと……無理だな諦めよう。

あと、シルフィいわく今日は巣に慣れるための訓練で、経験値になるナイトやソルジャーが少ない小さな巣を選んだそうだ。だから俺のレベルは上がらなかったのか。

明日からはある程度、ソルジャーやナイトが多い場所を巡り、アーチャーやメイジなんかとの経験も積むそうだ。そうやって慣れたら、少し離れた場所にある砦跡に遠征して、ソルジャーやナイトがザコとして出てくる大規模な巣を攻略して一気にレベルアップをはかるらしい。アンデッドの数が多すぎる。ドンだけいるんだよ。

これからの予定を聞いてげんなりしながら泉の家に戻る。仕方がないことだと分かっているが、大量のアンデッドがいる大規模な巣が目標だなんて、テンションが下がるよね。


「クー！」

拠点に戻るとタマモが飛びついてきた。寂しかったらしい。ホッコリしていると、すぐに俺から離れてベル達と遊びだしたので、俺も寂しい。

「裕太ちゃん、お帰りなさい」

「戻ったか」

「裕太さん、お帰りなさい」

ディーネ、ノモス、ドリーが出迎えてくれる。なんか大精霊の3人がお留守番ってもったいないな。

「ただいま、なにか変わったことはなかった？」

「なんにもないわー。平和だったわよー」

ディーネは完全に気が抜けている。俺がなにかを言う立場にはないが、なんか心配になるんだよな。

「そうか、ありがとう。じゃあ夕食にするけど、ドリーはどうする？　他の大精霊達は飽きてしまったようだけど、魚介類なら豊富にあるぞ」

「ふふ、今日だけご一緒させて頂きますね」

「そうか、まあ、無理はしないでくれ。いずれ全員が喜んでくれる料理を用意できるように頑張るから」

どうも大精霊クラスになると、普通の魚介類は食べ飽きているらしく反応が悪い。一人暮らしの男飯くらいしか作れないが、なんとか大精霊達の舌を唸らせたいな。

精霊は無理に食事を取る必要もないから、お腹も空かない。好きな物以外は食べなくなるのも分かる。下級精霊のベル達は、そこまで食事に慣れている訳でもないらしく、喜んで食べてくれるのが嬉しい。

しかし、実体化できない精霊が、どうやって人間の作る料理を飽きるまで食べたんだろう？　俺は特殊らしいから普通に精霊と食卓を囲めているが、大抵の人は精霊の気配くらいしか分からないというのに、食べ物を作ってもらうとかできるのか？　不思議だ。

「それはいいですね。楽しみにしています」

「まあ、この世界で手に入る食材しだいだけど、頑張るよ」

「あら、植物でしたら私に聞いてくだされば、大体分かりますよ？」

「本当？　加工してある物でも分かる？」

それなら、日本から持ってきた食品を食べる時、是非ともドリーに確認してもらって、日本食の再現に食材の面で協力してもらおう。

「加工してある物でも食べてみれば、なんとなくですが分かるかもしれません」

いろいろ分かればかなり助かる。まずは米だな。ホカホカの白いご飯をガッツリかき込みたい。あとは大豆もいいな。醬油や味噌、豆腐に枝豆、バリエーションは沢山ある。まあ、作れるかどうかは分からないが、材料があるのとないのとではえらい違いだ。

「今度是非ともお願いします」

ドリー、頼りになるな。

今日も焼いた魚介類だけだが、ベル達は喜んで食べてくれた。タマモも嬉しそうに食べていたし、新しい仲間が増えて食卓がまた賑やかになったな。

＊＊＊

ドリーとタマモがきてから5日が経った。今日は森用スペースに種を植える日だ。最近は毎日アンデッドの巣に乗り込んで殲滅ばかりして、少し気持ちが荒んでいたからいい気分転換になる。

「ドリー、種を植えるけど、なにか注意点はある？」

「間隔をあけて植えれば大丈夫ですよ。タマモに種を見せたら植える場所を指示してくれるはずです」

「そうなのか。頼むぞタマモ」

「クー！」

とっても力強い返事だ。やる気満々のタマモも可愛い。

「よし、ベル達も聞いていたよね。種をタマモに見せて、指示された場所に植えるのが今日のお仕事だ。頑張るぞ」

「がんばるー」「キュキュー」「がんばる」

みんな元気いっぱいだ。ちなみに大精霊達は見学だそうだ。子供達だけで頑張りなさいって感じらしい。俺が子供達に入っているような気もしたが、おおらかな気持ちでスルーした。緑を扱う日に無粋な感情は必要ないのだ。

さっそく始めるか。まずは種の包みを取り出しタマモの前に広げる。タマモは熱心に種とスペースを確認している。どこになにを植えるのか考えているのかな？

ベル達もタマモの後ろから種をのぞいて、フンフンと頷いている。分かっているのかな？　大小様々な種があるんだな、くらいの事しか俺には分からない。

「クー」

「おっ、もういいの？」

タマモが頷いたので、試しに種を1つ手に取りタマモに見せると、テッテッテと小走りに移動して、土の上をタシタシと前足で叩いている。可愛い。

でも……なんか珍しい光景だったな。精霊達は移動する時に空を飛ぶから、地面を普通に移動するのは初めて見た気がする。いや、トゥルが土をいじくっていた時は歩いていたか？　移動方法を気にしてなかったから思い出せない。どうだったかな？　微妙に気になる。

「クー」

「ああ、すまないタマモ。そこに植えるんだな」

考え事をしていたらタマモに催促された。シャベルを小さくして穴を掘り、種を入れて軽く土を被せる。

「大体こんな感じみたいだね。みんなできる？」

「できるー」「キュキュー」「できる」

「よし、では始め！」

わーっとベル達が種を手に取り、タマモに殺到する。これって一番大変なのはタマモだな。

「ほら、お前達。タマモは1人しかいないんだから順番にね。時間はあるんだからのんびりやるよ」

俺がそう声をかけると素直に順番を決めて、タマモに案内してもらっている。いい子達だ。

様子を見ていると、みんな、器用に種を植えているな。ベルは風で土を切り取り、種を入れて土を戻す。レインは水の渦を地面に押し当て、水流で土を掘っている。なんかドリルみたいだ。トゥルはさすがは土の精霊。勝手に土に穴が開き、種を入れると勝手に土が戻っているように見える。ボーっと見ていないで俺も種を植えよう。

＊＊＊

「終わったー」

硬くなった腰を解しながら終わりを宣言すると、タマモがこちらに飛んできてクークーとなにかを訴えている。なんだ？　タマモがさす方向にはレインがいる。

「おみずをあげてっていってるー」

「ああそうか、ありがとうベル。レイン、タマモに聞いて水をまいてくれ」

「キュー」

頷いてタマモの指示通りに泉から水球を打ちあげる。イルカに指示を出す狐って、なかなかレアな光景だよね。

「裕太、お疲れ様。なかなか大変そうだったわね」

「そうだね。シルフィ達が手伝ってくれたら、もっと早く楽に終わったんだけどね」

「ふふ、契約していないのに大精霊を動かしたいなら、もう少し考えてやる気にさせないとね」

まあ、そうなんだけど、自分でできることを、白々しいやり取りで要求するのも恥ずかしい。

「なにか、恥ずかしくなくて、いい方法がないか考えてみるよ」

「どんな方法か楽しみにしているわ。そういえば畑の方も、少しだけどタマモの力を使って生長させることができるようになったのよね？　このあと試すの？」

「うん、そのつもり。ドリー、問題ないよね？」

「ええ、問題ないですよ。ただし、前にも言いましたが、急激に生長させて土の力を奪わないように、毎日少しずつですよ」

一気に生長させたい気もするんだが、土が死んじゃったら元も子もないもんな。

「タマモも分かっているし、トゥルもついているから大丈夫だよ。変な事したらノモスに怒られそうだしね」

「ふん、安心せい。今の状況で馬鹿なことをしおったら怒らずに見捨てるわい」

そっちの方がキツイ。陰ながらいろいろと土に手を加えてくれているみたいだし、裏切れないよ。

「見捨てられるのは困るから、タマモにしっかりお願いしておくよ」

「トゥルに伝えさせれば問題ないわい」

なるほど、土の精霊と森の精霊が決めれば、土にとっても植物にとっても大丈夫って事か。

「そうだな、トゥルにも頼んでおくよ」

「ゆーた、おわったー」

話している間に水まきが終わったようだ。次は畑だな。

「ベル、知らせてくれてありがとう」

飛び込んできたベルを抱っこしてレイン達のところに向かう。ベルは自分が植えた種の場所を覚えているようで、どこにどんな種を植えたのか教えてくれる。すごいな、俺はどこになにを植えたのかまったく覚えていないぞ。

「みんな、ありがとう。畑にもう一仕事あるけど大丈夫？」

元気よくオッケーしてくれたので畑に向かう。

「タマモに魔法をかけてもらいたいんだけど、生長させすぎると土に悪いから、トゥルと相談して加減しながら魔法をかけてくれる？」

「クー」「そうだんする」

2人でごにょごにょ、クークー言い合ったあと、そこはかとなく満足げに俺を見る。

「決まったのなら、始めていいよ」

俺の言葉にタマモが野菜の前に立ち「ク――――」っと鳴くと、野菜がぼんやりと輝き、2枚だった葉っぱの真ん中から、3枚目の葉っぱがぴょこんって生えた。

「おー、すごいねタマモ。これで食卓にお野菜が並ぶ日が一歩近づいたよ」

「クー！」

タマモが元気に返事をしてくれたので頭を撫でる。ベルとレインとトゥルも集まってきたので、撫でくり回す。なんか最近、子供とイルカと子狐を撫でている時が一番幸せな気がする。

このままではお嫁さんもいないのに、お父さん的な気持ちが完全に芽生えてしまいそうだ。せっかく異世界にきたんだしハーレムとまではいかなくても、美人の嫁さんが数人ほしいんだが、それまでこの父性を抑えていられるだろうか？

なんかもうこの子達の幸せが自分の幸せです！っとか言いそうな未来が見えるんだけど。この世界では重婚は合法なのかとかいろいろ調べて心を強くもとう。枯れるには早すぎるはずだ。野望を持つんだ俺。

「キュー？」

おっと撫でる手が止まっていたようだ。終わりなのって目でレインが俺を見ている。無論、やめないよ。

＊＊＊

夕食を終えてから、大事な話があると言ってノモスを呼び出した。

「なんじゃ大事な話とは。なにかあったのか？」

「ああ、この世界の夜の風俗について、詳しく話を聞きたい」

「……真面目な顔をしていきなりなにを言い出すんじゃ？　大丈夫か？　死の大地には教会もないから治療もできんぞ？」

そういえば治療魔法は教会が独占しているんだっけ。いや、独占してなくても死の大地に人はいないんだし、どっちにしろ治療は無理だ。

「いや、大真面目な話なんだ。なんか最近お父さんみたいな気持ちになって。こう、男の欲望的な物に火をつけないと、いろいろとヤバそうなんだよ」

「はぁ、なんじゃそれは。お主、土の大精霊に風俗を語らせるつもりなのか？」

「そうはいってもな、ノモス以外に聞ける奴がいると思うか？　シルフィ、ディーネ、ドリーに聞いたら俺はどうなるんだろうな？」

「いや、まあ、それはそうじゃが。ふぅ、しょうがないの。しかし儂も伝聞でしか知らんぞ。それでもよいか？」

「このさいだ、どういう店があるのかだけでも分かればいい」

流石に俺も、土の大精霊が風俗に通っているなんて思ってないからな。

「儂が聞いたことがあるのは、王都や冒険者が集まる街では風俗は盛んだという話じゃ。たしか王都には高級な店も多いらしい。冒険者が集まる街は客の金払いもいいし、欲望を持て余している奴が多くて、風俗店が集まる地区があるらしい」

やっぱり、いるんだな冒険者。そして風俗街みたいな場所もあるのか……悩みどころだな。ノモスは風俗店の詳しい内容は知らなそうだし、どんな種族の女の子がいるかを聞くか？　いや、種族は町に行った時のお楽しみにしておこう。ただ、これだけは聞いておきたい。

「なあ、ノモス。この世界にはサキュバスは存在するのか？」

「ん？　たしか魔族の中にサキュバスという種族はおるはずじゃぞ」

よし、出会えるか分からないけどサキュバスがいるのなら、サキュバスに会うのも1つの目標にしたい。

「魔族か……人間と魔族ってどんな関係なの？」

「関係と言っても普通じゃぞ。争っとるところは争っとる。仲のよいところとは仲がよい。それだけじゃ」

魔族と人族の敵対はないのか。まあ、あったらいたるところで戦争なんてしてないよな。人族ｖｓ魔族とかで戦争してたらテンプレ的に、人族は一丸とならないと勝てないはずだ。まあ、魔族との確執(かくしつ)がないのなら、頑張ればサキュバスにも会えそうだな。

「ありがとうノモス、おかげで気合が入ったよ」

「う、うむ。じゃが、あんまりはしゃがんようにな」

今ははしゃがないさ。この気合を胸に秘めて、今を精いっぱい生きよう。

＊＊＊

「ねえ、裕太、そろそろ遠征に行かない？」

森のスペースに種を植えてから10日ほど経った夜。シルフィから次なるレベル上げの提案が出された。

「俺もレベルを上げたいから遠征は問題ないんだけど、2日から3日後でもいい？」

「それは構わないけど、なにか予定があったかしら？」

「予定というか、遠征に行ったらしばらく戻れないんだろ？　ドリーに聞いたら、そろそろ野菜が収穫できそうなんだ。できれば一番美味しい時に収穫して食べたい」

「あら、予定よりちょっと早いわね。土は大丈夫なの？」

「うん、トゥルとタマモが相談してしっかり管理してくれたから、まったく問題ないって。毎日大切に面倒見てくれたおかげだね」

「ふふ、よかったわね。待ち焦がれていたお野菜なら、ちゃんと食べて出発しないと、気もそぞろになりそうね」

その通りです。日本にいた頃はお肉派だったんだけど、まったく野菜がない場所で生活していると、野菜に恋い焦がれるようになってしまった。お肉をあまり求めなくなったのは、ゾンビにほぼ毎日出会っている影響だろうな。まあ、お肉を食べたくなっても、死の大地ではお肉が手に入らないので、ある意味助かる。

町に行けばお肉を食いまくる予定ではあるが、今はまず野菜だ。毎朝みんなで一緒に畑を散歩して、水をあげたりタマモの魔法を見たりと、手塩にかけて育てた野菜達。同時にまいた他の種も芽を出し、まだ小さいが緑で煌めいている。

一番最初に芽を出した野菜は日に日に大きくなって、現在は青々とした葉っぱを茂らせている。もう少し待った方がいいというドリーの言葉がなければ、すでに食べていただろう。

収穫しようとしている野菜は、小松菜にしか見えないけど、オイルリーフと言うそうだ。お浸しにしたい処だが、顆粒出汁の素を持っていないので、どうやって食べるか今から悩み中だ。


「ちょっと裕太、私の話、聞いてた？」

シルフィの声で現実に戻る。ちょっと膨れっ面なシルフィ……いいものを見た気がする。

「ごめんシルフィ、どうやって食べるか妄想してた」

「ふぅ、しょうがないわね。まあ、今の状態で遠征に出ても集中できないわね、遠征はお野菜を食べてからにしましょう」

「俺のための遠征なのに、ワガママ言ってごめんね」

「精霊にとって2日や3日はたいしたことではないわ。気にしないでしっかりお野菜のお世話をしなさい」

「あはは、俺が手を出さないで精霊達に任せた方がよく育つんだ」

悲しいかな、水をまきすぎたり出たばかりの芽を踏み潰しそうになったりするので、最近はちょっと離れた場所で見学している。特に森のスペースは畝を作っていないので、かなり危険だ。

まったく関わらないのも寂しいので、近場だけは慎重に水をまかせてもらっている。

「ま、まあ、あの子達は精霊だから、裕太より上手にお世話ができるのも当然なのよ」

「あはは、そうだよねー。精霊だもんねー」

なんかおかしな空気になってしまった。話を変えよう。

「そういえば遠征に行くと、契約に必要なレベルまで一度で上がる可能性もあるよね。大精霊相手だと契約も派手になるって言ってたけど、必要な物とかないの？」

「経験値になる魔物が沢山いるから、レベルが上がる可能性はかなり高いわ。契約は手順がちょっと増えるだけで必要な物は特にないわ。派手なのは……その時のお楽しみね」

焦らされた！　なんか大精霊が派手とか言うと、どれくらいの規模か分からなくて怖い。

「お楽しみなのか。気にはなるけどものすごく期待して待ってるよ」

「そんなに期待しなくてもいいんじゃないかしら。平常心が一番よ」

「そう？　大精霊がお楽しみって言うくらいだから、ある程度心構えをしておかないと醜態を晒しそうだよね」

「裕太っていまだに大精霊がどれくらいすごいとか、分かってないわよね？」

たしかに分かってないな。大きな力を使うところを見た訳でもないし判断が難しい。

「なんとなくすごいのは分かるけど、ディーネを見ると何か大精霊って……って思うんだよね」

「……ってなによ。ディーネがなにかしたの？」

「なにかしたって訳じゃないんだけど、この前早く起きたから朝の散歩をしてたんだけど、ディーネが泉に死体みたいに浮かんで爆睡してた。かなり驚いたと同時にあれはないなーって思ったんだ。精霊って消えられるよね？」

「ええ、消えるというより、自分の属性に溶けるって感じなんだけど……注意しておくわ」

「お姉ちゃんのこと、話してなかった？」

いきなりディーネが現れた。どういう能力か分からんが、探知が優れているシルフィをも驚かせるとか、意味が分かんない存在だよな。瞬間移動とかできそうだ。

「う、うん、話してたけど、聞いてたの？」

「聞いてないわよー。なんとなくそう思ったの」

「そ、そうなんだ」

ディーネって天然なのに野生の勘みたいなのも持ってるから、たちが悪いと言うかなんというか……。

「それでなんの話をしていたの？　お姉ちゃんのこんなところが大好きだなーとか？」

なんなんだその自信は。なんでそこでドヤ顔になる。

「いいえ、ディーネの困ったところについて話していたのよ」

「えー、そんなところないわよ。失礼しちゃうわー」

「この前、裕太が朝の散歩をしていたら、ディーネが泉に浮かんで爆睡していたそうよ。まるで死体みたいに眠っていたんですって？」

「裕太ちゃん、レディの寝顔を見るなんてマナー違反よー」

何で俺が責められるんだ？

「別に水に溶けて眠れとは言わないけど、眠るのならもっと目立たない場所で寝なさい。裕太が精霊の姿をハッキリ見ることができるのは知ってるでしょ？」

「水の精霊が水に浮かんで眠ることは、おかしいことじゃないと思うの。この場合はお互いに見なかったことにするのがベストなのよ？」

「なんで疑問形なのよ。そもそもディーネは見られたことにも気がつかなかったんでしょ。一方的に見られただけじゃない」

「ひどーい」

「なんで俺を睨むんだよ。普通、水に人が浮かんで微動だにしなかったら、焦って確認するだろ」

「ここには精霊しかいないんだから、裕太ちゃんは故意犯よ。お姉ちゃんのことが気になっちゃったのね」

たしかにディーネは美人だと思うが、頭に残念がつくタイプの美人だ。俺はもうディーネに夢は見ていない。

「ふっ」

「あー、シルフィちゃん。今、裕太ちゃん鼻で笑ったよね。お姉ちゃんのことを見て、鼻で笑ったよね」

「そうね、裕太、いくらディーネがアレでも鼻で笑ったら駄目よ」

「シルフィちゃんアレってなに？　お姉ちゃんちょっと悲しくなってきたわー」

ありゃ、からかいすぎたか？　シルフィに目配せして慰める方向にシフトチェンジする。

「まあ、あれだね。ディーネはみんなから好かれているから注意されたり、心配されたりするんだよ。俺もディーネが水に浮かんで眠っていたのを見た時、とっても心配になったもん（主に頭が）」

「そうね、どうでもいい相手だと、注意したりしないものね」

ディーネは機嫌よく去っていった。

「シルフィ、俺は大精霊がどんな存在なのか、よく分からないよ」

「そうね。結構すごいんだって思ってくれるだけでいいわ」

シルフィがため息を吐きながらそう言った。まあ、ディーネが少し変わっているんだってことは、分かってるから安心してほしい。

「了解、それで……なんの話をしてたんだっけ？」

「えーっと、そう、契約の話ね。裕太は町に行ったらなにがしたいの？」

女性には語れないことも考えているが、今の質問はそんな回答を求めている訳じゃないだろう。

「なにがしたいって言われても、なにができるか分からないよね。とりあえず、野菜は食べられそうだから、次は肉かな。あと砂じゃない柔らかいベッドで寝たい」

「なんだかささやかなのね。それだけなの？」

「一番シンプルな願望が今言ったやつで。他にも旅がしてみたいとか、冒険者になって活躍してみたいとか、商人になって大儲けしたいとか、いろいろな欲望はあるよ」

冒険者はシルフィ達がいれば俺Ｔｕｅｅｅｅｅができそうだ。文明しだいでは、商人になって知識チートもありだよね。

「冒険者に商人ね。商人の才能は分からないけど、冒険者になって活躍はできると思うわよ。裕太の道具だけでも物理面では高威力だし、複数の精霊と契約しているんだもの。魔法面でも相当なものよ」

精霊が見えて話せるのが一番のチートだよな。開拓ツールもすごいんだけど地味だし……。

「魔法と言えば、町に行ったら精霊魔法とか習った方がいいのかな？　今のところ我流でなんとなくだから不安なんだけど」

特別な技とか精霊とのコミュニケーションの仕方とか、いろいろ学んでおいた方がいいよね。無知だと失敗していることすら分からないからな。

「んー、そうね。裕太が学ぶことはないと思うけど、一般的な精霊術師と自分の違いを確認しておくのもいいと思うわ。私達が言ってもピンときてないみたいだしね。でも、見学だけで十分だと思うわよ。それと、精霊が使うのが魔法で、人が使うのは魔術だから、町に行ったら魔術って言っておきなさい」

ピンときてない？　俺の中では十分にチート能力だと思っているんだが、まだ認識不足なのか？　あと、魔法と魔術って区別されてたんだ、ちょっと恥ずかしい。

「ん？　でも生活魔法はどうなの？　魔法だよ？」

「魔法で間違ってないわ。生活魔法は魔力があれば誰でも覚えられる、基本的な能力だから魔法。技術を用いて魔力を使うのが魔術よ。魔術は少ない魔力で、効率的に威力を出せるから人に流行ったのね。まあその分自由度はかなり低いんだけどね」

魔術師は魔力を扱うプロの技能職って感じか。エリートっぽいな。

「いろいろと区別されているんだね。まあ、町に行けたら確認するよ。異世界ってだけで常識がかなり違いそうだし」

「それがいいわね。どんな町に行きたいとかも考えておきなさい。できるだけ希望に沿える場所に案内するわよ」

「ありがとう。楽しみにしているよ」

できるだけ綿密に考えて、目的の場所に行けるようにしないとな。

＊＊＊

「収穫だ――――」

「しゅうかくだ――――」「キュ――――」「しゅうかく」「ク――――」

俺の魂の叫びにベル達が呼応してくれた。なんか気持ちいい。

朝起きるとドリーが現れ、オイルリーフが収穫できると告げてきた。寝ぼけていた頭が急激に覚醒し、朝一で叫んでしまった。

「ドリー、全部収穫しても構わないの？」

「ええ、オイルリーフは生長が早いですから、収穫時期を逃すとすぐに大きくなって味が落ちます。全部収穫して裕太さんの鞄に収納しておくのがいいですね」

「了解、種用にいくつか残しておいた方がいいかな？　初めての野菜だし、このオイルリーフを、あとにもつなげられたら嬉しいんだけど、できるかな？」

「そうですね。数株残しておけばタマモが上手く種を採取してくれますよ」

食材が減るのは悲しいが、約１００株はあるんだし、遠征に行けば街に行ける可能性も出てくる。問題ないだろう。

「それなら残しておくね。３株くらいでいいかな？」

「十分だと思います」

「じゃあ3株残して収穫しよう。みんな、お願いね」

軽快な足取りで畑に向かう。出迎えてくれる緑が目に優しい。申し訳ないけど収穫させて頂きます。……虫がいないから、受粉は問題だけど、野菜は綺麗に育てられるな。

同時期に埋めた他の3種類の植物は、まだ時間がかかりそうだ。遠征から帰ってきたら、一種類はくらいは食べられるだろうか？

「では、今から待望の収穫を始めます。収穫した野菜は、すぐに収納するから持ってきてね」

「もってきてねー」

ベルがドンドン持ってこいとリアクションしている。ベルは収納係りじゃないからね。

「ベルも収穫して持ってくるんだからね」

「はーい」

分かっているのかな？　まあ楽しそうだからいいか。俺もさっそく収穫しよう。

青々と元気に茂った葉っぱを傷つけないようにしっかりと根元で掴み、ちぎれないように慎重に力を込める。おっ、結構簡単に抜けそうだ。徐々に土が盛りあがりズポッと抜けた。なんか感動するな。根がしっかりとしていて上出来な気がする。

「ゆーた、とれたー」「キュー」「しゅうかく」「クー」

感動しているとベル達がいつの間にか後ろに並んでいた。感動して時間をかけすぎたみたいだ。収穫したオイルリーフを俺に渡してくれるので、一人ずつお礼を言って頭を撫でる。ベル達は渡し終わると、次に行くぜーって感じでオイルリーフに向かって突撃して行く。

なんだか非効率だけど、まあ、１００株くらいだからすぐに終わるか。ベル達からオイルリーフを受け取りながら、合間に自分も収穫する。

それほど時間がかからずに、あっさりと収穫は終了した。ちょっと寂しいけど、出荷する訳でもないんだから量は十分だろう。

「キュー、キュキュー」

「ん？　レインどうしたの？」

レインがなにかを訴えているんだが、よく分からない。

「れいんがおやさいあらうってー」

「ああ、オイルリーフを洗ってくれるのか、ありがとうレイン」

オイルリーフを出すと、レインが水球で包み込んだ。おお、なんだかすごいな。水球が微妙に振動して、野菜についた土だけが水球の下に沈む。これぞ職人技って感じだ。レインがキューっと鳴くと、洗い終わったオイルリーフが綺麗な岩の上に。確認すると、根っこの間の土まで完璧に落ちて、艶々のピカピカだ。美味しそうだな。どうやって食べよう？

「キュー」

「ありがとうレイン。おかげで綺麗になって、もっと美味しそうになったよ」

レインのホッペ？の辺りを両手でもみ解すように撫でる。最近、レインのお気に入りのスキンシップだ。ちょっとだらしなく開いた口元が可愛い。

「本当に美味しそうね。死の大地の奥地での収穫はあなたが初めてよ。誇っていいわ」

シルフィがクールビューティーな表情を緩めて褒めてくれる。そう言われるとたしかにすごいことかも？

「死の大地で植物を育てるのはとても難しいのです。精霊の力を借りたとはいえ、この成果は誇るべきことですよ」

ドリーまで加わった。そうなると当然……。

「裕太ちゃん、とっても偉いわ。お姉ちゃんが沢山褒めてあげる」

ディーネも出てくるよね。沢山頭を撫でられた。

「まあ、たしかに誇っていいことじゃの。しかし風、水、土、植物。かなり場が整っておる。死の大地に生まれた貴重な場所じゃ。いずれは聖域にしてしまうのも手じゃな」

ノモスまで加わって、しかも訳の分からないことを言いだした。聖域ってなんかすごい場所じゃないのか？

「あら、いいわね。でも聖域にするならまだ足りないことも多いわ」

シルフィが乗り気になった。ディーネとドリーも話に加わり、大精霊達で真剣な話し合いが始まった。

「ねえ、聖域ってなに？　意味が分からないから説明してよ」

「こっちの話じゃ。まだまだ準備が足らんから、その時になったら説明してやる。裕太はせっかく取れた野菜を美味しく調理しておけ」

ノモスがそう言うと、再び話し合いに戻った。微かに聞こえてくる言葉には、精霊王から玉をとか、もう少し森の面積がとかいった、面倒そうな言葉が交じっている。

俺、分かった。今、面倒そうな事が動き始めていて、いずれ巻き込まれることになる。詳しく話を聞くと怖くなりそうなので、ノモスの言う通り全力でお野菜を調理しよう。

とはいえ、どうやって食べよう。顆粒出汁の素がないけど、湯通しして醬油でシンプルに食べるか。レインが根っこまで綺麗に洗ってくれたから、根っこは炒めるか？

小松菜は根っこも食べられるけど、オイルリーフはどうなんだろう？

「ドリー、お話し中悪いんだけど、オイルリーフの根っこが食べられるのかだけ教えて」

「根っこですか？　毒はないですし食べられますよ」

それだけ言ってすぐに話し合いに戻る。そんなに大事な話なの？　怖いんですけど。

……まあいい。今は調理に集中するんだ。まずは根っこの下拵えだ。細かい髭のような部分をサバイバルナイフで慎重に削り落とし、あとは塩で炒めるだけだ。簡単だね。

調味料が潤沢ならキンピラにしたいところだけど、贅沢は言わないでおこう。葉っぱの部分もサッと湯通しして醬油をチョロリがシンプルで美味しそうだ。

お湯を沸かして塩を少し入れ茎から湯がく。葉っぱの部分はサッと湯通しして完成。根っこも簡単に塩で炒める。

「できたぞー」

オイルリーフの湯通し野菜。根っこの塩炒め。簡単で見た目は侘しいが、今の俺には輝いて見える。ベル達はすぐにワラワラと集まってきたが、大精霊達が動かない。豪勢な料理じゃないけど、一緒に味わってよ。せっかくの初収穫なんだ。


「なあ、シルフィ、ディーネ、ノモス、ドリー、せっかくの初収穫なんだ。豪勢な料理じゃないけど、一緒に味わってよ」

「え、ああ、ごめんね裕太。もちろん頂くわ」

「裕太ちゃんの初野菜。たのしみー」

「儂ももらうぞい」

「ふふ、いただきますね裕太さん」

ようやく全員が揃ったので、さっそく初収穫を味わう。イルカや狐が野菜を食べるんだろうかとも思ったが、精霊なんだし今更だろう。


「では、いただきます」

まずは葉っぱを湯通しした物だな。軽く湯通ししただけなので、シャクシャクとした歯ごたえと、野菜独特の風味が口の中に広がる。

うーん、そんなに好きな味ではないはずなんだけど、足りなかった栄養素の補給に体が喜んでいるのか、とても美味しく感じる。

根っこの塩炒めはどうかな？　シャク？　ゴリ？　んー、ゴボウというかダイコンというか、繊維が多くていい食感だ。塩も利いているし歯ごたえもいい。これはこれでいけるな。

「うん、ちゃんとできているわ。裕太、頑張ったわね」

「裕太ちゃん。おいしいわよー」

「裕太さん、シンプルな味付けですが、野菜の味がしっかりとしていて、美味しいですよ」

シルフィとディーネとドリーは美味しいと喜んでくれているが、他の精霊達は微妙な感じだ。ノモスは野菜じゃなって感じでパクリとたいらげ。下級精霊達は……。

「おさかなのほうがすきー」

ベルの可愛い眉毛がへの字になっている。ちょっとショック。

「キュー」

レインはショボンとした感じだ。俺のテンションが高かったから、相当期待していたらしい。心が痛みます。

「にがい」

トゥルはシンプルにしかめっ面で、頑張って野菜を飲み込もうとしている。なんかごめんね。

「クー」

タマモは、食べなきゃ駄目？って感じでこっちを見ている。なんかチワワのＣＭを思い出す。

評判がよくないようだ。まあ、子供が好きな味ではないから、しょうがないんだろうが、土の精霊と森の精霊が野菜を苦手ってのもどうかと思うな。

「はは、ベル達には不評だったか。町に行ったらもっと美味しい料理を食べられるようにするから、期待しててね」

「やくそくー」「キュー」「おいしいもの」「クー」

俺にまとわりついて、口々に約束の確認をおこなう下級精霊達。約束を守ることを約束しながら頭を撫でる。頼むからこの子達が気に入る食べ物が町にあってほしい。

でもまあ、俺は野菜を美味しく食べられたから、かなり満足だ。遠征が成功すれば町に行けるようになる可能性もあるんだから、必死に野菜を作る必要もなかった気もするが、それは結果論だし心の支えにもなった、なんの問題もないな。

＊＊＊

「お野菜を食べられて満足した？」

「うん、大満足だよ。故郷でも野菜を育てたことはなかったし、いろいろと勉強になって楽しかった」

「ふふ、よかったわね。それで分かっていると思うんだけど、遠征の話よ」

「遠征のことは分かっているけど、なんでディーネ、ノモス、ドリーがいるの？　いつもは参加しないよね？」

　なんか嫌な予感がするんだよな。絶対なにか企(たくら)んでいる気がする。

「裕太ちゃん、それはね、今回の遠征でシルフィちゃんと契約できるようになったら、私達とも契約ができるってことなの」

　同じ大精霊なんだから、魔力的には大丈夫ってことなのか？

「あ、ああ、契約ができるようになるんだな」

「それでね、裕太ちゃんもお姉ちゃんと契約したいと思っているでしょうから、条件を教えてあげようと思っているの！」

　ディーネがバーンっと背景が出そうな勢いで言った。……ディーネと契約……したいのか？　なんかレインがいれば十分な気がするんだが。

「…………」

「裕太ちゃん、なんでこっちを見ないの？　お姉ちゃんと契約したいわよね？　ねえ、聞いているの？」

「まあ、儂らとの契約について、条件を伝えておこうと思ってな」

「ノモスちゃんも勝手に話を進めないで」

「ディーネは少し黙っておれ。話が進まん」

あっ、拗ねた。座り込んで膨れっ面のままブツブツ言っている。このままでいいの？

「それで契約のことなんじゃが、儂からの条件は現在の拠点の拡張じゃな。お主はスペースが足りなくなったら、ぐるりと囲うようにスペースを追加して増やしていく予定らしいが、それを二回りする大きさまで拡張したら契約してやる」

二回りってことは……えーっと、縦と横が5つずつになるってことで5百メートル四方のスペース。今2ブロック作ってあるから、残り23ブロックか……広すぎじゃね？

「そんなにスペースを作ってどうするの？」

「まだ分からんわい。上手く行けば面白いことになるから期待しておけ」

これって絶対にさっきの聖域がどうとか言ってたのが関係しているよな。やらなきゃ駄目なのか？　ちょっと考えただけでも、必要な岩の量が果てしないんですけど。

「私はシルフィと契約したあとに、十分な量の森の土と益虫を運んでくだされば十分です。ただ、敷地を拡張するならその分、多くの土や益虫を確保してほしいです」

それは初めて会った時からの条件だから、問題ないな。量が増えたとしても魔法の鞄があるんだから、そこまで手間じゃないはずだ。

「ドリーの条件は元々の条件と、そんなに変わりがないし問題ない」

「ほれ、残りはディーネだけじゃぞ。さっさと条件を言わんか」

「裕太ちゃんが、是非ともお姉ちゃんと契約したい！って言わないと教えてあげない」

ホッペを膨らませたまま、めいっぱい怒っていますよと表現しながら、ディーネが言う。

これって俺が折れないと話が終わらないパターン？

ディーネには世話になっている。ちょっと面倒だなと思う事もあるし、正直契約って必要なのかなとも思うが……それに、ここで俺が折れたら、ディーネのドヤ顔が炸裂するんだろうなと思うと踏み切れない。

シルフィが困った表情で俺を見る。ノモスがさっさとしろと目で急かす。やっぱり、折れるのは俺なんだな。

「あー、俺はディーネと契約がしたいぞ」

「是非とも？」

チロリとこちらに視線を向けて確認してくる。美人なんだけどなー。普通なら美人の大精霊との契約とか、諸手を挙げて喜ぶところなんだけど、残念な感じになるのがディーネのクオリティなんだろうな。

「うん、是非とも」

「もう、しょうがないなー。裕太ちゃんはお姉ちゃんっ子なんだから、しょうがない子ね」

俺の額に血管は浮き出てないかな？　精霊に物理攻撃が効かないのが残念でならない。ん？　俺なら触れるんだから、素手ならいけるか？

「はしゃいどらんで、さっさと条件を言え」

「ノモスちゃんは気が短いんだからー。そんなんじゃモテないわよ」

おお、ノモスの額にみるみる血管が浮かびあがる。あれだな精霊にも血管があるんだ。

「ディーネ、遠征の予定を立てるんだから早くしなさい」

「分かったわ。お姉ちゃんの条件は、ノモスちゃんの条件で拡張した場所の全部に水路を通すことよ。それをちゃんと達成したら、お姉ちゃんも契約してあげるから頑張ってね」

すごく得意げだ。

「あ、ああ、頑張るよ」

水路だけ完成させないってのもアリだなって思ったけど……それをやると騒ぎになって、結局折れるのは俺なんだからやめておこう。

「シルフィはそのまま契約してくれるの？」

「私は魔力がBランクになったら契約するって約束したもの、言葉を違える（たが）ことはないわ」

表情を変えずに確約してくれるシルフィ。助かるな。シルフィとの契約は俺の生命線だから、条件が増えると辛い。

「まとめると、拠点の拡張、土や益虫の確保、水路の建設をすませれば、全員と契約できるってことだよね」

「ええ、そういうことになるわね」

できないことはないが、微妙に手間がかかる……まあやるしかないか。

「コツコツと進めるけど、先にシルフィと契約できたら町に行くのは問題ないか？」

「ええ、土の確保も必要だからどちらにせよ町には行くわ。それに契約条件なんだから、必要がないのならやらなくてもいいのよ。期限を区切っている訳でもないんだし、裕太のペースでやってちょうだい」

そうなのか、無理をしないでいいのは助かるな。

「シルフィはこの条件が達成されると嬉しい？」

「私？　そうね、私としても面白いことになりそうだし、嬉しいわね」

シルフィが喜んでくれるのなら頑張るか。今回も立場が強いのはシルフィの方なのに、条件の追加も変更も言いださないでくれたし、世話になっている分を少しでも返せるようにしよう。

「分かった、頑張ってみるよ」

「ふふ、楽しみにしているわ」

話が決まるとディーネ達は去っていった。遠征のこととか完全に興味がないんだな。しかし、ここまで話し合っておいて、魔力の上昇が止まったりしたら洒落にならない。神様、いらっしゃるのならせめて魔力Bランクまではお願いします。

「さて、裕太。遠征のことだけど私が考えている場所は、裕太の足で3日ほど歩いた場所にある、リッチがいる地下空間よ。鉱山跡だけあって、広いし敵の数も多いわ。どう？」

「どうって、リッチはスケルトンキングの代わりに、主体になることも多いって言ってた魔物だよね？　ジェネラルとすら戦ったことがないのに大丈夫なのか？」

「実力的には問題ないけど、ジェネラルとも戦っておきたい？」

「うん、そっちの方が安心できるね」

勝てるのなら無駄な手順かもしれないが、命が懸かっているんだし、踏める手順は踏みたい。

「そう、分かったわ。でも、手順を飛ばそうとしたのには理由があるの。近くっていうか、ある程度の距離の中にスケルトンジェネラルがいないの。だから相手はジェネラルゾンビになるわ。裕太はゾンビを嫌がっていたでしょ。大丈夫？」

なるほど、気を遣ってくれたのか。たしかに、たしかに嫌だけど……少しでも命のリスクが下がるのなら、ジェネラルゾンビ一択だよな。嫌だけど。

「まあ、たしかに嫌なんだけど段階を踏むよ。嫌悪感を抑え込めば大丈夫だし、命の方が大事だ」

「分かったわ、リッチがいる鉱山跡に向かう途中で、ジェネラルゾンビと戦いましょう。それでいい？」

「うん、それでお願い」

「じゃあ明日の朝に出発ね。早めに寝なさい、寝坊しないようにね」

いきなりだな。まあ明日から大変そうだし早く寝るか。

「じゃあもう寝るね。おやすみ」

＊＊＊

「タマモ、留守番を頼むね」

「クー」

耳と尻尾がテロンとしている。置いていかれるのが寂しいんだろう。途中で召喚することも可能だけど、ただ可愛がるためだけに召喚と送還を繰り返すのも違うだろう。

「タマモ、今回の遠征が終われば、おそらく町に行ける。森にも沢山用事があるから、その時はタマモの力を貸してね」

俺のお願いに少し元気が出たのか、遠征メンバー全員にホッペをスリスリしてくれた。ふわふわモフモフがたまらない。後ろ髪を引かれながらもタマモと別れ出発する。

＊＊＊

「裕太、この調子だと、到着まで大幅に時間がかかりそうなんだけど……」

「そうなんだけど、ノモスの条件を達成するには岩が大量に必要なんだ。近場の岩山も少なくなっているし、岩山があったら採取しないと、足りないよ」

「まあ、たしかにここで岩山を集める方が効率的ではあるわね。でも、契約したら岩山まですぐに飛んで行けるわよ？」

「今回の遠征で、契約できるレベルまで魔力が上がれば問題ないけど、魔力の上がるペースが俺の場合は体力より遅いよね。届かない可能性もあるし、それに帰りだと怪我とかしてたら辛い」

「分かったわ、のんびり行きましょう」

「助かるよ」

ベル達の応援に癒されつつ、岩山を見つける度に更地にしながら遠征を続ける。何気に移動式の住居が初めて役にたったな。

シルフィの予定では2日で到着するはずが、5日かけて目的地に到着した。ちょっと時間をかけすぎたかな？

「裕太、ここは昔からあった洞窟ね。あまり深くはないけど、拡張したのか結構広いわね。この中のジェネラルゾンビはちょっと特殊かもしれないわ」

「特殊？　どういうこと？」

「普通のゾンビが洞窟を拡張すると思う？　おそらくここのジェネラルゾンビは知性を持っているわね。普通ゾンビはキングにならないと知性を獲得しないんだけど、稀にいるのよね、ジェネラルクラスでも知性を持った特殊個体が」

特殊個体とか強そうで嫌なんだけど。っていうかキングが知性を持つとか初めて聞いたよ？

「うーん、別のジェネラルゾンビの所に行く？」

「それでもいいけど実力的には問題ないわ。たかがジェネラルだもの。どうせキングも知性を持っているんだから、ここで慣れたら？」

「特殊個体なのに、たかがなの？」

ゲームのしすぎか？　特殊個体って大抵そこら辺のボスより強いもんなんだが。下手したらキングより強くてもおかしくないイメージだ。

「強いならとっくにキングになっているわよ。強くなれば進化するんだから当然でしょ」

強さはジェネラルゾンビだけど知性を持ったってことか。知性があると手ごわそうだけど、キングもリッチも知性があるのなら、弱い方で試しておくべきだな。

「じゃあ、ここのジェネラルゾンビを討伐するよ。ベル達はいつも通りに先に侵入して待機。危なくなったら援護をお願いするね」

「りょうかいー」「キュー」「がんばる」

嬉々として洞窟に飛び込んでいく精霊達。たのもしい。

「じゃあ、行ってきます」

「はい、行ってらっしゃい」

俺は何度アンデッドの巣に入ってもベル達と違って全然慣れないな。ただ、何度もアンデッドの巣に入って進歩したこともある。

1つは夜目が利くようになった。探索中に突然視界が明るくなり、ステータスを見ると夜目スキルが生えていた。突然変わるからビックリするよね。

もう1つはベル達の協力を得る方法だ。アンデッドは物陰にボーッと立っているから、出合い頭だと酷く驚く。そしてオーバーキルで倒してしまい、その音と気配に反応して他のアンデッド達が集まってしまう。

そこで俺は考えた。ベル達にアンデッドの上に浮いていてもらえばいいじゃん……と。これで出合い頭に驚くことがなくなり、慌てて狭い場所で窮屈な思いをしながら、集団と戦う事もなくなった。ゴーストやレイスは俺では倒せないので、みんなにコッソリと倒してもらっている。

洞窟を進むとトゥルが下を指差している。そっと近づきノコギリでゾンビの首を切り落とす。本当はサバイバルナイフの方が使いやすいが、食材の加工に使うので、あとで洗浄をかけるとしてもゾンビの首を切り落とすのは嫌だ。トゥルに手を振ると、トゥルも手を振り返し先に飛んでいく。再び先に進むと今度はレインが浮かんでいる。そっと近づくとスケルトンが立っている。

スケルトンは倒す時に音を立てやすくてちょっと厄介だ。こういう場合は魔石がもったいないが、背後から魔石を切り落とすのが手っ取り早い。そうすれば骨が崩れる音が少しするが、スケルトンの移動音とあまり変わらないのか他のアンデッドは寄ってこない。

魔石を切り落とし、レインに手を振って先に進む。しかし、ここのジェネラルゾンビに知性があるのは間違いないな。

アンデッドが等間隔に並んでいるし、今までの巣ならゾンビやスケルトンが、無目的に徘徊していたのにそれもない。統率されている感じだ。

おっ、ベルだ。……あれはゾンビの真似だな。最近ベルはゾンビやスケルトンのモノマネをして、敵の種族を教えてくれる。今回はヌボーっとした感じで歩くマネをしているからゾンビだな。

まあ、精霊は声を出しても俺以外には聞こえないんだし、ジェスチャーをする意味もないので、単純に面白いからやっているんだろう。サクッとゾンビの首を切り落とす。

そのままアンデッドを討伐しながら先に進んでいくと、先に行っていたベル達が通路の前で全員集合している。このパターンは通路が終わり、敵の本隊がいる場所だという合図だな。楽しそうに手を振っているので俺も振り返す。いかん気が抜けてしまう。今回はいつもよりも慎重に行動しないと駄目だから、気を引き締めよう。


前にこの状況で中に精霊魔法を撃ち込んでもらったら、敵が全滅してしまった。経験値は手に入ったが、戦いの経験が積めなかった。地力を上げることも大切なので、危険な時以外は自分で戦うことにしている。

正直、下級精霊のベル達でも無双ができるんだから、シルフィと契約できれば自分で戦う意味がまったくない気がするが、せっかくのファンタジー、自分も強くなりたいよね。

そっと中をのぞくと……奥にゾンビメイジ、ゾンビアーチャーもいるな。敵に遠距離攻撃能力があると、ただ周りをハンマーで蹴散らして終わりって訳にもいかないから面倒なんだよな。

ジェネラルゾンビは剣を持っている。ゾンビナイトから進化したのかな？　まあ接近職ならこちらとしてはやりやすい。そろそろ行くか。

(じゃあ、突っ込むから俺が危なくなったら頼むね)

（りょうかいー）（キュー）（わかった）

みんなの声は聞こえないんだから、普通に話してもいいんだけど、俺に合わせて小声で返してくれるのは、臨場感があって結構嬉しい。普段なら遠距離攻撃能力がある敵を一番に潰すんだけど、今回のジェネラルゾンビは知性があるからな。どちらを先に倒すべきか。……知性があると、どんなことをしてくるか分からない。ジェネラルゾンビを先に潰そう。

ハンマーを最大サイズにして振り回しながら突っ込む。一気にジェネラルゾンビに近づいてペチャンコにしてやる。

「敵だ、防げ」

おうふ、たぶんジェネラルゾンビの命令だな。ジェネラルゾンビを囲むようにソルジャーやナイト等のゾンビ達が密集して、その姿を隠してしまった。

くそっ、いつもは襲い掛かってくるだけなのに、知性があると対応も素早いのか。魔法や矢が飛んできたので、避けながら距離を取る。初めての奇襲失敗。ちょっとショックだ。

ゾンビやスケルトンをハンマーで弾き飛ばしながら様子を見る。かなり面倒だな。ゾンビソルジャーやゾンビナイトが肉壁になって密集。しかも数が多いから厚みが結構ある。文字通りの肉壁……その後ろから魔法や矢が飛んでくる。

攻撃を避けながら地道に肉壁を削るしかないな。ある程度レベルが上がってから反射神経もよくなった。これくらいなら大丈夫なはずだ。

ひたすらヒットアンドアウェイを繰り返すと、だいぶ肉壁が薄くなってきた。あと数回接近すれば全部吹き飛ばせそうだな。

「まっ、待て。待つのだ冒険者よ。なぜこのようなことをする」

……ちょっと聞き取り辛いが普通に理解できる言葉が聞こえた。ジェネラルゾンビかな？ 警戒しながらどうするか考える。返答するべきなのか？

「もう一度聞く、なぜこのようなことをする。1人でアンデッドの巣窟に突っ込んでくるなど正気ではないぞ。そもそもなぜこの荒廃した地に人間がいるのだ」

余計なお世話だし、ベル達がいるから1人じゃない。だから正気だ。そして好きで死の大地にいる訳でもない。

「我々は此処で誰に迷惑をかけるでもなく、平和に生活している。なんの理由があって、このような無体な虐殺をするのだ。答えぬか」

あれ？ なんか俺、すごく悪いことしてる？ どうなんだ？ 相手は人を襲うアンデッドだよな。あっ、人がいないのか。……この場合どうなるんだ？

「答えよ冒険者よ」

冒険者じゃないんだけどね。なんで……なんでか……。よく分からなくなってきたな。

素直に答えよう。

「強いて言うならレベル上げ？」

「……そんなことのためにこの平和な楽園を踏みにじるのか！」

なんかすごくこっちが悪い気になる。精神攻撃か？

「でも、お前達って魔物だよな。そもそも平和に暮らしてるって言っても、意識があるのってお前だけだし」

「……こやつらにもいずれは意識が芽生えるのかもしれんのだぞ。貴様はその可能性すら摘み取ると言うのか？」

ものすごく怒ってらっしゃる。相手の方が正論な気もする。でも、どこか納得がいかないんだよな。あっ、そうか。

「お前達は瘴気をまき散らしてるよね。瘴気って世界によくないいんだぞ。だから討伐しても問題ないはずだ」

そもそもゾンビの楽園ってどうなの？　こいつらがドンドン進化したら困るのって、死の大地に住んでる俺だよね。

「他にも瘴気をまき散らす魔物は腐るほどいよう。なぜ我々なのだ。人を襲っている魔物を討てばよいではないか。我々はこの洞窟にいるだけなのだぞ」

「でも、俺はここら辺……ここからちょっと離れた場所に住んでるから、攻撃してくるのってゾンビとかスケルトンなんだよね」

「だ・か・ら。こんなところに住むなよ。人間をやめてずいぶん経つ私でも分かるぞ。この地はアンデッドの領域だ。そんな場所に住み着いて、アンデッドに襲われるって当たり前だろう。だいたい瘴気が世界に悪いのは、周囲を侵食して世界の生命のバランスを崩すからだぞ。この地はもうとうの昔に死んでおるわ」

……なんか分が悪い気がする。でも、認める訳にはいかない。脳ミソまで腐ったゾンビに言い負かされるって、そんな事を認めたら、この先、胸を張って生きて行けない。絶対にこいつを言い負かす。


「お前はこの地が死んでいると言ったな。確かに現在はその通りだ。だが、だからと言って蘇らない訳じゃない。大地は不滅なのだ。その大地を汚し復活を妨げているお前達が、この地を正常に戻そうと活動する俺に対して意見を言うなど100年早い。生まれ変わって出直してこい」

完璧だ。しかもゾンビに対して、生まれ変わって出直してこいとか、秀逸なことを言っちゃったよ。反論できまい。

「さっき、レベル上げのためだって言ったよな？　いつの間にこの地を正常に戻すためになったんだ？」

……言った気がする。でも受け身になったら駄目だ。強気で相手を追い詰めないと不利になる。

「レベルを上げてこの地を正常に戻すんだよ。この地には様々な強敵がいる。レベル上げは当然の行為だ。そもそもお前は俺に、アンデッド達に知性が芽生える可能性を摘むのかと言ったな？」

「ああ、長い時を共に過ごし、進化を待っていた仲間をお前は無残に叩き潰した。誰にも迷惑をかけずジッとこの洞窟に籠っていたあいつらを、お前は叩き潰したのだ」

「……ふはは、しょせんお前は魔物だということだ。お前はその知性が芽生えるかもしれない仲間を肉壁にして、自分の身を守ろうとした。仲間だなんだと言いながらも、お前は結局仲間の事なんてどうでもよかったんだ。自分が一番大事だった、そうだな？」

「違う！　あいつらは俺を守るために自ら犠牲になったのだ。勇敢な者達だった」

「敵だ、防げ。俺が攻め入った時、貴様はそう言った。そして肉壁がなくなりかけるまで、ただ様子を見ていただけだ。自分の身が危うくなったから、慌てて声を出したんだ。そうだろ？」

「そんなことはない。私は勝てると信じていたのだ。仲間を信じていたのだ」

なんかだいぶ優勢になった気がする。このまま力尽(ちからず)くで押し通そう。細かい理論よりも勢いだ。

「それにしては判断が遅すぎるんじゃないのか？　簡単に仲間が吹き飛ばされていたんだ。どうしようもないことはすぐに分かったはずだ。普通ならもう少し早く止めるか、自分の身を犠牲にしてでも仲間達を助けようとしたはずだ。本当は仲間なんかどうでもよかったんだろ？　よかったな、まだ生きていて。いや、お前はもう死んでいるか」

「違う！　俺は間違っていない。俺が倒されれば誰があいつらを導くんだ」

もしかして、ちゃんと仲間の事を考えて導いてたりしていたのかな？　……いや、駄目だ。惑わされるな。相手はゾンビ、絶対に負けられない。

「違わない。お前は間違った。いまだに仲間の陰に隠れて姿も見せないお前が仲間のため？導く？　お前1人になって誰を導くんだ？　ぷぷ。妄想ですか？」

「違う。違う。違う違う違う――――。お前達、あいつを殺せ――――」

あっ、キレた。これで俺の勝ちだよな。キレたジェネラルゾンビの命令で、バラバラに突っ込んできたゾンビ達を薙ぎ払い、一気に接近してゾンビメイジとゾンビアーチャーを潰す。

最後にキレたジェネラルゾンビが、剣を振りかぶって突進してきたので叩き潰す。これで俺の完全勝利だ。残りのゾンビ達を倒して、我慢してジェネラルゾンビから魔石を取る。うぅ、キモイ。

嫌悪感に何度も洗浄を繰り返す。ふー、他の魔石に比べると結構大きい、知性に目覚めたからか？　まあ、見ていて気持ちのいい物じゃないし、さっさと収納して外に出よう。臭いを我慢するのももう限界だ。

＊＊＊

外に出て自分の体に洗浄を連打する。何時まで経ってもこの臭いには慣れないな。

「裕太、なにしてるのよ。まるであなたの方が悪役だったわよ」

「あくやくー」「キュー」「ちょっと、ひどい」

ベル達にメッて感じで叱られる。シルフィはともかくベル達の言葉に心底焦る。言い訳しないと。

「ベル、レイン、トゥル、よく聞いて。あの戦いは人間の尊厳を懸けた戦いだったんだ。酷いことなんてないんだよ」

「そんげんー？」「キュー？」「ひどくない？」

よく分からないのか、コテンと首を傾げている。可愛い。

「そう、尊厳だよ。人間がゾンビに言葉で負ける訳にはいかないんだ。だから俺は全力で戦った。相手も全力で戦った。これは対等な勝負で酷いことなんてなにもないんだよ。分かった？」

……ウンウンと腕を組んで考えているベル達を、固唾を呑んで見守る。

「わかったー」「キュー」「うん」

ふぃー、なんとかなった。この子達が戦いを見ていることを忘れないようにしないと、いずれ嫌われてしまいそうだ。冷汗を拭っているとシルフィが呆れた顔で近づいてくる。

「裕太、今度からはアンデッドと言い合いをしたりしないで、問答無用で戦いなさい。ちょっと言いくるめられそうになってたでしょ」

うぅ、見抜かれてる。あの状況で相手がゾンビじゃなかったら、納得して帰ってた気がする。なんか俺が悪いのかもとか思ったもん。

「今度からそうするよ。でも、いい魔物とかいないの？　途中までは本当に話せば分かるかもって思ってたんだけど」

「魔物を従える人もいるし、そのためのスキルもあるわ。だから全ての魔物を問答無用って訳にはいかないけれど、今回みたいにいちいち相手の話を聞いていたら、いずれ命を落とすことになるわよ。基本的に魔物は殲滅。いいわね」

「分かった。今後は問答無用で魔物と戦うよ」

「それがいいわ。まだ少しは移動する時間があるけど、今日はもうここで休む？」

「んー、そうだね。ちょっと疲れたから今日はもうここで休むよ。あの穴をトゥルに潰してもらってからご飯にするね。トゥル、いつもより大きい空間だけど潰せる？」

「……できる」

「それじゃあ頼むね」

トゥルが穴に近づき魔法を使うとモコモコ土が動き、穴に流れ込む。魔法って便利だよね。最初に巣穴を埋めた時は、ハンマーで叩いて崩落させていたんだけど、トゥルがやってくれるようになってから、綺麗に始末できるようになった。

「トゥル、ありがとう」

頭を撫でると目を細めて喜ぶトゥル。寡黙な少年もみんなといる事に慣れたのか、少し表情が豊かになった。いいことだ。一番の功労者はここにいないタマモだけどね。

タマモの魅惑の毛並みはトゥルの心を捉えて放さないらしい。トゥルがタマモを抱えて優しく撫でている姿を見ると、なんだかホッコリするんだよね。


魔物の巣を潰したあと、移動拠点を出して早めの夕食にする。いつもの魚介類だが、昨日から増えたオイルリーフの存在がありがたい。ベル達は野菜が苦手なのでオイルリーフは俺だけしか食べない。健康のためにお野菜も食べなさいは、精霊には通用しないからな。

「ゆーた、おやさいおいしい？」

俺がニコニコしながらオイルリーフを摘まんでいると、興味を持ったのかベルが聞いてきた。本当に美味しいのか疑問のようだ。苦いって嫌ってたからな。

「美味しいよ。俺も野菜はそんなに好きじゃなかったけど、いつの間にか好きになってた。ベルも大きくなったら好きになるかもね」

魚を片手に首を捻っているベル。本当に好きになるのか、心底疑問のようだ。レインもトゥルも野菜には見向きもしない。外見が幼いと舌も子供なんだろう。


夕食を終えてシルフィと今後の予定を話し合いながら、夜の空を飛びまわっているベル達を見守る。月明かりに照らされた幼女とイルカと少年が、楽しそうに空中で鬼ごっこをしている。ファンタジーだ。

「シルフィ、リッチはどんな相手なの？」

リッチ、テンプレ通りの存在なのかな？

「うーん、魔法に強い執着をもった実力のある魔術師が、アンデッドになるとリッチになることがあるわね。知性もあるし、魔法に拘りが強いからいろんな魔術を使うわ」

物理特化の俺にとっては嬉しくない相手だな。

「俺がそのまま突っ込んで勝てる？」

「当たれば一撃でしょうけど、当たらないと厳しいわね」

ヤバくね？　知性がある相手には、ただハンマーを振り回しても駄目だって、今日の戦いで分かった。しかも魔法が得意って面倒だよね。

「なにかアドバイスはないかな？」

「裕太は精霊と契約を結んでいるのよ。精霊に頼りすぎたくないって気持ちは大事だけど、ちゃんと精霊の力も活かしなさい。そうすれば十分に余裕をもって勝つことができるわ」

ベル達の力を借りるのか。……要所要所でベル達の力を借りる……上手く行くかな？

「うーん、どうすればいいのか……」

「もっとベル達に話を聞きなさい。あの子達はまだまだ沢山のことができるわ」

ふむ、コミュニケーションは十分に取っていたつもりだけど……よく考えたら戦いに関しては戦闘の時に、簡単な魔法を見せてもらっただけだな。ベル達といろいろ話をして、戦いの幅を広げることも重要か。

「シルフィ、ありがとう。いろいろと話し合ってみるよ」

まずは今回の戦いでステータスがどうなったのかを把握しよう。できることを確認して作戦会議だ。

名前　森園　裕太
レベル　36
体力　B

魔力　　C
力　　　C
知力　　B
器用さ　A
運　　　B

ユニークスキル
言語理解
開拓ツール

スキル
生活魔法
ハンマー術
夜目

……おっ、レベルが36になっている。コツコツと魔物の巣を潰して、33になっていたから、3レベルアップ。ジェネラルゾンビを倒して、大量にゾンビナイトやゾンビソルジャーを倒したからな。

　小さい巣だとゾンビナイトとかはほとんどいない。シルフィが言った通り大きな巣は効率がいいな。でも魔力ランクは上がっていない。ここで上がっていたら楽だったんだけど……。スキルも増えていないし。まだまだだな。

　ベル達を呼び、できることを確認してみる。あんまり詳しく聞いても、よく理解できないようなので、おおまかなイメージを伝えて、可能なのかを確認する。

　なかなか難しいな。漫画やアニメで見た魔法や技を伝えてみたが、1つ伝えるのに結構な時間がかかってしまった。

＊＊＊

　目の前に大きな穴がある。リッチが支配している大規模な魔物の巣というだけあって、出入りが激しいのか、出入り口付近の地面が踏み固められている。

　ジェネラルゾンビを討伐したあと、再び岩山を切り崩しながらリッチの巣を目指した。予定では1日で到着するはずだったが、岩の採取やベル達と魔法訓練をしながらだったので、結局5日かかった。

　5日間の魔法訓練で分かったこと……精霊はチートだ。こちらの要求を伝えるのには難儀したが、意図が伝わって、それがベル達の属性の範囲内でありさえすれば、ほぼすべての戦い方が実現可能だった。まあ、下級精霊なので威力は高位魔術師程度らしいが……高位魔術師って明らかにすごそうだよね。これでシルフィと契約できたら完全なチートだ。

手始めにベルに、遠距離攻撃を弾き返せる風を出せる？　って聞いてみたら首を傾げられた。しかし、魔法や矢が飛んできたら、俺の周りに風がグルグルッてなって、魔法や矢がバーンッて弾き返される風って言うと「できるー」っと元気に手を挙げた。

できるんだ。俺に魔法をかけてもらって、レインの水弾を弾き返せるか試してみようとすると、魔法の名前はなにがいい？って聞かれた。魔法を作っちゃう感じなんだね。

「じゃあ、風壁かな？」

「わかったー。ふうへきー」

ベルが風壁と唱えると、俺の周囲を風が囲む……ものすごい強風だ。魔力が混じっているのか、風が輝いているようにも見える。

「ベル、ベルー、ちょっとやめて」

「はーい」

「ベル、ちょっと風が強すぎて前が見えないから、攻撃が当たる時だけ風を強くしたりできる？」

「んーっと……」

どうしたらいいのか分からずに悩んでいるようだ。シルフィにアドバイスをもらったり、いろいろと微調整を繰り返して、風壁が完成した。

試しにレインが放った水弾が、俺から1メートルくらいのところで吹き荒れた風に弾き飛ばされた。これってすごいよね。興奮してベルを褒め称えまくった。最終的に胸を張ってドヤッてしてたベルが可愛い。

シルフィいわく、大抵の魔法や矢は弾き返せるレベルらしい。でも、魔法や物理攻撃に熟練した者が放つ高威力の攻撃だと、威力を減衰させるので精いっぱいになるそうだ。回避は大事だな。

ちなみにシルフィが風壁を使ったらどうなるかを聞いてみた。込めた魔力によるけど、少なくとも大精霊クラスが相手じゃないと、突破されることはないと自信満々に微笑まれた。シルフィ、カッコいい。

どんな魔法を行使してほしいのかを精霊に伝えるのは難しいが、伝えることができさえすれば結構自由度が高いのが精霊魔法らしい。一般の精霊術師は長ったらしく難しい呪文を使うので、特に下級精霊には分かり辛いそうだ。この盲点を伝えたら精霊術師はどうするんだろう?

楽しくなった俺は、ベル達と相談して様々な魔法を作った。かなりテンションが上がったので、漫画やアニメに出てくるような魔法もいろいろと再現しようとしてみる。

問題は、俺Ｔｕｅｅｅｅｅをしたいんだが、精霊魔法だと自分が俺Ｔｕｅｅｅｅｅしてる感がまったくないってことだ。ただ、俺が指示をすると魔法が飛んで敵が倒れる。こんな感じになってしまう。

ベル達の力に頼り切ってばかりだと、ファンタジー世界を楽しめないので、俺が戦うのを補助する、専用の魔法も開発した。この魔法開発はベル達に大好評で、とても面白い遊びになってしまった。

ベルが大はしゃぎでこんなことができると伝えにくれば、興奮したレインがキュキューッとヒレをバタつかせながらなにかを訴えてくる。一番分かりやすいのはトゥルで。地面に一生懸命に絵を描いて、キラキラした瞳で見あげてくる。

そんな中で、なかなか秀逸な魔法も完成したが、厨二っぽくてちょっと勇気がいる魔法も完成してしまった。悲しいことに厨二っぽい魔法の方ができがいい。そしてベル達のお気に入りだ。……シルフィのクールな表情がプルプルしていたのがとても気になる。そんな感じで5日間を過ごし、特訓の成果を確認するために、リッチが待つ大穴に足を踏み入れる。

「じゃあシルフィ、行ってくるね」

「待って裕太、今日は私もついて行くわ」

いつもは私が行っても手を出せないし気が散るでしょ、ここで待っているわ、と言ってついてこないシルフィが、ついてくるそうだ。大丈夫だと言っていたがリッチはそんなにヤバいのか？

不安になってジッとシルフィを見つめると、クールな表情に見え隠れする妙な期待のような感情に気がついた。

「……ねえ、シルフィ。開発した魔法で戦うところを生で見たいから、ついてくるって訳じゃないよね？　なにか大切な理由があるんだよね？」

シルフィがソッと目を逸らす。やっぱりだ。なんとなく感じてたんだけど、厨二っぽい魔法ってシルフィのお気に入りで、アドバイスにも熱が入っていた。それを本番で使うところが見たいが故についてくる気だ。

「……リッチは強敵だわ。私は手を出せないけど、近くであなた達のことを応援したいのよ」

口元がヒクヒクしている。限りなく嘘くさい。

「しるふぃといっしょー。やたー」「キュキューーーー」「がんばるからみてて」

ベル達が喜んでしまった。こうなると来るなとは言えない。まあ、生じゃなくても風を送り込めば見ることはできるんだし諦めるか。……ベル達がシルフィに、すごい魔法を使うことをアピールしている。

シルフィは、素晴らしいわね、とっても楽しみにしているわ、と返事している。シルフィは本気で楽しみにしているんだろうな。

「……ゴホン。じゃあ行くぞ」

普段通りベル達が先行して俺があとから入る。いつもと違うのは、俺の後ろにシルフィがいることだ。

地中に埋もれてしまった砦なので、部屋が多くて探索し辛い。幸い扉部分は朽ちているので、陰から不意打ちを受けるということはないが、確認する場所が多くて厄介だ。

しかも廊下にはゾンビやスケルトンが歩きまわっており、各部屋にはゾンビやスケルトンが、みっちりと詰まっているとベル達が説明してくれた。

「これって騒ぎにならないように先に進むのは無理だよね？」

隠れることを諦めて普通に声を出す。その声に反応した何体かのゾンビやスケルトンが襲いかかってくる。

「そうね、これだけいると隠れて進もうにも見つかってしまうわね」

シルフィも同意見のようだ。まあそうだろうな。だって見た感じゾンビやスケルトンがいない場所の方が少ないんだもの。

襲いかかってきたスケルトンやゾンビをハンマーで叩き潰す。その音で各部屋からドンドンとスケルトンやゾンビが出てくる。なんかゲームの無限湧きを思い出すな。叩き潰し続けると、当然通路に残骸や骨がたまる。

「臭くてたまらないな。ベル、奥に向かって風を吹かせて。レインは水でアンデッドごと残骸を押し流してくれ」

「はーい」「キュー」

返事のあとにベルが風を吹かせ。レインが水でスケルトンとゾンビを押し流す。少し余裕ができた間に、ハンマーを振り下ろし続けて疲れた体を休ませる。

「ありがとう。ベル、レイン」

「どういたしましてー」「キュー」

「ふー、シルフィ、後どれくらいアンデッドが残っているか分かる？」

「とても沢山ね。リッチも侵入者に気づいて、広間に仲間を集めているわ」

「うーん、嬉しくない情報だ」

完全に俺達を迎え撃つ態勢になってるよね。沢山のゾンビやスケルトンを討伐している間にも、ドンドン準備が整うんだろうな。

面倒だな。あっ、こっちにも面倒なのがまたきた。ズルズル、カシャカシャとゾンビとスケルトンが通路を歩いてくる。

「がんばれー」「キュー」「がんばって」

ベル達の応援を力に変えて、せっせとゾンビとスケルトンを討伐する。通路が埋まったり疲れると、残骸をレインに水で押し流してもらう。そんなことを何度繰り返したか分からなくなった頃、ようやくゾンビとスケルトンが出てこなくなった。

「あー、疲れたー」

「裕太、お疲れ様」

「おつかれさまー」「キュー」「がんばったね」

ベル達を順番に撫でて癒される。さすがに今回の数はハンパなかった。重さを感じないハンマーでも、同じ動作を延々と繰り返すのは、レベルが上がっていても疲れる。

「シルフィ、リッチはどんな様子？」

「準備万端って感じね。広間で待ち構えているから、ここで少し休んでいってもいいんじゃない？」

索敵が完璧なシルフィ、毎回一緒にきてくれないのが残念になる。ベルも索敵はできるのだが、情報の取捨選択能力に難があるようで、的確な情報がなかなか得られない。

「そうか、なら少し休憩するよ」

ベル達と戯れながら休憩する。ひたすらアンデッドと戦い続けていると、ベル達との戯れが最高の癒しになる。これからまた大量のアンデッドと戦うことになるんだから、たっぷり充電しておこう。

「そろそろ行くか。シルフィ、道案内をお願いできる？」

「ベルに頼みなさい。今ならアンデッド達が集まっている場所は１ヶ所だから、ベルでも案内できるわ」

「そう、じゃあベル、リッチの所まで案内してくれる？」

「あんないするー」

元気に手を挙げて、ふわふわと飛びながら案内してくれるベル。お仕事が嬉しいのか手足をピコピコさせてはしゃいでいる。可愛い。

それにしても石の砦って結構丈夫なんだな。埋まったのがよかったのか、所々崩れているが木の扉以外は比較的原形を保っているようだ。

「シルフィ、リッチを倒したら、この砦の岩も回収した方がいいかな？」

「どうかしら？　岩をどかしたら土が流れ込んでくるから面倒なんじゃない？」

うーん、資源は大切だけど、長年アンデッドが暮らしていた砦の岩を、面倒な手段で手に入れるか……微妙だな。

「あそこー」

どうしようか迷っていると、リッチがいる広場のすぐ近くまで到着したようだ。岩の事は終わってから考えるか。

「ベル、トゥル、中がどうなっているか偵察してくれる？」

少し離れた場所で待機して、ベルとトゥルに中を確認してもらう。キャッキャッと広間の中に侵入するベルとトゥル。しばらくすると笑顔で戻ってきた。楽しかったらしい。

「どうだった？」

「すけるとんとぞんび、たくさんいたー。それでいりぐちにこうげきしようとしてた」

両手を大きく広げて沢山をアピールしている。とてつもなく微笑ましいがよく分からん。

「おくにリッチがいた。そのとなりにゾンビとスケルトンのジェネラルがいた。メイジ。アーチャーたくさん。ナイトもたくさんいた。みんなこうげきじゅんびしてる」

チラッとシルフィを見ると。頷いている。間違いないみたいだ。トゥルは頼りになる。ベルは……もうちょっと詳しく説明できるようになってくれたら助かるな。

「ベル、トゥル、偵察ありがとう。おかげで助かったよ」

「えへー、がんばった」「うん」

とりあえずベルとトゥルを撫でていたら、レインが寂しそうにしていたのでレインも撫でる。結局事あるごとに全員を撫でているな。

「シルフィ、入り口に俺が姿を見せたら、間違いなく攻撃が飛んでくるよね。ハンマーと風壁で防げるかな？」

「リッチがどの程度の魔法で攻撃してくるかによるわね。ハンマーを前に出しておけば大抵の攻撃は防げるでしょうけど、用心はしておいた方がいいわ。新魔法の出番ね」

……シルフィの期待通りになっているな。口元がちょっと引きつっているし、厨二っぽいからできれば使いたくない魔法なんだが、どうしよう。いっそのこと、ベル達に中で魔法乱舞してもらうか？

でも、それだと新魔法を開発した意味がないし、シルフィの言葉でベル達も期待している。しょうがない、ここはファンタジーな世界だし、厨二上等ってことで頑張ろう。人前でやったら、恥ずかしさのあまり、身悶(みもだ)えするんだろうな。

「ふー、ベル、レイン、トゥル、自然の鎧をお願い」

「がんばるー」「キュー」「まかせて」

この魔法はベル達のお気に入りで、シルフィにそそのかされて、魔法をかける時の演出まで気合を入れて考えてしまった。俺か精霊にしか見えないのに、意味があるんだろうか？

魔法名も厨二満載の名前を推されたが、頑張って説得して自然の鎧に決定した。あそこで流されていたら、スーパーなんちゃらなんちゃらとかいう名前に決定していたんだろう。

俺、よく頑張った。

ベル、レイン、トゥルが両手を突き出し、俺の周りをふわふわと浮きながらグルグル回る。みんな真剣な目をしているが、単なる演出で無意味な行為だ。あれか？　変身ヒーローにはポーズと名乗りが欠かせないみたいな感じなんだろうか？

「キュキュキューキュ（みずのころもを）」

「いわのよろいを」

「かぜのまんとを」

「「「しぜんのよろい（キュキュキュキュ）」」」

ここが見せ場だとでも言うように、声を張りあげるベル達。その言葉と同時におっさんに片足を突っ込んだ俺の体に、魔力の光が絡みつく。

そして、最後に全員で自然の鎧と唱えると、絡みついた魔力がそれぞれの属性に変わり、うっすらと輝く鎧になる。シルフィは大満足なのか、しきりに頷いている。

切っかけは、シルフィの、裕太って防具がないわよね、という言葉だった。たしかにこの世界にきて、ずっとチノパンとトレーナーで生活している。洗浄で清潔さは保たれているが、少しボロくなっている。

そこで防御なら硬度がある岩だと思い、トゥルに魔力を込めた岩で鎧を作ってもらったが、重くて自由に動けない。

岩の鎧は急所だけ覆う軽鎧(けいよろい)仕様に変更し、空いている部分は、薄く光る魔力が込められたレインの水で覆うことになった。岩も水も精霊が魔力を込めたからか、うっすらと光を放ち、微妙に恥ずかしい。

ここで終わればまだよかったのだが、ベルの初めてのワガママが炸裂した。俺の鎧に自分の風も絶対に入れてほしいというのだ。風壁があるんだから必要ないと言っても納得しない。

度重なる議論の末、魔力を込めた薄っすらと輝く風のマントが装着された。俺はせめて風の盾にしてくれとお願いしたが、ベル達に加えシルフィまでもが風のマントを推して決定されてしまった。

結果、煌めく水の服に煌めく岩の鎧を着けて、煌めく風のマントを羽織る異世界人が誕生した。シルフィがなぜか大喜びだ。ベル達もカッコいいとキラキラした瞳で俺を褒め称える。俺は光る鎧を着ても映える顔立ちではないので、できればこの鎧を使う機会がないことを祈っていた。でも今、暗いリッチの砦の中で、俺は薄く光る自然の鎧を身にまとっている。とても目立つね。

「ゆーた、かっこいいー」「キュキュー」「すごい」

「ぷふっ。……うん、裕太、似合っているわ」

「あ、ああ。……ありがとう」

おそらくシルフィはこの姿で戦うことを期待して、砦の中までついてきたんだろう。とても楽しそうだ。……まあいい、防御力が飛躍的に上がったことは間違いない。さっさとリッチを倒して終わりにしよう。

「ベル、風壁もお願いね」

「はーい」

ベルが風壁と唱えると、俺を囲むように風の繭が作られた。この風壁も、最初は俺の武器にも反応するピーキー仕様だったが、改良を重ねて俺の攻撃には反応しないようになった。理屈は分からない。

「ありがとうベル。じゃあ今から広間に入るから、俺が危険な時や倒せない相手が出たらフォローをよろしくね」

「まかせてー」「キュー」「まもる」

「うん、お願いするね。じゃあ行くよ」

とりあえず慎重に入り口に近づき、収納していた岩をドンっと置いて素早く離れる。大きな音がした瞬間、大量の魔術や矢が降りそそぎ岩が粉々になる。

「うわー、普通に入るとあの攻撃がくるんだ。防御を強化したのは正解だったな」

恥ずかしいけど。

「そうね、でもどうするの？　結局は入ろうとしたらあの攻撃がくるわよ？　今の防御力なら大丈夫だと思うけど、突っ込んでみる？」

嫌です。でも、どうしたものか……。

「シルフィ、アンデッドって魔力切れになる？」

「メイジは何度も魔術を使っていれば魔力切れになるけど、リッチは魔力が豊富だから難しいわね」

「そうか、まあメイジだけでも魔力切れを狙ってみるよ。矢も切れてくれたら嬉しいな」

もう一度入り口に岩を置いて、すぐに退避する。先ほどと同じように岩が粉々になる。何回つき合ってくれるかな？　できれば痺(しび)れを切らして、陣形を崩してくれたら嬉しい。

3回目の岩を置いてすぐに退避するが、攻撃がこない。

「シルフィ、あれくらいで魔力が切れるものかな？」

「切れないわね。攻撃の陣形も崩していないから、敵か岩かを見極めてから攻撃するつもりのようね」

だよねー。愚直に攻撃を繰り返してくれてもよかったのに。知性があるから対策はしてくるか。どうしたものか……、バカ正直にあんな攻撃が降りそそぐ場所に、たとえ大丈夫だと分かっていても突っ込みたくはない。

「うーん、そうだ！　シルフィ、岩を攻撃していたんだから、俺の正確な位置は向こうには分かってないんだよね？」

「そうね、索敵能力は持っていないようね」

それなら大丈夫だな。シルフィに敵の詳しい配置と間取りを聞いて、隣の部屋に移動する。魔法のノコギリを出して、音がしないように壁に切れ目を入れていく。

「あら、いい考えね。なにも馬鹿正直に真正面から入る必要はないんだから、警戒されていない場所から突入すると言う訳ね」

シルフィの言葉に頷く、さて、ここから入れば驚くはずだ。一気に乱入してぶっ叩こう。最大の大きさにしたハンマーを振りかぶり、切れ目を入れた壁に横から全力で打ちつける。

轟音が響き、壁の破片が中にいる敵を襲う。それと同時に俺も突入して、リッチ中心に外側を固めていたゾンビナイトやスケルトンナイトを、ハンマーで弾き飛ばしながらリッチを目指す。

さすがキングと並ぶレベルだ。スケルトンナイトだけでなくゾンビナイトもいて、俺がリッチのところまで行けないように、その前をしっかりと塞いでいる。混乱から立ち直る前にリッチまで一気にたどりつきたい。

全力で前に進み、ナイトを弾き飛ばしながら抜けて、アーチャー、メイジを叩き潰し、リッチに向かって一気にハンマーを振り下ろすと、左右から同時に槍が突きだされた。

慌てて転がって攻撃を避ける。風壁に槍先が当たって弾かれるのを見て、そのまま突っ込めばよかったと歯噛みする。その隙にリッチが肉壁の奥に隠れてしまった。

この前のジェネラルといい今回のリッチといい、すぐに肉壁の後ろに隠れてしまい、面倒なことこの上ない。イラッとして攻撃してきた相手を見ると、スケルトンジェネラルとジェネラルゾンビだった。

やっぱり上のランクだと対応が早いのか？　止まってしまったことで敵に囲まれた。このままだと一斉攻撃がくるな。先にジェネラルを潰そう。

ハンマーを振りかぶり全力で突っ込む。両ジェネラルが槍を突きだしてくるが、さっきの攻撃が風壁を貫けなかったので今度は避けない。風壁が槍を弾いた瞬間にハンマーを横薙ぎに振るい、両ジェネラルをまとめて始末する。

そのまま自分の防御力を信じて、ハンマー術の一つハンマー大回転を使う。巨大なハンマーが俺を中心にしてグルグルと回転する。……スキルの影響で目は回らないが、高速回転しているハンマーに巻き込まれてミンチになって弾け飛ぶゾンビがエグい。回転しながら敵を巻き込みつつ移動して包囲から脱出する。

しかし、知性がある相手に、二回連続の特攻失敗か。この前のジェネラル戦までは突っ込めばだいたい、巣の主まで倒せてたんだけど、相手に知性があると、奇襲でも単純に突っ込むだけでは無理なようだ。

どうしよう、また地道に削るのか？　正直数が多いし面倒なんですけど。考えごとをしている間にも、魔術や矢が飛んでくるので走りまわって避ける。

ゾンビとスケルトンの両ジェネラルを倒しても敵に乱れはないし、リッチを倒さないと駄目っぽいな。ベル達に攻撃魔法を使ってもらうか、地道に削るか。たまに当たりそうになった魔法や矢は、風壁で弾かれているし、削る分には問題ない。再び地道な作業を頑張るか。

走りまわりながら地道に肉壁を削っていると、身を隠して余裕が出たのかリッチが話しかけてきた。アンデッドは話しかけてくるタイプが多いのか？

「なぜ人間がこの地にいる。なにが目的だ」

とりあえず、言葉の応酬になっても、脳ミソがない相手に負けたら恥ずかしいだけだ。無視しよう。ジェネラルゾンビに言いくるめられそうになった時は、冷汗が出たからな。もう口では戦わない。

「1人なのか？　勇気と無謀をはき違えたな。勝てぬ戦いを挑む愚か者よ、悔いを残して死ぬがいい。我が貴様を使役してやろう」

あのリッチ、自分のことを我とか言ってる。生前から我とか言っていたのかな？　それともリッチになってトップに立ったから我とか使いだしたのか……激しく興味があるが、話しだしたらいつの間にか口論になりそうだし、我慢して無視をしよう。

「貴様、返事くらいせぬか、礼儀知らずめ」

無視していたらリッチが怒りだした。アンデッドに礼儀を説かれるとか、異世界ってスゲーな。礼儀を守るなら、死んだら成仏しろよ。礼儀以前の常識だぞ。心の中でツッコミを入れながら、コツコツと肉壁を削る。

「くっ、おかしな鎧を着て巨大な武器を振りまわす。本当に人間か？　生命体であることは間違いないようだが……なぜ答えん」

俺の種族まで疑いだした。余計なお世話だ。


「よろいかっこいいー」「キューキュキュー」「みるめがない」

ベル達が自分達の力作を貶(けな)されて珍しく憤慨している。……ここは俺も怒るべきなんだろうか。いや、やめておこう。俺も自分の全身を見たことがないし、この話題に迂闊に食いつくと後悔しそうだ。

飛んでくる魔術や矢を避け、無理な物は風壁に任せる。迫ってくる剣や槍は武器ごと叩き潰す。今のところ順調だ。リッチの言葉をすべて無視してハンマーを振るう。……あれ？

リッチの声が聞こえなくなった。

「裕太、離れて防御しなさい」

訳が分からないが、戦闘中にシルフィが声をかけてくるなんて初めてのことだ。言う通りにしよう。敵の集団から距離を取り、ハンマーを盾にするように前で構える。

「わ、わ、我を……無視……するなー！」

リッチの叫びと同時に巨大な黒い炎が生み出されたかと思うと、轟音と共に爆発した。砦全体が揺れ、風壁が壊れる。途端に熱風が俺の体に吹きつけ、壊れた岩の破片が自然の鎧に当たる。鎧……着ていてよかった。みんな……嫌がってごめんね。

爆風がおさまると、床が抉れ、壁も所々が崩れて天井にも穴が開いている。……リッチの奴、ブチキレて崩落も考えずに強力な魔法を撃ったな。……知性があるアンデッドは気が短いのか？

ここが最下層じゃなかったら、床が抜けて大変なことになっていたな。知性があるアンデッドと戦う時は、相手の機嫌も考えないと駄目なのか。面倒だ。

（ベル、風壁をもう一度お願い）

（はーい。ふうへきー）

なぜか爆風の影響で相手の肉壁も結構削れてる。再び削り作業を頑張るか。

「なんで生きてる。直撃だっただろ！」

リッチが騒いでいる分、目標が分かりやすくていい。あと少しだ、アンデッドの数もだいぶ減ったし、メイジやアーチャーは接近すればもろい。もう楽勝だな。

ようやくリッチの姿が見えるようになった。……骸骨がボロボロのローブをまとい、杖を持っている。スケルトンとの違いは、目の部分に青白い炎が入っているところか。なんか恨みの炎って感じで迫力がある。

「くそっ、どこぞの勇者か英雄が攻めてきたかと思えば、おかしな鎧を着てハンマーを振り回す、ただの貧相な男ではないか。納得がいかん」

「ほっとけ！」

あっ。話しちゃった。俺がリッチのことをよく見えるってことは、向こうも俺がよく見えるってことだよな。だが俺は貧相ではない。普通だ。

「ふん、やはり話せるではないか。

「自分のことを我とか……ないわー。我って言ったらカッコいいとか思ってんの？　お前、いくつなんだよ。我とか言って喜ぶのは子供だけだぞ。死んでまで我って…………

ぷっ」

よし、ずっと言いたかったことは言った。あとは討伐するだけだ。なんか怒ったリッチが滅茶苦茶に魔術を放ってくるけど、弾数が多い分、一発一発の威力は弱いし狙いも甘い。

避けられない攻撃だけハンマーと風壁で弾き、一気にリッチに接近する。俺がハンマーで叩き潰すまで、リッチは俺に向かって許さん殺すと叫び続けていた。……呪われそうで怖いんですけど。

ちょっとビビっていたら、残っていたナイト、メイジ、アーチャーが襲いかかってくる。気を引き締め直して、残りの魔物を全部潰す。

「あー、終わったー」

「裕太、お疲れ様って言いたいけど、この砦、暴れすぎたせいで不安定になっているわ。休むのはあとにして、さっさと魔石を取って脱出しましょう」

えっ？　……そういえば確かに天井からポロポロと石が落ちてくるし、壁も変な音を立てている。結論、結構ヤバい。大急ぎでリッチの魔石と無事だった杖を収納。スケルトンジェネラルとジェネラルゾンビの残骸を捜し出して魔石を回収。あとはスケルトンのナイト、メイジ、アーチャーの魔石もできるだけ回収して外に出る。

「ふー、やっぱり外はいいね。でも、砦の資材の再利用をするか悩んでたんだけど、この状況だと無理だね。トゥル、大きいけど埋められる？」

「できる」

「それじゃあ頼むね」

いつものようにトゥルが魔法で土を流し込むが、途中でゴゴゴゴゴっと音がして地面が陥没した。砦が崩れたな。

「トゥル、砦が崩れたからもう大丈夫だ。ありがとう」

これで一安心だ。臭う自分に洗浄をかけまくり、回収した魔石や杖も取り出して、洗浄を連打する。綺麗にしておかないと気分が悪いよね。

「ベル、レイン、トゥル、この鎧のおかげでとっても助かったよ。ありがとう。終わったから外してくれる？」

「はーい。ゆーた、かっこよかったー」「キュキュキューー」「よろいもかっこいい」

ベル達が鎧に手を添えると、土と水は地面に飲み込まれ、風は溶けて消えた。自然の鎧の外見はよく分からないが、あの爆発の時にはいくつか体に物が当たる音がした。鎧のおかげで衝撃すらなかったが、自然の鎧がなければ大怪我していたかもしれない。防御は大事だ。町に行ったら防具は絶対に買おう。しかし、トゥルはリッチに鎧を貶されたことをまだ気にしているんだな。あとでもう一度褒めておこう。

「それで裕太、レベルはどうなったの？　かなりの数がいたから、結構上がってると思うんだけど」

「今から確認してみるよ」

リッチも倒したし、ジェネラルも2体倒した。ナイトもメイジもアーチャーも、他の巣でのゾンビやスケルトン並みにいたから、かなり期待できるはずだ。

名前　森園　裕太

レベル　45

体力　B

魔力　B

力　B

知力　B

器用さ　A

運　B

ユニークスキル

言語理解

開拓ツール

スキル

生活魔法

ハンマー術

夜目

おお、9レベルも上昇している。魔力も目的のBランクだ。これでもう、アンデッドの巣に乗り込まなくてすむ。これからは町で快適な生活が始まるよ！　でも、器用さ以外オールBなのが気になる。ステータスってこんなに平均的に上がるものなのか？　まあいい、今は魔力が上がったことを報告しよう。

「シルフィ、レベルも上がっていたし、魔力もBランクになっていた。これで契約できるよ！」

「おめでとう。裕太、よく頑張ったわね」

シルフィが満面の笑顔で喜んでくれる。いろいろお世話になって何度も助けてもらって……本当にいくら感謝してもしきれないな。

「ありがとう。シルフィがずっと助けてくれたから、なんとかなったんだ」

「ふふ、私も楽しかったから気にしなくていいのよ」

「うーん、でも、なんとかお礼がしたいな。なにか俺にできることはないかな？」

精霊にお礼って、何をすればいいのか見当もつかない。

「んー、そうね。じゃあ、無理はしなくていいから、ディーネ達の条件を頑張ってクリアしてくれる？　それが私にとっても十分なお礼になるわ」

「元々、町に行ったあともコツコツ開拓はやるつもりだったから、頑張るくらい問題ないけど、そんなんでいいの？」

「ええ、十分よ」

とても楽しそうだし、本気で言っているみたいだからいいのか？　まあいい、足りないと思ったら、他にもなにか喜んでくれることを探せばいいだけだ。

「ところで開拓って、ノモスが言っていた聖域と関係があるの？」

「ええ、でも先がどうなるのか私達にも分からないから、決定したら教えるわね」

うーん、ここでも内緒なのか。聖域、気になるけど、この調子だと誰も教えてくれそうにない。諦めて今の疑問を解消するか。

「分かった、楽しみにしてる。それで、ステータスを見て疑問に思ったんだけど、ステータスが器用さ以外全部Bランクなんだ。こんなに平均的に伸びるものなの？」

「ちょっと見せて」

シルフィにステータスを見せると、ふむふむと確認している。

「裕太は、まだどのステータスも伸びているのね。そういう場合はランクが上がれば上がるほど、次に上がるまでの幅が広がるから、ステータスのランクは平均化するわ。だから伸びが止まっていないってことでいいことよ」

そういえば、前にもそう言っていたな。なるほど、今は器用さ以外は全部Bランクの幅に収まっているけど、上昇が止まったりしたら、かえってバラツキが出るのか。

「伸びが止まったら分かるの？」

「B以上になると幅が広いから中々上がらないのよね。そういう時は、それぞれのステータスごとに自分の限界を確かめておいて、レベルが上がった時の判断基準にしているみたいよ」

例えば自分が持ちあげられる重さの限界を調べておいて、レベルが上がったかどうかは重さを増やして確認してみるみたいな感じか。

「結構面倒なんだね」

「そうね、細かく気にしている人以外はなんとなくでやっているから、裕太もあまり気にしないでいいわ。それより契約できるようになったんだから、ここで契約しちゃう？」

契約？　そうだった、それが目的でレベル上げをしていたんだったな。ヤバい、緊張してきた。

「契約ってこんな場所でもいいの？」

「ん？　問題ないわ。契約者と風があればいつでも大丈夫よ」

そんな感じなのか……簡単みたいだし、目的が叶う段階になってビビるとか男が廃る。前にシルフィが、大精霊との契約は派手だから、楽しみにしてなさいって言ってたのが若干不安ではあるが、契約するしかないな。

「分かった。シルフィ、俺と契約してくれ」

「ふふ、分かったわ。じゃあ行くわよ」

え？　どこに？　えっ？　みるみる間に地面から体が離れ、雲を突き抜け周りにはただ青い空が広がる。眼下には雲の絨毯と海。赤茶けた死の大地も見える。普通なら気絶してしまいそうな高所にいるのに、恐怖がまったくない。ただ、信じられないほど美しい光景に目を奪われる。

「裕太、裕太、ちょっと裕太、聞いてる？」

「ん？　ああ、すごく綺麗な景色だね。見惚れて話は聞いていなかった。ごめん」

「まあ、しょうがないのかしら？　どう、この世界も結構綺麗でしょ？」

シルフィが嬉しそうに景色を自慢する。たしかにすごく綺麗だ。空も海もどこまでも透明で、死の大地に緑がないのが少し残念に感じる。

日本にいた時に飛行機から見た景色も綺麗だったが、周りになにもないからか、自然のすべてを直接感じているような気分になる。排ガスとかないから、たぶんこの世界の方が綺麗なんだろうな。

「うん、綺麗だ。他に言葉が思いつかないのが情けないな」

「ふふ、裕太が詩人だったら、この世界をどんなふうに表現したのかしらね」

詩人……えーっと。青く透明な空。キラキラ光る青く透明な海。赤茶けた大地……俺には詩人の才能はないようだな。

「まあ、どんな言葉でもこの光景は再現できないよ」

俺、いいことを言った。

「そうね。自分の目で見るのが一番よね。じゃあ裕太、そろそろ契約を始めるわよ」

「ああ、頼む」

俺とシルフィを囲むように風が回り始めた。風はドンドン速く大きくなって竜巻になる。その竜巻に、どこからきたのか様々な生き物が……あれは精霊なんだろうな。人型、動物型……様々な精霊が風に乗って回りながらこちらを見ている。ベル達もいた気がするんだが見間違いか?

「私はシルフィ、風の大精霊。契約を望むのであればこの風玉を取りなさい」

シルフィが神秘的な雰囲気に変わり、畏怖を感じさせるほど澄んだ声で言う。いつの間にか水をすくうように前に出されたシルフィの両手には、風を凝縮したような玉が浮かんでいる。なんかすごそうなんだけど、触っていい物なのか? いや、取らないと契約できないんだ。取るしかない。

震えないように、両手で玉を慎重に包み込む。なにも起こらないな。これからどうするんだ？

「裕太、大丈夫だから落ち着いて」

ちょっとビビっているのがバレたのか、何時もの雰囲気に戻ったシルフィが声をかけてくる。シルフィは信頼できる。信じて平常心だ。

「風玉を自分の心臓がある場所に押し当てなさい」

再び神秘的なモードに移行したシルフィの声に従い、風玉を心臓部分に押し当てると、玉が溶け、優しい風を吹かせながら俺に吸い込まれていく。


「契約は成った」


シルフィの言葉で周囲を囲っていた竜巻のような風は弾け、ただ静かな世界が広がった。

「終わったわよ。どう？　お望み通り結構派手だったでしょ？」

「あ、ああ。思った以上に派手だった。ただ、なにがなんだか分からないから説明してくれる？」

「そうね。まずは風玉のことかしら？」

「うん」

「あれは、私と裕太をつなぐための器ね。大精霊の力は大きすぎるから、私の風を受け入

れないと契約ができないの。要するに風玉を介して私と契約しているのね。あくまでも魔力的なつながりだから、体に負担はないわ。安心しなさい」

んー、よく分からないが、風玉があるからシルフィとつながってるって考えでいいのかな？　まあ、体に負担がなくて契約ができたのならいいか。

「なんとなく理解したよ。あと、竜巻の中に精霊が沢山いたんだけど、あれは？」

「単なる野次馬（やじうま）よ。風の精霊は好奇心が強いの。空で珍しいことをやっていたから見にきたのね」

なんだ……みんなが祝福にきてくれたのかな？っとかちょっと考えてたけど違うようだ。きてくれてありがとうとか言わなくてよかった。赤っ恥をかくところだった。

「そうだったんだ。しかし、大精霊との契約は毎回こんな感じなの？　感動はするけど、大変だね」

なぜかシルフィがツイっと顔を背けた。……このパターンはなにかやましいことがあるな。

「シルフィ、なにか言っておいた方がいいことがあるんじゃない？　どうせディーネ達と契約する時にバレるよ？」

「……ちょっと演出を加えただけよ。裕太に大精霊との契約は派手になるって言った手前、普通の契約方法じゃ弱いかなって思ったの」

　風の大精霊が見栄っ張りだったことが判明した。でも、ちょっと恥ずかしそうに拗ねているシルフィは可愛い。

「えーっと、なんの演出を足したの？」

「空を飛ぶとこ。別に地上で風に囲まれて風玉を渡せばすんだんだけど、空の方が派手かなって思ったの」

「そ、そうか。ならなんの問題もないよ。空の上は綺麗で感動したから、ここで契約できて俺は嬉しいな」

「そうよね、地上だったら風で土を巻きあげちゃうから。結果的にこっちの方がよかったと思うの」

　土を巻き込んだ竜巻か。それなら綺麗な風の竜巻の方が気分はいいな。

「うん、そうだね。演出があった方がいいよ。綺麗な景色を見せてくれてありがとう」

「気に入ってくれたのならよかったわ」

「ああ、この景色はいつでも見にくることができるの？　それとまったく寒くないけど、どうして？」

　この世界では上空でも暖かいとかありえるのかな？　地平線は丸みを帯びているから地球と変わらない丸い星っぽいんだけど。

「私と契約したんだもの、私に言えばいつでもこられるわ。でも、精霊王様に呼ばれたりとか、私がいない時もあるからその時は無理ね。あと、寒さを感じないのは、見えないでしょうけど暖かい風で囲まれているからよ」

精霊王様か……精霊が身近にいない時もあるんだな。タイミングしだいでは危険な気がする。

「いない時に危険が迫って召喚してもこられないの？」

「精霊王様の時だとこられないわね。でも呼び出しなんて何百年に一度、あるかないかよ。そのタイミングで危機に見舞われたら裕太、運が悪すぎるわ」

めったにないことなんだ。隕石が頭に当たる可能性に怯(おび)えるくらいのことな気がする。たしかにそれは運が悪い。

「運はBランクだから大丈夫のはずだね。ベル達が心配だし、そろそろ戻ろうか」

「そのまま拠点に飛んでベル達を召喚することも可能よ？」

たしかにそっちの方が効率はよさそうなんだけど、なんか味気ないよね。

「せっかくだから、ベル達と一緒に飛んで拠点に戻るよ。そういえば、どうやって飛ぶの？」

「そう、分かったわ。なら飛び方は下で説明するわね」

エレベーターが降りるようにスーッと下降していく。暖かい空気が箱状なら本当にエレベーターだな。

高度によって変わる景色を楽しみながら下に降りると、ベル達がわーっと寄ってきて、もみくちゃにされた。どうやら契約ができたことを祝ってくれているらしい。

「べるみたー」「キュー」「すごかった」

「みんなありがとう。竜巻の中にベル達がいたような気がしたんだけど、やっぱり見にきてたんだね」

「そうー。しるふぃとつながったとこもみたー」「キュキューキュキュー」「かぜがすいこまれてた」

自分達が見た契約シーンを興奮して話してくれる。撫でて落ち着かせながらゆっくりと話を聞く。精霊達から見てもなかなか幻想的な光景だったらしい。電池を消費してでもスマホで録画しておくべきだったか。……スマホに精霊って映るんだろうか？　機会があれば確かめてみよう。まとわりついてくるベル達と戯れながら達成感を味わう。

シルフィと契約したことで、ようやく死の大地から脱出できる。今までは大変だったけど、これからは俺の理想の異世界生活が始まるはずだ。楽しみだな。

あとがき

本書を手に取って頂き、本当にありがとうございます。
「精霊達の楽園と理想の異世界生活」は、少しビビりなところがある主人公の裕太が、便利な開拓ツールと沢山の精霊達に支えられて異世界を生き抜き、理想の異世界生活を手に入れる壮大な物語……なはずです。

この話を思いついたのは、自宅の庭の手入れが切っ掛けでした。たいして広い庭という訳ではないのですが、何本かの木が植わっていて、その木が元気よく枝葉を伸ばします。

暑い中に長袖を着て、不安定な足場でギコギコギコギコと枝を切り落とす終わりが見えない作業。一瞬でなんの力も必要とせずに枝を切り落とせるノコギリが欲しい。

でも、ホームセンターにもそんな便利な物は売っていません。そんな切実な思いから開拓ツールを思いつきました。

生い茂る植物から逃げ出したかったはずなのに、なぜか開拓して植物を求めたりする話になったのか……そこはかとなく自分でも疑問に思っていますが、書籍化して頂くことができました。腕がつりそうになりながらも、庭の手入れを頑張ってよかったです。

イラストを担当してくださいました、門井亜矢様。

主人公の裕太をはじめ、美人で色っぽい大精霊達。可愛らしい下級精霊達のイラストをありがとうございます。早見みすず様に描いて頂いている、コミック版の「精霊達の楽園と理想の異世界生活」でも思った事なのです

が、自分が想像したキャラクターがイラストや漫画になるという事が、とても嬉しく楽しかったです。
想像していたよりもシルフィが美人で色っぽかったり、ベルがとても可愛らしかったり、あれ？　主人公の影が薄いとか思ったりと、イラストやネームが届くたびにワクワクした時間をすごさせて頂きました。
……ちなみに、「精霊達の楽園と理想の異世界生活」のコミック版が、少し前に発売されていたりしております。こちらも生き生きとした主人公がシルフィに助けられ、ベルに癒されながら……。これ以上書くと、後書き全部が宣伝になってしまいそうなので止めておきます。

初めての書籍化で、沢山のご迷惑をおかけしたと思いますが、担当様をはじめとする出版社の皆様、書籍の作

成に携わってくださっている沢山の方々のお力で、書籍を発売する事ができました。本当に感謝しております。ありがとうございます。

ｗｅｂから読んでくださっている読者の皆様。イラストから興味を持ってくださった皆様。コミックから興味を持ってくださった皆様。本当にありがとうございます。

たむたむ

精霊達の楽園と
理想の異世界生活
Seireitati no Rakuen to
Risou no Isekaiseikatsu

精霊達の楽園と理想の異世界生活

2018年9月30日　第1刷発行

著者　たむたむ

イラスト　門井亜矢

本書の内容は、小説投稿サイト「小説家になろう」(http://ncode.syosetu.com/)に掲載された作品を加筆修正して再構成したものです。
「小説家になろう」は㈱ヒナプロジェクトの登録商標です。

発行人　石原正康

発行元　株式会社 幻冬舎コミックス
〒151-0051　東京都渋谷区千駄ヶ谷4-9-7
電話 03(5411)6431(編集)

発売元　株式会社 幻冬舎
〒151-0051　東京都渋谷区千駄ヶ谷4-9-7
電話 03(5411)6222(営業)
振替 00120-8-767643

デザイン　土井敦史(天華堂noNPolicy)

本文フォーマットデザイン　山田知子(chicols)

製版　株式会社 二葉企画

印刷・製本所　大日本印刷株式会社

ISBN978-4-344-84311-0 C0093 Printed in Japan
幻冬舎コミックスホームページ http://www.gentosha-comics.net